新聞學

——新聞原理與制度之批評研究——

李瞻 著

學歷：國立政治大學政治學系、新聞研究所畢業
美國南伊利諾大學、哥倫比亞大學、史坦福大學研究

經歷：國立政治大學講師、副教授、教授
中國電視學會理事

現職：國立政治大學新聞研究所所長
行政院文化建設委員會委員
中華民國新聞評議會顧問
中華民國大衆傳播教育協會常務理事

三民書局印行

中華民國六十一年五月初版
中華民國七十二年二月五版

新聞學

著作者　李　瞻
發行人　劉振強
出版者　三民書局股份有限公司
印刷所　三民書局股份有限公司
臺北市重慶南路一段六十一號
郵政劃撥九九九八號

基本定價　柒元叁角叁分

行政院新聞局登記證局版臺業字第〇二〇〇號

新聞學
編號 S 89002①
三民書局

「新聞學」五版序

一九四七年「社會責任論」誕生前，可說世界上沒有「新聞學」，只有「新聞術」。當時所謂新聞學課程，就是教學生如何去採訪、寫作、編輯、發行和設計廣告，而經常在課堂提到的，就是五個「W」與一個「H」。

最初哈佛大學與我國臺灣大學均拒絕設立新聞學系，都是認爲新聞只是一種「技術」，不是「學術」。但由於社會責任論的誕生，以及新聞媒介在現代社會中之角色日益重要，不僅使新聞成爲學術，而且成爲社會科學的一個重要學門。

「社會責任論」係從哲學、歷史學、社會學、人類學、與政治學之觀點，系統研究新聞媒介、新聞自由之基本性質、功能及其目標，以及在民主社會中，其應擔負之社會責任。

民國五十五年，本人完成「世界新聞史」一書後，得到一個結論，卽新聞制度乃政治制度之一環：極權制度必有極權報業，自由制度必有自由報業，資本制度必有商營報業，共產制度亦必有共產報業。同理，極權主義亦必有極權新聞學，傳統自由主義必有放任新聞學，資本主義必有黃色新聞學，而共產主義亦必有共產主義新聞學。

國父　孫中山先生手創之三民主義，不是極權主義、傳統自由主義、資本主義，更非共產主義。但目前我國之新聞事業，部份係沿襲於訓政時期之新聞政策，而大部份則採取了資本主義之新聞制度；這就是當前我國新聞事業充滿矛盾，不能配合國策與令人憂慮之基本原因。

我國新聞教育源於美國，所以新聞學的價值觀念，自然無形中亦受了資本主義新聞學的極大影響。如「狗咬人不是新聞，人咬狗才是新聞。」這些都是「黃色新聞」的價值標準。

個人認爲，一個國家之政治哲學決定新聞哲學，新聞哲學決定新聞政策，而新聞政策則直接決定新聞制度、新聞自由、新聞道德、與新聞觀念之價值標準。

民國六十一年，本人完成「比較新聞學」一書，主要就是根據上述理論架構，對極權主義、資本主義、共產主義、與社會責任論之新聞學，分別做系統之理論分析，並予價值之批判；最後再依據三民主義之政治哲學，建立三民主義新聞學之理論體系。

在三民主義新聞學之理論體系中，本人認爲三民主義之新聞事業，應爲文化教育事業，亦是一種專業，主持人應爲知識份子，經營方式應採民主化，新聞記者應有一定資格，其職權、待遇、進修、福利、退休養老，均應有法律保障；並新聞媒介享有新聞自由必須擔負社會責任，而其實際表現，亦必須接受新聞評議會的有效監督。

「比較新聞學」於民國六十一年出版時，以上這些觀念，僅是基於個人研究之大膽假設與邏輯推理，但至一九八〇年十一月，聯合國教科文組織通過馬克布萊德委員會報告 (MacBride Commission Report, 1980) 後，這些觀念，已成當前新聞學之最新思潮。本人對此項理論之發展，深感欣慰！

「比較新聞學」，當時係本人在政大新聞研究所之教材，茲爲迎接世界新聞學之新思潮，以及使三

總序

一九六五年，自晨鳥衞星（Early Bird Satellite）發射成功後，人類已正式進入太空傳播時代（Space Communication Age）。近年由於傳播衞星與電腦（Computer）、傳眞（Facsimilee），以及電視電話（Television-Telephone）相結合，人類不久將可在家享受上學、辦公、開會、研究、購物、訪友、診病、與旅行等的便利。

傳播學者施蘭姆博士（Dr. Wilbur Schramm）認爲，電視與傳播衞星，均爲二十世紀最偉大的科學發明，但究竟人類是否能享受它的好處，主要決定於人類「運用」它的智慧，是否能與「發明」它的智慧並駕齊驅！

當前世界各國，有關新聞與傳播學的研究範圍很廣，但最迫切的課題，是如何建立本國新聞與傳播學的理論體系，並如何「運用」新聞媒介（卽傳播政策），達成提高人民文化水準，服務民主政治，保障人民自由權利，協助國家發展，與提供高尙娛樂的理想目標。

我國新聞（傳播）學研究，自民國七年北京大學開設新聞學，民國九年上海聖約翰大學首創報學系，迄今已有六十多年的歷史，但其效果，仍未達到成熟豐收的階段。

對這個問題，曾予檢討，本人認爲，我國新聞科系缺少專任師資與研究出版，是形成上述現象的主要因素。因爲沒有專任師資就沒有研究，沒有研究就沒有出版。而研究是一切進步的動力，出版又是研究、智慧、與經驗的結晶；沒有研究出版，新聞與傳播學研究，就始終停留在草創時期。

政大新聞研究所，為補救這項缺失，首要工作，在延聘專任師資，隨後即籌劃研究出版事宜。自民國五十六年：除定期出版新聞學研究（半年刊，已出至二十九集）外，在新聞與傳播學叢書出版方面，計有曾虛白先生之「中國新聞史」等七種，均獲好評。

學術出版工作，在經費與稿件來源方面，均極困難，故自六十二年後，叢書出版即告中輟。去年夏，本人奉命主持新聞研究所，除積極延聘客座教授，開設新的課程，加強外語訓練，增加碩士班招生名額，碩士班分組教學，充實「新聞學研究」內容，與籌設博士班及新聞人員在職訓練外，即恢復新聞與傳播學叢書之出版工作。

此次首先推出之叢書，計有李金銓博士的「大衆傳播學」，與汪琪博士的「文化與傳播」等。隨即出版者，預計尚有十餘種。按本所叢書，一向由三民書局總經銷，彼此關係極為良好。該書局劉董事長振強先生，認為這套叢書，極具價值，乃建議由其發行。同時本所同仁瞭解，新聞所乃一研究教學單位，不宜擔任發行工作；尤其三民書局，為我國最成功之出版公司之一，故同仁對劉董事長之盛意，表示一致同意。

玆將這套叢書的書名與作者簡介如下：

一、中國新聞史：作者曾虛白先生，前國立政治大學新聞研究所所長，現任中國文化大學三民主義研究所博士班主任。（民國五十五年出版）

二、世界新聞史：作者李瞻先生，國立政治大學碩士，美國史坦福大學與哥倫比亞大學研究，現任國立政治大學新聞研究所教授兼所長。（民國五十五年出版）

三、新聞原論：作者程之行先生，國立政治大學與美國米蘇里大學碩士，現任銘傳商專大衆傳播科教授。（民國五十七年出版，已售完）

四、美國報業面臨的社會問題：作者李察·貝克博士（Dr. Richard T. Baker），前美國哥倫比亞大學新聞研究院院長。（民國五十八年出版，已售完）

五、新聞道德：原名「各國報業自律比較研究」，作者李瞻教授。（民國五十九年出版）

六、新聞學：原名「比較新聞學」，作者李瞻教授。（民國六十一年出版）

七、電視制度：原名「比較電視制度」，作者李瞻教授。（民國六十二年出版）

八、大衆傳播學：作者李金銓先生，美國密西根大學博士，現任美國明尼蘇達大學新聞與傳播學院副教授。（民國七十一年出版）

九、文化與傳播：作者汪琪女士，美國南伊利諾大學博士，現任美國夏威夷東西中心研究員，應聘國立政治大學新聞研究所客座教授。（民國七十一年出版）

十、廣告原理與實務：作者徐佳士先生，美國明尼蘇達大學碩士，現任國立政治大學新聞研究所教授兼文理學院院長。

十一、新聞寫作：作者賴光臨先生，美國聖約翰大學研究，現任國立政治大學新聞學系教授兼主任。

十二、政治傳播：作者祝基瀅先生，美國南伊利諾大學博士，現任美國加州大學溪口分校大衆傳播學系教授兼主任。

十三、傳播與國家發展：作者潘家慶先生，美國明尼蘇達大學碩士史坦福大學研究，現任國立政治大學新聞系副教授。

十四、傳播與社會變遷：作者陳世敏先生，美國明尼蘇達大學博士，現任國立政治大學新聞研究所副教授。

十五、組織傳播：作者鄭瑞城先生，美國俄亥俄州立大學博士，現任國立政治大學新聞研究所副教授。

十六、傳播媒介管理學：作者鄭瑞城博士。

十七、行為科學：作者徐木蘭女士，美國俄亥俄州立大學博士，現任國立交通大學管理研究所副教授。

十八、電腦與傳播研究：作者曠湘霞女士，美國南伊利諾大學博士，現任國立政治大學新聞學系客座副教授。

十九、傳播研究方法：作者汪琪博士。

二十、傳播語意學：作者彭家發先生，美國南伊利諾大學碩士，現任經濟日報駐香港特派員。

二十一、評論寫作：作者程之行教授。

二十二、新聞編輯學：作者徐昶先生，美國米蘇里大學碩士，現任臺灣新生報副社長兼總編輯。

二十三、電視新聞：作者張勤先生，美國舊金山州立大學碩士，現任中國電視公司新聞組組長。

二十四、行銷傳播學：作者羅文坤先生，國立政治大學碩士，現任國立政治大學廣告心理學講師。

二十五、公共關係：作者王洪鈞先生，美國米蘇里大學碩士，前教育部文化局局長，現任國立政治大學新聞學系教授。

二十六、國際傳播：作者李瞻教授。

以上書目，除已出版者外，僅係初步決定；其他如傳播政策、傳播法律、傳播制度、太空傳播、傳播自由與責任、第三世界傳播、以及傳播媒介對社會的影響等，以後將視實際需要，隨時增加。

這套叢書，作者對內容品質，予以嚴格控制。本人深信，讀者將會瞭解諸位作者付出的心血！他們的貢獻，不僅可提高我國新聞與傳播學研究的水準，而且對我國傳播政策的制訂與執行（即如何「運用」傳播媒介），定有助益。在此，本人謹向作者，致最誠摯的謝意！

最後應特別感謝三民書局劉董事長振強先生，沒有他的欣賞與大力支持，這套學術叢書的出版，是不可能如此順利的！

李　瞻

國立政治大學新聞研究所

中華民國71年5月21日

馬星野先生序

六年以前（民國五十五年五月），國立政治大學李瞻先生完成了他百萬言的鉅著「世界新聞史」，要我寫一篇序，我當時曾說：「中國新聞學術，還是一片荒原，這一片荒原，是需要有心人來開拓的，而開拓的第一步，要蒐集新聞學有關資料，而加以整理，然後再建立新聞學的理論體系。」當時我對於新聞學理論體系的建立，抱着無窮之希望，也了解這個工作之不容易下手。

六年的時間過去了，李瞻先生默默地耕耘，已到了收穫時期，這一本「新聞學」（新聞原理與制度之批評研究），就是第二步工作的成果。在出版之前，我又得先讀之機會，對於中國新聞學術界，眞是件可喜之事！理論的建設，比事實的整理要艱難得多，而李先生努力的方法，思想的路向，無疑的是十分正確的。他用歐美新聞學者的社會責任論，比照着三民主義的理論，國父及 先總統的看法，提出了三民主義報業哲學的理論體系，及三民主義報業制度之藍圖，實在是勇敢的嘗試，與符合理想及解決實際問題的精心設計。

本書共二十餘萬言，先敍述世界報業四種新聞學理論，卽極權主義，自由主義，共產主義，及社會責任論，然後再提出三民主義新聞哲學與制度的具體主張。

回憶三十年前，對日抗戰時期，中國新聞學會在重慶成立之際，當時重慶各種報紙，同時存在，執政黨的中央日報，軍隊的掃蕩報，民營的世界報、大公報、及時事新報等等，互相競爭。當時新聞界有心之士，如張季鸞、成舍我諸先生，都在討論着民營、公營報紙孰優孰劣等問題，也討論到什麼是最理想的報業制度。然沒有具體結論。當時中國新聞學會，要我起草中國記者信條，我卽認爲三民主義是最理想的報業理論根據，「自由」固然可貴，但「責任」尤爲重要。當時二次大戰尙未結束，新聞自由運動已經開端，而「社會責任論」的鼓吹，則在二次大戰結束以後。三十年間，辯來辯去，歸根到底，還是三民主義是最正確的理論，社會責任論是最理想的看法。

我們政府遷臺以後，新聞事業突飛猛進，電視事業更爲發達，在大衆傳播事業蓬勃發展之時，社會上對於一些過份强調犯罪新聞的報導，及迎合低級興趣刺激性的電視節目，起了很大的反感。「自由乎？」「責任乎？」又引起辯爭。我想，在這個時候，李瞻先生這本書問世，當對於這種論爭，給以極有益的啓發，並使平日未能深刻研究世界新聞學術思想者，得有益的參考。

我希望這本書是一個開始，中國的新聞學研究者，將不斷將這個開端作繼續之努力。並希望李先生對於本書內容，再加以補充，例如關於共產制度下的新聞事業，對蘇俄已有介紹，對大陸上那套黑漆一團的新聞事業，尙應作相當的介紹。我寫這篇短序，表示我對李先生埋頭研究精神的敬佩，並對於中國新聞學術漸漸進入收穫時期，表示慶賀！

民國六十一年四月於臺北中央通訊社

自序

本書之主要目的有三：

㈠用哲學、政治學與歷史學的理論，建立新聞學的理論體系。

㈡根據 國父孫中山先生的報業思想，與當前世界大衆傳播學及新聞學的最新思潮，建立三民主義的新聞哲學。

㈢依照三民主義的新聞哲學，制訂三民主義的新聞政策，建立三民主義的新聞制度，以期我國新聞事業，在三民主義新中國之建設中，擔任積極的角色。

作者原攻讀政治學，並曾講授政治學、中國憲法、與比較政府課程。在研究英國民主政治發展史中，發現倫敦泰晤士報（The Times）主筆邦斯（Thomas Barnes），對英國民主政治及社會改革，曾有輝煌的貢獻，因此引起本人研究新聞學的興趣，並希望也能做一位報紙主筆。

但當作者對當前的新聞事業瞭解後，才發現政論報紙的時代業已過去，商業報紙的時代早已來臨。而在商業化的報紙中，主筆不僅失去了過去的光輝，而且已經到了可有可無的地步。這對作者而言，是個極度的失望！

人類自有報業以來，共有四種報業理論：即「極權報業」（The Authoritarian Theory）、「自由報業」（The Libertarian Theory）、「共產報業」（The Communist Theory）、與「社會

責任論」(The Social Responsibility Theory)。這四種報業理論，前三種已建立根深蒂固的報業制度，而「社會責任論」僅爲西方所謂「自由報業」嚮往的一個目標。

任何新聞（報業）制度，均爲政治制度之一環。換言之，一個社會的政治哲學決定它的新聞哲學；而新聞哲學又直接決定它的新聞政策、新聞制度與新聞觀念價值的標準。所以任何國家的新聞事業，必須服務它所依附的政治制度，及其生存社會的價值標準，此乃一項必然的邏輯。

基於上述，所以極權主義國家必爲極權報業，資本主義國家必爲商營報業，共產主義國家亦必爲共產報業。

西方資本主義，亦稱自由主義，所以它們的商營報業，亦叫做「自由報業」。這種報業強調新聞事業應享充分的「新聞自由」，不受任何干涉。自由報業在主筆 (Editor) 主持的政論報紙時代，對近代民主政治曾有偉大的貢獻。但自二十世紀初葉報業商業化後，報紙發行人與經理人員，取代了主筆的領導地位；亦卽美國米蘇里新聞學院前院長麻特 (Frank L. Mott) 所說：「報業商業化後，高速度輪轉機的聲音，淹沒了主筆的聲音。」

自此以後，報紙展開了激烈的商業競爭，結果報業形成「一城一報」及「報業獨佔」。發展至此，自由報業反而消滅了民主政治所依賴的「意見自由市場」(Free Market Place of Ideas)，亦卽消滅了自由報業本身所追求的基本目標，因而使報紙純粹成爲商人的營利工具。

就實際而言，任何報業制度都自稱最有充分的「新聞自由」。然而事實上這種自由僅爲少數人所享有。如極權報業之新聞自由，爲極權政府所享有，共產報業之新聞自由爲共黨領袖所享有，而資本主義報業之新聞自由，則爲少數資本家（發行人）所享有。

資本主義的商業報紙，强調「新聞自由」是人類的一項「基本權利」。這種觀念，已經沿襲已久，人云亦云，積非成是。但經近代許多權威學者的反覆研究，確認「新聞自由」僅是報紙發行人的一項「特權」，與一般人民的「基本人權」並無太大關聯。

如哈佛大學哲學教授霍根博士（William E. Hocking），於一九四七年發表新聞自由（Freedom of the Press）一書。他否認新聞自由是「基本人權」，而認爲它僅是報紙發行人的一種道德權利（Moral Rights）；祇有在報紙厥盡道德責任時，然後這種權利才應受到保障。霍根博士的這項理論，得到美國新聞自由委員會（Commission on Freedom of the Press）委員們的一致同意，因此形成今日流行的社會責任論。

「社會責任論」認爲人類並非絕對的理性動物；充分的自由競爭，並不一定能實現眞理（Truth）。所以報業必須積極的先從擔負「社會責任」做起，然後才能保障它的「生存」與「自由」！

美國「新聞自由委員會」强調：「如果報紙拒絕擔負社會責任，則政府及社會大衆可制訂法律强迫其擔負責任，並政府可自己發行報紙。」

社會責任論具有健全的哲學基礎，它一一指出自由報業的弊端，亦爲無可爭論的事實。但令人懷疑的是它的方法，即政府如何强迫報紙擔負責任？並政府如何發行報紙而不產生極權報業的缺失？

國父孫中山先生的三民主義，不同於極權主義與共產主義，也不同於資本主義。並且這三種主義的報業制度，均已產生極大的弊端，所以三民主義理應建立自己的報業制度。

極權、共產與資本主義報業的弊端，主要產生在這些報業制度的「新聞自由」，係分別掌握在獨裁者、共黨頭目與少數資本家的手中。根據民主政治的理論：「個人權益，祇有個人自己知道；並且個人權益，祇有自己有權保護，才能眞正安全。」所以我們要建立三民主義的報業制度，必須使「新聞自由」的權利，確實爲全民所「共享」，才是正確而合理的途徑。

現在人類的智慧，已經不再相信政治獨裁與宗教獨裁，更不相信經濟獨裁；難道我們還會相信報業獨裁會爲我們帶來好處嗎?!

三民主義與社會責任論，認爲新聞自由的原則應普遍存在，不應由少數人獨裁。兩者的報業哲學是不謀而合的，兩者對於報業功能的看法也是相同的，但三民主義的報業制度，不主張由政府直接控制報業，也不主張政府直接發行報紙，而主張報業澈底民主化。因爲報業祇有在爲民所有，爲民所治，及爲民所享的原則下，才能使報紙眞正服務公益，也才能眞正建立自由而負責的新聞事業！

本書的主要觀念，是作者長期研究與獨立思考所得的結果；同時，本研究也是極端謹愼的一種嘗試。全書完稿後，承蒙政大新聞研究所徐主任佳士兄，費神核閱修正，並鼓勵出版，無任感激！曾師虛白與馬師星野，於百忙中抽暇審閱，匡補缺失，分別賜撰導言、序文，實爲本書增加無限光輝，本人將永誌不忘！出版期間，黃順利、袁新勇同學負責校對，編製索引，備極辛勞，併致謝忱！

本書寫作期間甚久，內容雖一再修正，但謬誤之處，仍所難免，尙祈學人先進，不吝教正是幸！

李　瞻序於臺北市指南山麓
民國六十一年四月十日

新聞學　目錄

第四章　共產主義報業

導言

曾虛白先生惠撰

民主政制需要耳目聰明，頭腦機敏，與嗓子響亮的人民。便利廣大人民得此修養是新聞事業的責任，怎樣使新聞事業克盡厥職是新聞學要研究的中心課題。

但，目前我們研究的新聞學並沒有作這樣的規定。新聞學告訴我們，寫新聞不能有一點主觀成份滲透到字裡行間。新聞記者的責任祇把看到的、聽到的，原原本本告訴讀、觀、聽衆，讓讀、觀、聽衆自己去作是非屈直的判斷。新聞學又告訴我們，有衝突性、傳奇性、刺激性、顯著性等等的事件才是好新聞，潛伏發展無特殊表現的事件，雖有遠大影響也算不了新聞。祇這兩大新聞原則，模糊了人民的耳目，衝昏了人民的頭腦，壓啞了人民的嗓子，使人民懷疑民主政制的績效！

民主政制發達先進的國家如美國，今日正遭遇到這些新聞學原則的規定而無以自拔。記者們根據這些規定去追求新聞，於是反戰遊行，黑白鬪爭，學生風潮，嬉皮運動等有衝突性、傳奇性、刺激性、顯著性的新聞佔盡了報紙的重要篇幅，佔盡了廣播電視的黃金時間，把一個社會秩序相當良好的美國，描寫成一個牛鬼蛇神覇佔的世界。可是記者們寫新聞却是根據他們看到的、聽到的如實報導，不加主觀成份任憑讀、觀、聽衆自己去判斷的原則寫成的。

我們抗戰時期，眼看外國記者新聞報導造成嚴重後果的經驗，今日追思，更證明了這些新聞學原則規定的毒害。我們前線士兵，後方民衆受强敵追迫，茹苦含辛，英勇奮鬪的生活實況，是外國記者不值一顧的資料。可是政府怎樣貪污無能，怎樣壓迫中共，僅憑共幹供給的資料，他們却認做是幕後秘辛，競相報導。這一大堆歪曲事實的新聞，影響美國政府的對華政策，導致其勝利到來時白皮書洗手不問中國問題的錯誤措施，造成今日赤禍瀰漫亞洲的嚴重局勢。

當時我在重慶主持國際宣傳，經常爲了外國記者的這些歪曲事實的報導跟他們發生激烈的辯論。我堅持記者報導應把自由世界共同利害的抗戰前途作準繩，而外國記者們則經常以爲一條有「價值」的新聞溜掉了，報館或電台所受的損失不可以數字計。新聞成了商品，在新聞記者心目中，其價值遠超過國家與社會的共同利益。這是抗戰時期我對自由主義新聞價值的批評，這觀念至今沒有改變過。

在自由世界中一向以爲新聞事業是民主政治的靈魂，天賦人權的監護者。可是，新聞事業在自由主義的翼護下，發展到今天竟逐漸變成了强凌弱，大吃小，資產集中的壟斷局勢。爲了爭取盈利，新聞成了待價而沽的商品：新聞掌握在市儈手裡，迎合主顧的好惡，屈就廣告商的挾持，把這商品素質降低而成毒害社會的黃色黑色新聞，氾濫潰決有無法堵塞之勢。演變成了龐大商業的新聞事業從此不再能發揮其闡揚民主，保障人權的功能，反成了自由世界亟需糾正的一個嚴重社會病態了！

今日新聞的流毒，溯源應從自由主義人性認識的哲理觀念始。自由主義的觀念奠基於十八世紀西方盛極一時的理性主義。理性主義者以爲人類有天賦的理性在指導他們的行爲使其生活有正確發展的途徑可尋。同時，西方思想界另有經驗主義的學理跟自由主義者對立抗衡。經驗主義者以爲人生如白紙，祗有經驗給予人類智慧。他們以爲人類的智慧來自感知，因此否認人類有內在的理智。這兩股思想潮流激盪的結果，在十九世紀理性主義佔了上風，於是相信世界人類有決定自己命運天賦的能力，導致民主政治改變政體，英、法、美此起彼落的革命大潮流。哲學家羅素曾說：人民心頭的法才是國家的眞憲法。

但經驗主義受到達爾文進化論的鼓勵而又見高潮。進化論擲破了人類是純理性動物的幻想，把人類與物種進化連接起來，使我們不能不相信人類的本能衝動是構成其行爲的主要動力。心理病理學家弗洛伊德更根據「食色性也」的原理，推斷人類精神發展的經過，使人類爲良智動物之說發生了根本動搖。科學的發明逐漸暴露了一個事實：我們發現作民主政制基礎的所謂人民，我們需要他們耳目聰明，實際並不聰明，頭腦機敏，實際並不機敏，嗓子響亮，實際也沒有什麼值得響亮的東西。因此，人們從過去盲目地信任人民有自決命運的錯誤觀念中醒覺過來，怎樣使人民聰明，機敏與掌握值得表現的東西，變成了加在新聞記者肩上的時代新使命了。

我們很幸運地做一個中國的新聞記者，因爲在這因對人性認識模糊，動搖了民主信心而影響新聞觀念的混亂時期中，我們的三民主義早把這些問題邏輯地給我們劃定了異常清晰的輪廓。

先就人性認識哲理的基礎說起。三民主義澄淸了達爾文進化論內含的毒素。它把人類和獸類的進化截然分成兩個時期，人類雖從獸類進化而來，却斷然跟禽獸不同，因人類有理性而禽獸是沒有的。人類有理性，不像獸類以保全生命爲滿足，他們要克服環境，創造環境，求生活的擴大與豐富。爲求生活的進步，理性提醒人類從以個體爲中心的禽獸生活提昇到以羣性爲中心的人類生活。人類旣以羣性爲生活的中心，自必以互助爲生活原則，以自別於以競爭爲生活原則的禽獸。但人類由禽獸進化而來，尚未化除禽獸遺傳的自私性格，人就變成了羣性與個性揉合而成的一個混合體。每一個人都在羣性與個性矛盾中過生活。這是三民主義人性非善非惡，亦善亦惡的說明，解決了當前人民能否自決命運的困惑。

三民主義根據這個哲理基礎把現世紀社會人羣的構成作了一個橫斷面的剖析。它把社會人羣分成先知先覺、後知後覺與不知不覺。一切有關公衆的政治活動，決不能放任最大多數的不知不覺者去作主管理。倘然要理智地爭取最高智慧所能造就的最完美與最有效的政治收穫，先知先覺者的領導，配合着後知後覺者的活動與合作，以及不知不覺者的順從是必要的條件。

但，人類知識三等分的現象，三民主義並不認做是一種固定永恒不變的社會狀況。跟着社會互助合作功能效力的加强，人類知識水平自必不斷增高，則廣大不知不覺者羣之逐漸消滅將成水到渠成的自然結果。這就是三民主義鼓勵大家努力追求的理想人生，大同主義的實現。人類在迷懵困惑中向着理想的目標求止於至善，但這至善的目標是不可倖致的，需要我們努力，需要我們大家聰明我們的耳目，機敏我們的頭腦，響亮我們的嗓子，羣策羣力去爭取的。

這就是三民主義賦予我們新聞記者的責任。

我這一些藏之於心未經整理成章的意見，因拜讀了李瞻兄這本「新聞學——新聞原理與制度之批評研究」之後，深感我們共同從事新聞學研究了十多年，總算現在打開了一條我們自己的正確的研究路線。本書分七章，就新聞理論之極權、自由、共產、與社會責任四種派別分別檢討之後，最後提出他三民主義報業的藍圖以供商榷。這是中國人根據自己的傳統思想，提供中國新聞學應該怎樣研究的第一聲。最近出版新聞學的書籍漸漸多起來了，可是所述理論，所引方法，大都根據國外學者的立說。因此，我上面的檢討都足發人猛省。本書對三民主義報業制度的藍圖，曾作具體實施的建議，並特別强調新聞事業應由公營與民營並存，才能避免私營壟斷之弊，自屬針對時病的苦口良藥。至其他理論與實施方法，如何配合三民主義而訂一套我們自己的新聞學，還值得我們繼續努力。

～～完～～

第一章 總 論

第一節 新聞學與新聞哲學

第一項 新聞學的意義

本書之目的，在探討新聞制度的基本原理，亦即研究新聞學的哲理，所以對於新聞學的普通概念，以及新聞事業的技術問題，不擬做一般討論；但爲敘述方便起見，應對左列名詞先予解釋。

要明白何謂新聞哲學（Philosophy of Journalism），必須先明白新聞學的含義。

新聞學（Journalism，此字亦可解做新聞事業）這個名詞，含義很廣，但我們可以簡單的說，它是研究新聞（News）與新聞媒介（News Media）的系統知識。

然而「新聞」的含意又是如何呢？

「新聞」的定義也有很多解釋，例如十九世紀「紐約太陽報」編輯巴蓋特（John B. Bogart）說：「狗咬人不是新聞，而人咬狗才是新聞。」（註一）又如蘇俄前塔斯社社長巴格諾夫（Nikolai Palgunov）說：「新聞是透過事實的煽動。」（News is agitation by facts.）（註二）當然我們對這些定義，自然會感到奇特，但前者至今還常常被人引用，而後者在蘇俄却被當做「聖經」。

美國新聞學者邦德（F. Fraser Bond），在他的名著新聞學概論（An Introduction To Journalism）一書中，曾將學者對「新聞」的界說一一列舉後，並將他的結論歸納如左：

新聞乃是對人類社會任何關心事件的適時報導；而且最好的新聞，就是關心最大多數的讀者。

(News is a timely report of anything of *interest* to humanity and the best news is that which *interests* the most readers.)（註三）

邦德在此特別重視關心（*Interest* 與 *Interests*）這個字，其意義在强調構成新聞的基本要素是新聞價值（News worthiness），而非僅是新聞的趣味性（Human Interesting）。

在新聞報導的研究中，一向有兩派意見：一派認爲新聞媒介應「提供大衆所願意知道的」(Give the public what it wants)；另外一派則認爲新聞媒介，應「提供大衆所必須知道的眞理」（Give the public the truth it must have）。（註四）邦德的意見是屬於後者。

至於「新聞媒介」，係指報紙、雜誌、廣播、電視、及新聞電影而言。其主要工作在報導新聞，解釋新聞，與提供意見和評論。

前面說過，「新聞學」係指有關「新聞」與「新聞媒介」的系統知識。換言之，亦即對有關「新聞」與「新聞媒介」研究的一切學問。

第二項　新聞學與大衆傳播學的區別

在我國，「新聞學」最初亦稱「報學」。如民國九年，上海聖約翰大學成立「報學系」，民國十六年戈公振出版「中國報學史」，民國十八年黃天鵬創刊「報學雜誌」，甚至民國四十年臺北編輯人協會還創辦「報學」半年刊。以上所稱之「報學」，係以報紙、雜誌爲研究之主要對象，亦卽當前所說的印刷媒介。

「新聞學」在歐美也是一門新興的學科，迄今祇有六十多年的歷史。最初研究的範疇，也是以印刷媒介（Printed Media）爲主。自一九三〇年後，才逐漸擴展至電子媒介（Electronic Media）的研究。

前面說過，新聞學係以研究「新聞」與「新聞媒介」爲主。其內容包括新聞採訪、新聞寫作、新聞編輯、新聞分析、新聞評論、新聞道德、新聞自由、新聞法規、新聞自律、新聞事業史、新聞事業經營、廣告、印刷、以及新聞事業與現代社會等。

大衆傳播（Mass Communication）是二次大戰後新興起的一門學科，因爲它的歷史太短，所以至今僅有有關大衆傳播的片斷理論，而還沒有出版一本完整的「大衆傳播學」。但目前世界先進國家，都已先後設立傳播學院（College of Communications）或新聞與傳播學院（School of Journalism and Communications），並將大衆傳播理論（Communication Theory），列爲必修的主要學科，所以大衆傳播學，在不久的將來必可誕生。

大衆傳播學研究的範疇爲何？要回答這個問題，必須先明白傳播（Communication）的含義。傳播理論的先驅拉斯威爾（Harold D. Lasswell），曾將傳播研究的範圍，以左列公式予以說明：（註五）

誰（Who）

說什麼（Says What）

用何種方法（In Which Channel）

對誰說（To Whom and）

並有何種效果（With What Effect）？

拉斯威爾的這個公式，是當前研究大衆傳播的基本理論，也可說包括了大衆傳播研究的全部內容。由於大衆傳播的範圍太廣，所以目前人文及社會科學學者，一人僅能從事以上公式中一項或兩項的研究。如一位學者，其主要興趣在着重傳播過程中「誰」的研究，亦卽研究傳播者（Communicator）之主體，則其主要目的，在探討傳播行爲的動機及其指導傳播行爲的因素。此類研究，拉斯威爾稱爲傳播控制分析（Control Analysis）。學者如集中於「說什麼」的研究，卽屬傳播內容分析（Content Analysis）。如集中於「用何種方法」的研究，卽爲傳播媒介分析（Media Analysis）與傳播過程分析（Process Analysis）。如集中於「對誰說」的研究，卽爲傳播大衆分析（Audience Analysis）。如集中於媒介對大衆影響的研究，卽爲傳播效果分析（Effect Analysis）。（註六）

由上可知，新聞學與大衆傳播學的區別，主要在研究範疇的不同。前者僅研究新聞、新聞媒介及其與社會之關係，而後者則包括對傳播動機、傳播內容、傳播媒介、傳播過程、傳播大衆、與傳播效果的綜合研究。而且這些研究，必須要以政治學、經濟學、社會學、心理學、統計學等做基礎，然後才有圓滿的結果。

第三項 新聞學與社會科學的關係

新聞學不是一門高度獨立的學科，它與其他社會科學具有密切不可分離的關係。目前各國新聞教育課程的編配，通常新聞學專門科目大約僅佔百分之二十五，其餘均爲語文及其他社會科學的課程。

新聞學必須依賴其他社會科學的原因，係由於新聞媒介所報導之新聞，主要爲社會之各種現象，而非新聞學之本身。所以一位記者，如不懂政治學，他便不能報導、分析、及評論政治問題。同理，他若不懂經濟學、財政學、社會學、法律學、軍事學、外交學、教育學、文化、藝術、及自然科學等，自然他對這些問題也無法深入報導及評論分析。同時社會各種現象，主要係基於人類心理之因素，所以一位優秀記者，對心理學的瞭解也是不可缺少的。

此外，新聞學與歷史學及地理學也有密切的關係。我們常說：「歷史是過去的新聞，而新聞是未來的歷史。」這句話充份說明了兩者的密切關係。而且任何重大新聞都有它的歷史背景，若不瞭解歷史，便不能明白當前重大新聞的來龍去脈。至於新聞學與地理學的關係，也是顯而易見的。因爲地點(Where)不僅是構成新聞的重要因素之一，而且當前任何重大國際問題，都與地理的因素有關。

在以上社會科學中，與新聞學最密切的爲政治學、經濟學、社會學、與法律學。其中法律學特別重要，它不僅使新聞免於誹謗，免於傷害無辜，而且可使報業眞正成爲自由而負責的新聞事業。

當然一位記者，不可能懂得所有社會科學，但他至少應精通一個或兩個學科，而對其他學科，亦應具備最豐富的常識，然後他才能做爲一位合格而稱職的社會導師。

第四項　新聞哲學的意義

在過去，僅有「新聞學」的研究，還沒有「新聞哲學」(Philosophy of Journalism) 的研究。所以迄今還沒有一本有關「新聞哲學」的著作出版。

「新聞哲學」是什麼？要回答這個問題，必須先明白「哲學」的意義。

「哲學」(Philosophy)這個字，係由拉丁文的 Philos 與 Sophia 兩個字合併而成。前者的含義爲「愛」(To Love)，後者則爲「智慧」(Wisdom)，兩者合併卽爲「愛智」(Love of Wisdom)之意。所以哲學就是「愛智學」，哲學家就是「愛智者」。(註七)

爲了明晰起見，我們先將主要哲學家對哲學的定義列擧於左：(註八)

柏拉圖(Plato)：哲學是對眞有與觀念的知識。

亞里斯多德(Aristotle)：哲學是探求眞理，研究一切眞有的基本原則及其最後原因的科學。

伊璧鳩魯(Epicurus)：哲學是理性的企求幸福。

塞內卡(Lucius A. Seneca)：哲學是熱愛與企求智慧。

西塞羅(Marcus T. Cicero)：哲學是屬於神與人事的知識，是事物原因與原則的知識。

奧古斯丁(St. Augustine)：哲學是愛智學，是尋找眞理者，是研究神事與人事的科學。

霍布斯(Thomas Hobbes)：哲學是事物原因與根本之研究。

洛克(John Locke)：哲學是事物原理的眞認識。

柏克萊（George Berkeley）：哲學是眞理與智慧的研究。

休姆（David Hume）：哲學是人性之研究，或稱智力之分析。

康德（Immanuel Kant）：哲學是知與行高等觀念的科學。

費希特（Johann G. Fichte）：哲學是整個知識的知識。

黑格爾（George Hegel）：哲學是客觀的理智研究—是絕對的科學。

斯賓塞（Herbert Spencer）：哲學是統一全體的知識。

羅素（Bertrand Russell）：哲學是科學的，是科學的延長。

以上這些定義，雖然措辭用字各有不同，但其意義是很相近的。現在我們可將哲學的定義歸納如左：

哲學是知識的知識，其目的在研究宇宙萬物的基本原理及其法則，並予最智慧之解釋。

我們明白了「哲學」的含義後，就很容易明白「新聞哲學」的意義了。可以這樣說：「新聞哲學是新聞學的新聞學，其目的在研究新聞、新聞媒介與新聞制度之基本原理及其法則，並予最智慧之解釋。」

目前新聞事業，存在着許多問題，如新聞事業之經營與管理，新聞自由與自律，新聞道德與責任，新聞言論與讀者投書，社會與犯罪新聞之報導，新聞事業與政府社會之關係，編輯人與發行人之關係，新聞記者之資格、訓練、與保障，廣告之誠信與責任，以及新聞事業爲商業抑爲公益事業等。這些問題，均應研究其基本原理，探求其基本法則，並予最智慧之解釋及澈底之解決。

第二節　新聞自由的理論

第一項　新聞自由的演進

新聞自由是新聞哲學的中心課題，所以在討論新聞哲學以前，理應對新聞自由演進的歷史先予敍述。

遠在一七五三年八月三十日，美國費城的獨立鏡報(Independent Reflector)就曾說過：「新聞自由正像其他自由權利一樣，談論的人很多，但瞭解的人太少。」(The liberty of the press, like civil liberties, is talked of by many and understood but by few.)

然而，儘管「新聞自由」是個意義含混的名詞，但愛好自由民主的人士，都把它看得極端重要。例如：

威克斯（John Wilkes）：「新聞自由是英國每位公民的天賦權利，是一切自由最堅强的堡壘。」(註九)

哲弗遜（Thomas Jefferson）：「我們自由權利的保證，基於新聞自由，不能限制，也不能喪失。」(註一〇)

拉斯基（Harold J. Laski）：「一個民族，沒有新聞自由，就沒有自由的基礎。」(註一一)

聯合國認爲：新聞自由爲人類基本自由之一，而充分的新聞自由，爲一切自由的踏脚石。(註一二)

但，這些格言，僅說明了新聞自由的重要性，並沒有說明新聞自由的意義，也許正像美國聯邦派領袖哈密爾頓（Alexander Hamilton）所說：「誰能爲『新聞自由』下一具體的定義？」

的確，新聞自由是個爭訟紛紜的名詞，它是在社會演進過程中，民主政治的產品，它的意義是變動的，隨時間、空間而各不相同。例如，英國十七世紀新聞自由的含義不同於十八世紀；十八世紀不同於十九世紀。依空間論，目前美國新聞自由的意義，不同於蘇俄、阿聯（埃及）、土耳其、印尼、南韓，亦不同於中國。同時，世人公認英美為當前最有新聞自由的國家，但自二次大戰後，英美許多有識之士，咸認新聞自由因獨佔而失去意義。（註一三）所以要瞭解新聞自由的含義，必須從它發展的歷史上尋求解答。

公元一四五〇年，德人戈登堡（Johann Gutenberg 一三九八——一四六八年）發明活版印刷，一百年後，印刷術普及歐洲，因此，產生了「出版自由」的問題。

以英國為例，新聞自由的發展，約分三個時期。（註一四）

(一)**爭取出版自由**（Freedom of Press）：自一五三八年英王亨利八世建立特許制度，經一五五七年皇家出版公司特許狀，及一五八六年與一六三七年兩次出版法庭命令，使出版成為特許獨佔事業。任何人未得許可，不得印刷任何出版品。如違反特許制度，不管印刷品性質內容為何，政府均可予以任意處罰。故此時新聞自由的含義有三：

(1)免除出版前之特許或請領執照（License）；

(2)免繳保證金；

(3)出版前免於檢查。

此項要求，經一六四〇年之「清教徒革命」，及一六八八年之「光榮革命」，至一六九五年即廢除特許制，而獲得出版自由。

㈡**爭取意見自由**(Freedom of Expression)：自一六九五年廢除出版特許制後，人民進而要求討論及批評政治的自由；政府則以「知識稅」(Tax On Knowledge)迫害報紙之發行，以津貼制度(Subsidious System)扶助支持政府之報紙，並以煽動誹謗罪(Seditious Libel)壓制一切不利政府的新聞與言論。在此時期，凡討論或批評政治，報導政府或國會新聞，不論批評正當與否，或報導新聞內容爲何，均以煽動誹謗罪懲處。後經威克斯(John Wilkes)、康貝特(William Cobbett)、柯里爾(Richard Carlile)與格蘭斯登(William Gladstone)等無數自由戰士的奮鬪，始於一七九二年制定了進步的法克斯誹謗法案(Fox's Libel Act)至一八三二通過改革法案，一八六一年廢除「知識稅」，隨之獨立報業第四階級(Fourth Estate)興起，意見自由的原則，即告確立。

㈢**爭取新聞自由**(Freedom of Information)：消息自由在我國通稱爲新聞自由。自一次大戰後，各國政府爲保障國家安全，竭力擴張「機密消息」的範圍，限制新聞發佈，於是報業提出「人民知之權利」(People's Right To Know)的口號。二次大戰後，約有十億人口關入鐵幕，與自由世界斷絕消息流通。因之英美報業，又提出採訪自由，消息傳遞自由及閱讀、收聽自由等。所以英美現代新聞自由的含義，在國內爲免於政府與實力團體干涉，及接近新聞來源的自由，亦即採訪自由。在國外爲自由採訪，自由傳遞消息免於檢查，及自由閱讀、自由收聽的自由。

第二項　新聞自由的含義

由上所述，可將西方傳統新聞自由的含義，綜括如左：

(一)出版前不須請領執照或特許狀，亦不須繳納保證金；
(二)出版前免於檢查，出版後除擔負法律責任外，不受干涉；
(三)有報導、討論及批評公共事務的自由；
(四)政府不得以重稅或其他經濟力量迫害新聞事業，亦不得以財力津貼或賄賂新聞事業；
(五)政府不得參與新聞事業之經營；
(六)自由接近新聞來源，加强新聞發佈，保障採訪自由；
(七)自由使用意見傳達工具，免於檢查，保障傳遞自由；
(八)閱讀及收聽自由，包括不閱讀不收聽之自由。

國際新聞學會（International Press Institute），係以促進新聞自由爲目的，認新聞自由之含義有四：（註一五）

(一)自由接近新聞（Free Access To News）；
(二)自由傳播新聞（Free Transmission of News）；
(三)自由發行報紙（Free Publication of Newspapers）；
(四)自由表示意見（Free Expression of Views）。

根據以上標準，可說世界上沒有一個國家享有充分新聞自由。目前大致接近以上標準的，在北美有美國及加拿大；南美有烏拉圭；大洋洲有澳大利亞與紐西蘭；在亞洲僅有日本；歐洲有英國、比利時、瑞士、瑞典、丹麥、挪威、冰島；而非洲尚無一個國家享有新聞自由。在上列享有新聞自由國家的新聞事業，僅對採訪自由尚不滿意，認為需要繼續爭取。同時，這些國家在戰時或緊急狀態，對新聞自由仍有許多限制。

第三項　新聞自由的價值

自一六四四年，英人約翰•米爾頓（John Milton）提出新聞自由請願書（Areopagitica）後，人類爭取新聞自由的運動，眞可說是風起雲湧。至一七九一年，美國通過憲法第一修正案(First Amendment)，規定「國會不得制訂任何法律限制……新聞自由。」自此以後，各國憲法，均有類似條款，遂使新聞自由成為一種神聖不可侵犯的權利。但新聞自由受憲法保障之理由安在？綜括而言，係基於新聞自由具有左列價值：

㈠新聞自由是尋求眞理的途徑。一六四四年，英國經濟學家羅賓遜（Henry Robinson），認為眞理係在充分討論後出現（Truth comes after full discussion）。同年，米爾頓斷言無人可以獨佔眞理，而眞理係在出版品充分自由的競爭下，然後才能產生。所以他主張吾人欲實現眞理，必須要有新聞自由。

㈡新聞自由是人民權利的保障。英人威克斯（John Wilkes）曾說：「新聞自由是每位公民的天賦權利，是一切自由最堅强的堡壘。」美國第三任總統哲弗遜亦說：「我們自由權利的保證，係基於新聞自由。」這些格言，充分說明了新聞自由具有保障人民其他自由權利的作用。因為凡有新聞自由的地方，必可防止政府權力的濫用。

㈢**新聞自由是民主政治的靈魂**。民主政治是輿論政治，係以意見自由市場（Free market place of ideas）的存在為前提。設若新聞事業不能享有自由，則輿論必為膺品，意見自由市場亦不存在。所以新聞事業是社會輿論與國家政策的橋樑，沒有新聞自由，便不可能有眞正的民主政治。

㈣**新聞自由是社會進步的動力**。新聞自由不僅可使自己之新觀念及新發現公之於世，同時亦可自由獲知他人智慧創造之結晶，此均為促進社會進步之因素。此外，新聞自由具有防止腐敗、消滅特權以及發揮公共監察之作用，此亦為社會進步不可缺少之動力。

㈤**新聞自由是世界和平的基礎**。「紐約時報」星期版資深編輯馬克爾（Lester Markel）曾說：除非各民族之間能有更多更眞實的瞭解，否則國際間便不可能有眞正的和平。（註一六）徵諸人類的歷史，大多數的戰爭係由誤解而發生。而誤解之原因，又多為政府控制新聞媒介，用於歪曲宣傳及製造偏見所造成。所以要保障世界永久和平，必須從保障新聞自由，免於政府控制，及促進民族間之瞭解做起。

由上證明，新聞自由僅是一種手段，**並非是一種目的**。換言之，祇有新聞自由在努力達成上述五**大目標時**，然後它才受到法律的保障。

第四項　新聞自由的流弊

在新聞學的理論中，新聞事業應是一種公益事業（Public Utility）。但自十九世紀末葉，新聞事業已成為龐大的商業，而新聞事業商業化後，其對新聞自由已發生嚴重的影響。

大家都知道，「言論獨立係基於經濟獨立。」所以新聞事業，努力追求經濟利潤，這是無可厚非的事。但問題在新聞事業是否因本身的經濟利益，而有意無意的形成某種偏見，進而阻礙相反意見的發表？美國著名新聞學者皮特遜博士（Dr. Theodore Peterson）對這個問題的囘答是肯定的。（註一七）

自新聞事業企業化，報業為爭取銷數及廣告收入，編輯往往不以反映輿論，發揮新聞自由的功能為職責，而以迎合讀者興趣為新聞價值的判斷標準。因之，在「新聞自由」神聖的口號下，從事毫無限制的自由競爭，但這種競爭愈演愈烈，至十九世紀末期，竟不擇手段施出「黃色新聞」的伎倆，這不僅是對新聞自由的諷刺，而且成為社會的嚴重問題。

「黃色新聞」僅是惡性競爭的一項結果，更危險的是新聞事業所有權的集中。自世界一次大戰後，歐美各國新聞事業，均不斷進行合併，而且直至現在，仍在激烈的進行中。世界人口正在迅速增加，人民對新聞與意見媒介的需要亦日趨重要，但不幸這些媒介單位的數量却日趨減少，新聞與意見的不同點愈來愈少，而能透過媒介發表意見的人數更少。因此有識之士，認為言論自由與新聞自由均已面臨嚴重危機。（註一八）

新聞事業的工作，應永遠與讀者的利益相同，只要讀者對傳播媒介享有選擇的自由，他的利益便會在新聞自由的保障中獲得保障。但目前歐美各國，絕大多數地區為「一城一報」，人民對傳播媒介，業已失去選擇的自由，因此傳播媒介與讀者的關係愈來愈遠，讀者意見與讀者利益已不再為新聞事業所重視。

第五項　新聞自由的責任

新聞自由不僅受到報業商業化的威脅，而且由於近代科學技術的發明，以及太空傳播衛星的應用，它的影響力眞可說是瞬息無遠弗屆，久長而深遠。現代傳播媒介，不僅可影響個人安危、社會秩序、公共道德、善良風俗，而且可以直接決定國家與世界人類的前途。如此重要的傳播工具，對它表現的品質（新聞與意見），能不確立其標準？對它應負的責任，不應明白予以規定？對它的自由，不應合理予以限制？民主政治是一種法治政治，沒有一種權利免於法律的限制，也沒有一種行爲免於社會的責任。

新聞自由是一種神聖的權利，是自由文明社會的象徵。它必須善盡社會責任，然後才有實質的意義。

第三節　言論自由的理論

第一項　言論自由的重要性

言論自由乃個人自由權利的一種，要明白言論自由的重要性，應首先明白個人自由的價值。自民主主義興起後，人們發現自由與生命同等重要，因此有「不自由，毋寧死！」的口號。而且事實上，已有無數自由鬬士爲爭取自由而殉身，由此可知自由價值的重大。

就社會而言，個人自由是社會的最大財富，是社會秩序、社會和諧與社會力量的源泉。一個社會，沒有自由的個人，不可能有永久與共同的利益，也不可能有正常而健全的發展。因爲民主政治的基礎，在於人民的品質，正像亞里斯多德（Aristotle）所說：「最佳的統治是統治最佳的人民」（The best rule is ruling over the best）。一個聰明的政府，主要在誘導最大多數的人民，具有自由而負責的思考能力，並將此種能力做為社會行動的方針。美國著名神學家芮哈博士（Dr. Reinhold Neibuhr）認為自由社會是自由人的社會廣含（The social dimension of free man），是最正當最有效的社會，因為祗有這種社會才是完美人類（full-grown men）的理想社會。（註一九）

至於言論自由的重要性，因新聞自由乃言論自由之延伸，所以新聞自由的價值，絕大部份都是言論自由的價值。因此可以說，新聞自由祗有充分反映言論自由時，它才應受法律的保障。

在人民的自由權利中，任何自由都是密切關聯的。不過在這些自由權利中，言論自由具有特別重要的地位。理由是，如果人與人之間不能自由傳達思想，則其他任何自由都不安全。因為自由傳達思想，為人民達成共同目標與對抗權力侵害之唯一方法。故人民只要有言論自由，則自由社會的種子即已存在其中，同時各種伸展自由權利的必要手段亦已具備。所以言論自由，在各種自由中，為唯一能保障及促進其他自由的一種基本權利。因此，當一個政府變為獨裁時，言論自由與新聞自由往往是它攻擊的第一目標。故在現代國家中，言論自由與一般自由的意義是不能分割的。（註二〇）

言論自由的個人價值，主要在促進人與人間的瞭解，消息與意見的交換。所以言論自由的重要性，不僅為了自由發表自已的消息與意見，而且還為了獲知他人的消息與意見。因這些知識實為個人生存所必需。

言論自由的社會價值，也是極為明顯的。因消息與意見的傳播，為社會之主要特徵。所以除了允許**個人言論自由外，社會沒有任何其他方法獲得進步所需的消息與意見。因此，任何控制言論自由的嚴厲**

手段，勢將危害社會的健全發展。

第二項　言論自由的保障

根據言論自由的功效，認為公共事務，凡引起爭執的問題，祇要經過公開辯論，眞理自然產生。這是言論自由得到社會寬容與法律保護的基本理由。

再者，文明的社會，係建立於各種觀念的基礎上，它的生存、進步，均取決於觀念的不斷更新。不過一個新觀念的產生，往往遭遇舊勢力的反對。所以言論自由不僅應受法律的保護，而且還要有社會的鼓勵才行。

言論自由，難免有錯誤的意見產生。但無意的錯誤，必須予以寬容，否則辯論便無可能。同時，根據自由主義的理論，認為少數錯誤意見，不僅無害於眞理，而且有助我們對眞理的發現。

第三項　言論自由的限制

言論自由，究竟應否予以限制？這是很值得討論的一個問題。前面說過，當追求眞理時，要容忍錯誤，但此並非指一個人在道義上有故意犯錯或拒絕追求眞理的權利，否則他的言論自由應予限制。

根據現代社會的觀念，任何自由都是法律上的一種權利，而法律上的權利都有某種限制。如果言論自由觸及誹謗、汚辱、猥褻、煽動暴亂，或引起明白而立卽的危險（Clear and Present Danger），法律就予以干涉或剝奪他的言論自由。哈佛大學霍根教授（Dr. William E. Hocking）會將政府限

制言論自由的準則，歸納爲左列三點：（註二一）

㈠自由不得侵害他人的實質利益；

㈡在「明白而立卽的危險」的情況下，大衆安全的利益優於個人的自由權利；

㈢自由權利須履行法律義務，以維持最有價值的社會觀念與道德標準。

總之，任何自由權利都不能成爲一種侵略行爲。否則，政府不僅限制而且還應予以干涉。一個自由社會，絕對不能容許威脅他人自由的言論任意傳播，因自由的原則，是自由而積極的維護自由本身的普遍存在，不得爲擴充自己自由而侵害他人的自由。

第四項　言論自由與新聞自由的區別

通常認爲，新聞自由爲言論自由的延伸。但自廣播電視出現後，言論與新聞自由，似乎又無不同之處。兩者原則相同，功能相同，存在的理由相同；人類有言論自由，亦應有新聞自由。因此新聞自由的理論根據，可說全部沿襲了言論自由的基礎。

然而，若仔細考慮，就會發現兩者尙有許多相異之點：（註二二）

㈠言論爲人類本能，不需外界機械的協助；新聞事業爲進化文明的一種制度，當各種新機器應用，使其具有强大而廣泛的影響力。

㈡言論自由是人類普遍的要求，應歸每一個自然人所享有；新聞自由是一種人爲與機械的活動，僅爲少數出版商所享有。這項顯然的差異，就可知道兩者在實質上根本不同，因爲少數出版商無論如何不能視爲人民全體。

㈢說話祇能成爲一種藝術，絕不能成爲一種職業；但新聞事業至少是一種職業，而且通常是一個龐大的企業。

㈣言論的影響力，僅及談話的對象，影響所及最多不過數百人；而新聞事業（包括廣播、電視、電影）的對象，通常均以千百萬人計。如一九六三年美國故總統甘廼廸的葬禮，僅電視觀衆即有三億人。並且言論之影響力限於一時，出版事業之影響力，其紀錄性則歷時甚久。

總上所述，可知言論自由，正像威克斯所說，是每位公民的天賦權利。人民享有這種權利，完全站在平等的地位，無需外力的援助。而新聞自由，僅爲少數出版商的特權，其存在係基於言論自由的理論基礎，所以只有出版內容充分反映多數人民之意見時，新聞自由才能受到言論自由的同等保護。不過，這種可能是很少希望的；如果不信，請將各國報業言論與各國大選結果略一比較，就可明白。

尤有進者，言論自由的價值，基於「眞理愈辯愈明」的前提。但不禁令人懷疑，現代新聞機構每天不斷的發表意見（各種評論），究竟有幾項意見經過公開辯論？而其發表的意見，是否就是最好的見解，也很值得懷疑。

第四節　報業理論與報業制度

第一項　報業制度的紛歧

現在世界上，約有日報八千家，每日銷數約三萬萬五千萬份，平均每十人約有一份報紙。其他週報、五日刋、三日刋與二日刋，約有七萬五千家，銷數遠超出日報之銷數。

但世界上這些各式各樣的報紙，它們在很多方面都不相同。例如在形式方面，有的主張素淨、莊重，有的主張刺激、煽動。在內容方面，有的注重新聞報導，有的注重觀念宣傳。在新聞觀念方面，有的强調客觀，有的强調主觀。在報業所有權方面，有的官辦，有的黨辦，又有的商營。在報業使命方面，有的强調國家利益，有的强調階級或政黨利益，有的則强調人民及社會利益。自由世界，通常認為報紙是報導新聞，促進人類彼此瞭解，保障世界和平的傳播媒介。但非常不幸，事實上現在絕大數的報紙（包括自由地區報紙）正在有意無意的製造偏見，增加誤解。所以有人認為，目前國際局勢的緊張，戰爭氣息的瀰漫，至少報業要負很大責任。

但同是一張報紙，為何會有如此差別？簡言之，這就是現代報業哲學與報業制度的問題。

第二項　報業制度與社會制度的關聯

通常認為，報業制度決定於社會政治制度。換言之，報業制度乃為社會政治制度之一環，當社會政治制度變更時，報業制度亦隨之變更。所以我們認為，瞭解各種社會政治制度的理論，應為瞭解各種報業理論的前提。

人類自有歷史以來，社會卽有兩種力量相激盪成長；一種是極權的力量，另一種就是自由的力量。如極權力量取得優勢，就出現一種極權的社會政治制度；如自由力量取得優勢，就自然建立一種自由的社會政治制度。但不管是極權的制度或自由的制度，都對左列問題，堅持一套假定的信念。（註二三）

第三項　報業哲學的核心問題

㈠人性問題。極權主義認人性是惡的，愚昧無知的，所以主張嚴格統治，輔以教育，使之向善。自由主義認人性是善的，能够分辨是非善惡的，所以主張民主自由，人民自己管理自己。

㈡社會與國家的性質。極權主義認社會與國家是實體的，有生命的，是眞理的化身，是文化的結晶。而自由主義則認社會國家是抽象的，沒有生命的，它僅是個人的組合，沒有個人，便沒有社會國家。

㈢個人與國家的關係。極權主義認個人爲國家的臣屬，不能獨立存在，個人本身沒有目的，沒有意志，他必須在國家內才能得到充分的發展。而自由主義則堅信個人爲唯一存在的實體，有目的，有獨立意志，並有天賦不可剝奪的權利；國家之存在，在維持公共秩序及增進個人之福利。

㈣知識與眞理之特質。極權主義認社會國家之結構，係基於人類天賦智慧之不平等，統治階級具有最高之智慧並爲眞理之主宰，故主張知識與眞理均應由統治者來傳播。而自由主義强調天賦平等之權利學說，認知識係經學習及經驗而來，眞理則散佈每人之心中，故主張言論自由，眞理愈辯愈明。

綜上所述，可知分析報業制度的不同，最後便歸入哲學的範疇。本書係以歷史學、哲學及政治學的角度，來比較當前世界各種不同的報業理論。

第四項　報業理論的類別

前面說過，人類社會政治制度，祗有權力主義（Authoritarianism）與自由主義（Libertarianism）

兩種，所以報業制度祇有兩種，就是極權主義報業與自由主義報業。自一九一七年俄國革命後，出現共產主義報業（Communism Press），因其對報業的嚴厲統治，史無前例，所以亦稱新極權主義報業。二十世紀後，自由主義報業因黃色新聞的氾濫，與報業所有權的集中，致使自由報業的理論失效，新聞自由面臨危機，因之有「社會責任論」（Social Responsibility Theory）的興起。社會責任論，僅爲對自由主義報業的一種修正，亦稱「新自由主義報業」。所以當前世界上共有四種報業理論，即「極權報業」、「共產報業」、「自由報業」與「社會責任論」四種。

以上四種理論，前三種早已實行，但都有缺點，而第四種理論，僅爲自由報業當前努力的目標，還未正式成爲一種報業制度。

我國立國之三民主義，不同於極權主義與共產主義，也不同於資本主義的自由主義。它理應有它自己的報業制度，所以最後爲三民主義報業制度之商榷，藉以描繪我國報業未來發展之藍圖。

本章註解

註一：Frank L. Mott, *American Journalism*, 3rd Ed. (N. Y.: Macmillan, 1962) p. 376.

註二：Mark W. Hopkins, *Mass Media In The Soviet Union* (N. Y.: Pegasus 1970) p. 166.

註三：F. Fraser Bond, *An Introduction To Journalism*, 3rd printing (N. Y.: Macmillan, 1958) p. 65.

註四：Ibid. p. 1.

註五：Wilbur Schramm, Ed., *Mass Communications* (Urbana: University of Illinois Press, 1960)

P.117.

註六：Ibid. pp. 117—8.

註七：吳康：哲學大綱（臺北：商務，民國四十八年）第一頁。

註八：趙雅博：哲學新論(一)（臺北：啓業，民國五十八年）第一一〇—一一頁。

註九：Harold Herd, *The March of Journalism* (London: Allen & Unwin, 1952) p.98.

註一〇：Frank L.Mott, *Jefferson and The Press* (Baton Rouge: LSU Press, 1943) p. 8.

註一一：Harold Laski, *Liberty In The Modern State* (London: Allen & Unwin, 1948)。

註一二：聯合國一九四八年大會決議案。

註一三：Commission On Freedom Of The Press, *The Free and Responsible Press* (Chicago: University of Chicago Press, 1947) p. 1.

註一四：Fred Siebert, *Freedom of The Press In England* (Urbana: University of Illinois Press, 1952)。

註一五：IPI, *The First Ten Years* (Zurich: 1962) P.18.

註一六：John C. Merrill, *The Foreign Press*, 2nd Ed.(Baton Rouge: Louisiana State University Press, 1970) p.4.

註一七：Wilbur Schramm, *Responsibility In Mass Communication* (N.Y.: Harper & Row, 1957) p. 88.

註一八：See Note No. 13.

註一九：William E. Hocking, *Freedom of The Press* (Chicago: University of Chicago Press, 1947) pp.58—59.

註二〇：Ibid. pp. 53—54.

註二一：Ibid. p. 120.

註二二：Ibid. pp. 79—87.

註二三：Fred Siebert, Wilbur Schramm & Theodore B. Peterson, *Four Theories of The Press* (Urbana: University of Illinois Press,1956) p.2.

第二章　極權主義報業

第一節　極權報業的理論

第一項　極權報業的誕生

人類自有歷史以來，極權主義卽佔了極大優勢，所以極權主義報業的歷史最久，範圍最廣，影響最大。

一四五〇年，德人戈登堡（Johann Gutenberg 一三九八—一四六八）發明活版印刷，爲現代報業的前導。但直至十六世紀中葉，才有類似新聞紙出現。所以現代報業的歷史，大約有四百年。中世紀的歐洲，是極權主義的黃金時代，故印刷術與新聞紙誕生後，便立刻成爲教會與極權政府的統治工具。

十五、十六世紀，正值「文藝復興」與「宗教革命」時期，人民急需有效的意見傳播媒介，迅速傳播新的思想。教會與極權政府，爲了壓制自由思想的傳播，乃建立了極權主義的報業制度。

當時認爲，「出版」乃教會與政府的特權，任何人經營出版事業，都需得到教會與政府的特許(License)。爲免於出版內容不利政府，規定出版前須經檢查，出版後亦須擔負一切責任（如煽動誹謗罪等）。凡經特許之出版商，有義務支持政府之政策。政府爲宣達政令，教育人民，自可發行官報。爲達成國家利益，對全國出版事業，可做任何嚴格之管制。

自出版事業誕生後，這種觀念，盛行整個歐洲；如英國的都德王朝（The Tudors 一四八五—一六〇三）、斯圖亞特王朝（The Stuarts 一六〇三—一七一四），法國的波本王朝（The Bourbons 一五八九—一七九三；一八一四—一八三〇）與西班牙的哈普斯堡王朝（The Hapsburgs 一五一六—一七〇〇）等，均採用這種制度。

直至十九世紀，世界各國可說完全爲極權報業。二十世紀以來，極權報業仍盛行各國。二次大戰前及大戰期間，可以義大利、德國及日本爲代表；二次大戰後，根據新聞學權威尼克森博士(Dr. Raymond B. Nixon）的統計，在目前一一七個國家中，僅有十五個國家爲自由報業。而至少仍有三十四個國家爲絕對的極權報業，如西班牙、葡萄牙、拉丁美洲與非洲許多國家。（註一）由此可見極權主義報業勢力之一般。

第二項 極權報業的哲學

任何報業理論，均係建立在「人與社會關係」許多基本哲學的假定。這些假定，包括㈠人的性質；㈡社會與國家的性質；㈢個人與社會（國家）的關係；㈣知識與眞理的特質。（註二）

極權報業的理論，特別重視社會國家，對個人考慮的，不是人是什麼（What He Is），而是人應該是什麼（What He Ought To Be）茲將其基本觀念略述如左：

㈠人性本「惡」。個人離開社會便無意義，不完整，並且毫無價値。極權主義認爲社會爲有機體

(Organism)，個人乃社會之一部份，個人必須生活在社會中，然後才有意義。個人若脫離社會，便不能獨立生存。社會有機體說認爲：個人與社會，就像細胞與身體一樣，試問細胞離開身體，它本身如何生存？有何意義？有何價值？

㈡社會（國家）為一種實體的存在。極權主義認爲文化與文明，均爲集體社會發展之結晶。個人必須依附社會，然後才能達成文化的最高境界。在這種理論下，國家是獨立的，是一種神秘的實質存在(Mystical Reality of Its Own)。如墨索里尼强調偉大的義大利（Greater Italy）不僅是現在的人口、土地與政府，而是過去、現在與未來文化的總稱。因此，將國家「人格化」、「實體化」。希特拉特別强調亞里安民族（Race Ayrian），將種族取代國家之地位。

㈢社會（國家）價值第一，個人僅為社會的從屬。極權主義認爲個人僅爲社會的成份（Elements），彼此相互依存，不能獨立存在。但人之價值，乃在達成國家之目的。因此認爲社會價值第一，個人沒有獨立的目的與價值。在這種理論下，國家可要求個人做任何犧牲。進而成爲瘋狂的軍國主義，黷武主義。如希特拉認爲，戰爭是人類種族最偉大的清潔劑（War Is The Greatest Purifier of Human Race）。法西斯主義與共產主義，雖均承認個人在事實上是存在的，但他們堅持認爲，個人離開社會就不完整，沒有意義，沒有價值。個人是大機器的許多零件之一，它必須加上社會的成份才有意義和價值。

㈣知識因人而異，真理獨一無二，而且不可變更。極權主義認爲，知識（Knowledge）係權力的產物，而智慧復因天賦而各不同。至於眞理（Truth），則認爲祇有一個，並爲統治者所專有，在神權時代，認爲「眞理」來自上帝，而國王爲上帝之發言人。

墨索里尼認為「偉大之義大利」卽為眞理之結晶；故凡有益於「偉大之義大利」者卽為眞理。但義大利利益之標準為何？此祇有墨氏本人為最後之裁判者。換言之，墨氏本人卽為眞理之化身。希特拉亦認眞理來源祇有一個，卽他本人，他為一切眞理之主宰。

綜括上述，極權主義認為眞理具有左列特點：

㈠眞理祇有一個，為統治者所專有。

㈡眞理祇有一個來源（卽統治者），為免眞理混淆，所以有特許及新聞檢查制度。

㈢人民因不明眞理，須以教育、宣傳、傳播眞理之意義。為使眞理達成有效之傳播，故認對學校及傳播媒介，必須做有效而嚴格之控制。

㈣眞理為獨一無二，不可分割，故攻擊眞理之「任何一部份」，都視為攻擊「眞理之本身」。

㈤眞理是永恒的，永不變更，絕無錯誤的。假設錯誤，那祇是解釋的錯誤。如蘇俄共黨攻擊史達林、赫魯雪夫的錯誤，係史、赫對馬克斯、列寧主義的解釋錯誤。

㈥眞理必須一致。極權社會之特徵有三：卽統一性（Unity）、穩定性（Stability）與繼續性（Continuity）。尼采（Friedrich W. Nietzsche 一八四四—一九〇〇）認為：「統一」為實現眞理之唯一方法。為實現眞理，可採取任何手段。因目的正當，手段卽正當（The End Justifies the Means）。所以為實現眞理，對於不信眞理者，可用狡詐、高壓以及任何更慘酷的手段。墨索里尼亦認為，一個國家必須團結在一個觀念之下。任何觀念，甚至與事實抵觸，但祇要對「偉大的義大利」有益，都可視為眞理。美國著名實用哲學家詹姆士（William James 一八四二一一九一〇）曾說：眞理就是一切達成人類良善目標有用的意見（The Truth Is That Which Is Useful In the Long Rtn In Achieving Human Good）。（註三）

第三項　極權報業哲學的歷史

極權主義的哲學家，最著名者有柏拉圖、馬克威里、霍布斯與黑格爾等。茲將他們理論的要點略加介紹。

㈠柏拉圖的理想國（The Republic）

柏拉圖（Plato 公元前四二七—三四七年）的理想國是一種溫和的極權國家。他認爲眞正的眞理，一般人民可以瞭解。他希望的「理想國」，應由哲君（Philosopher King）統治。這種「哲君」是超羣出衆，大智大慧，具有高度道德，所以應賦予統治全權，不受任何法律限制。當然對言論自由及意見討論，亦得施以管理。柏拉圖認爲，人的天性、品質、智慧都是不平等的，他的「理想國」由三種人所組成：（註四）

⑴哲人階級：爲金質人，富於理性。是第一階級，亦即統治階級（Policy Maker）。

⑵武士階級：爲銀質人，富勇敢堅毅精神，利於執行任務。是第二階級，亦即輔助階級(Auxiliary Group)。

⑶生產階級：爲銅鐵質人，富於慾望，僅適於生產工作，是普通人民，亦即勞工階級（The Artisans）。

這種階級的劃分，係基於人的天性與才能，並非世襲。所以經過一種測驗（Test），階級可以變更。不過祇要成爲哲人階級，就有統治全國的全權，他可以自己決定如何治理國家，不必告訴人民理由。基於這種理論，政府不僅應有教育宣傳工作，而且應有新聞檢查工作。

柏拉圖的政治學說，亦有許多進步思想。如(1)主張男女平等；(2)主張個人不論財富及社會地位，均有表現個人才能之平等機會。

㈡馬克威里的君王論（The Prince）

馬克威里（Niccolo Machiavelli 一四六九—一五二七年）對極權政治的實際影響，遠超出他在政治理論方面之貢獻。近代極權政府的統治階級，幾乎無不精心研究他的大著。他主張爲達到政治目的，可以不擇手段，即使殘忍、不義、詭詐，也可應用。（註五）馬氏主張人性都是「惡」的，自私自利的，反覆無常的。所以他主張統治者治理國家，必須以「武力」與「詐術」相結合。要學獅子的兇猛與狐狸的狡猾。（註六）根據這種主張，政府對於言論的嚴厲控制，自屬必然了。

㈢霍布斯的巨靈論（Leviathan）

霍布斯（Thomas Hobbes 一五八八—一六七九年）是社會契約說的創始者。認爲每人都有「求利」、「求安」與「求名」的慾望。這是導致紛爭的起源。因此，他說人性本「惡」，人類都是殘忍、邪惡、自私自利的。在自然狀態中，完全是戰爭狀態，是每個人對每個人的戰爭（War of Every Man Against Every Man）。（註七）人類爲了逃避自然狀態的禍害，乃經過社會契約（Social Contract）進入政治社會。但人類進入政治社會後，即須服從「絕對無限之主權」。主權者可用絕對之强力統治國家。他相信在寶劍威脅下之統治是可靠的。而民主政治將導致混亂，毀滅人類之文化。

在言論及出版方面，霍氏認主權者爲維持和平，對於任何意見及理論均有決斷之權，以防破壞和平而啓戰爭。對公衆發表之言論，其內容、時間，均須經過核定。書刊出版亦應事先檢查。依霍氏意見，言論與出版自由，乃爲不可思議之事。

但霍布斯認爲個人仍有兩大權利：(1)有權保障本身之生存，甚至對國王亦有這種權利；(2)個人有自由思想權，但僅限於「思想」。不過霍氏並沒有給予人民實行這兩項權利的方法。因爲主權者既然已享有絕對的權力，掌握了武力及一切傳播工具的時候，人民還能保留甚麼權利呢？

(四)黑格爾的權利哲學（Outlines of the Philosophy of Right）

黑格爾（George W. Hegel 一七七〇—一八三一年）是德國唯心哲學的大師，是辯證哲學的鼻祖，對近代極權主義的影響，也是無可否認的事實。

黑格爾的學說，係以意志（Will）爲基礎，以發揮國家的理念（The Idea of the State）爲最終之目標。其認意志是永久的（Eternal）、普遍的（Universal）、自明的（Self Conscious）與自決的（Self Determining），並認自由（Freedom）爲意志的要素，意志卽意志的理念（The Idea of the Will）。任何合理意志，都會實現；任何實現的意志，也都是合理的。他說個人唯有在國家中才能自由，所以國家就是自由的實現。（註八）

黑氏認爲國家是一個有機的整體（Organic Whole），人民僅爲組成份子，他們的權利係由國家法律所保障，他們的幸福有賴於國家，唯有在國家之中，才有道德生活與社會倫理。所以國家是眞理發展的結果，必要的存在，絕對的合理，世界歷史的確定目標，上帝在世界上之進行（The March of God In the World That Is What the State Is）。(註九)

黑格爾將國家已經神化，統治者至高無上，所以以後的極權主義，如法西斯、納粹及共產主義，都採用黑格爾理論的主要部份。在這種權力主義下，人民所有的自由權利，除了服從法律的自由外，恐怕什麼也沒有了！

第二節　英國極權主義報業

第一項　出版特許制的建立

一四七六年，威廉•卡克頓（William Caxton）於倫敦設立第一架印刷機，這是英國出版事業的開始。不過直至一五三八年，國王亨利第八（The Henry Ⅷ 一五〇九—一五四七）始正式建立皇家特許制度（License System）。(註一〇)

英國為統一管理出版商，於一五五七年成立皇家特許出版公司（Stationer's Company）。該公司為出版商的企業組合，根據馬利女皇（Queen Mary 一五五三—一五五六）特許狀而成立。

皇家出版公司的設立，在國王方面，係藉此管制誹謗及異教言論。在出版商方面，係藉此取得出版獨佔及管理非法出版的特權。在公司特許狀中規定：王國以內，除公司會員及女皇特許外，出版一律禁止。一五六六年，樞密院並命出版商繳納相當數額保證金，保證不印任何未經許可的作品。

一五七〇年，為了嚴厲管理出版，特成立皇家出版法庭（The Court of Star Chamber），該法庭掌理叛國、煽動、及誹謗罪等之非常審判，不經辯護程序，可對疑犯予以任何刑罰。

一五八六年，伊利莎白女王（Queen Elizabeth 一五五八—一六〇三）頒佈出版法庭命令，規定如左：（註一一）

㈠一切出版品須送皇家出版公司登記；

㈡除牛津、劍橋大學外，倫敦市外一律禁止印刷；

㈢除教會同意，出版商不再增加；

㈣任何出版品均須事前許可，並須檢查；

㈤皇家出版公司，對非法出版有搜索、扣押、沒收及逮捕疑犯的權力。

一六三七年，出版法庭將出版商保證金提高為三百鎊。

出版特許制，在英國實行將近兩百年。經一六四〇年「清教徒革命」及一六八八年「光榮革命」，始於一六九五年廢除。

第二項　「知識稅」的征收

十八世紀初，英國政府向報紙、廣告及紙張征稅，歷史學家稱為知識稅（Tax On Knowledge），這是管制出版的特別方法。

一七一〇年，政府向日曆、年曆征稅。一七一二年五月廿二日，國會通過印花稅法案（Stamp Act），八月一日正式向報紙、廣告及紙張征稅，要點如左：（註一二）

㈠報紙：半張（兩頁），每份付稅半便士；一張四頁付稅一便士；
㈡廣告：每項付稅十二便士；
㈢紙張：進口紙每令付稅自一先令至十六先令；本國紙每令自四便士至一先令六便士；
㈣報紙均需向印花稅局註册，每份報紙須註明發行人姓名、住址，如有不符，罰二十鎊。如不付稅，吊銷出版執照。

印花稅對脆弱的報業，無疑是項嚴重的打擊。印花稅實行不久，倫敦報紙即有一半停刊。政府為達到澈底管制報紙之目的，曾於一七五七、一七七三、一七七六、一七八九、一七九四及一八〇四年六度提高稅率。致報紙稅每份高達四便士，廣告稅每項三先令六便士。報紙售價每份自六便士至九便士。因此，報紙銷數大減，讀者通常至閱報俱樂部租報，每小時付費一便士。

一八三二年，「改革法案」（Reform Act）通過，使英國進入一個開明的時代。政治領袖逐漸瞭解，壓迫報業並非明智之舉，因之，乃於一八三三年，將廣告稅自三先令六便士減為一先令六便士。報紙稅自每份四便士減為一便士。

一八五〇年，報紙已經從被壓迫階級，逐漸成為左右政府的第四階級（Fourth Estate）。故廣告稅、報紙稅與紙張稅，分別於一八五三年、一八五五年、及一八六一年取消。「知識稅」在英國，計有一百五十二年的歷史。

第三項　賄賂報紙的盛行

賄賂報紙及收買記者（Subsidiary System），是極權政府控制報業的另一方式。

自十七世紀初葉，政府卽賄賂報紙，收買記者，以達控制輿論之目的。如英國報業之父狄福（Daniel Defoe），政治家蘇福特（Jonathon Swift），文學家艾廸遜（Joseph Addison）與約翰生博士（Dr. Johnson）以及以後倫敦「泰晤士報」的創辦人華特（John Walter），都曾正式接受政府的津貼。不過這種情形，到實行「知識稅」後，乃成爲必然而不可缺少的一種制度。因爲在沉重「知識稅」的壓迫下，沒有一家報紙可以不接受津貼而能獨立發行。

華爾波（Robert Walpole）曾兩次擔任英國首相（一七一五—一七一七；一七二一—一七四二）。他以津貼控制報紙，運用最爲成功。在他任期內，津貼報紙經費每年至少五萬鎊。

華爾波對擁護政府的報紙，除直接津貼外，並供給消息及免費郵寄的便利。對敵對報紙，卽是自付郵費，亦常遭郵局的故意遲延。這種賄賂報紙的制度，直至十九世紀工商業興起，報紙有了可靠的廣告收入，經濟獨立後，才告結束。

第四項　煽動誹謗罪的濫用

英國政府控制報業，在十六、十七世紀，係應用特許制度。俟特許制廢除後，十八、十九世紀則應用煽動誹謗罪（Seditious Libel）爲主要手段，而以「知識稅」與「賄賂制度」爲輔助手段。在十八世紀，凡批評國王、大臣、國會、議員及一切猥褻不敬的言論，均屬觸犯誹謗罪。甚至報導國會辯論或國內新聞就是犯了煽動誹謗罪。

總逮捕狀（General Warrant）是對付煽動誹謗罪的主要手段。政府或國會，如發現誹謗言論，得由國務大臣發出總逮捕狀，對出版品可搜索、扣押、沒收、焚燬，對一切有關人物，可逕行逮捕、搜索、扣押、審訊。此爲英國報業之直接枷鎖，亦爲報人生命之最大威脅。直至十八世紀後期，經威克斯（John Wilkes）、凱姆頓勛爵（Lord Camden）以及無數自由戰士之奮鬭，始於一七九二年制定比較進步的法克斯誹謗法案（Fox's Libel Act）。

該法案之優點有三：㈠原則承認人民有報導、討論及批評政治之權利；㈡陪審團對誹謗案有獨立判決權；㈢被告逮捕後，經一位陪審員之認可，即可提請審判。自該法案實行後，誹謗罪須有法律根據，不像以前單憑國王、大臣或議員的好惡，即可決定無辜人民的刑責了。

第三節　義大利法西斯主義報業

英國的極權報業，可做傳統極權報業的典型。如法國波本王朝、西班牙哈普斯堡王朝、俄國沙皇時代，都採用這種報業制度。所不同者，僅是程度的差別。二十世紀，傳統極權報業，仍然到處皆是，無須一一陳述。不過在這些極權報業中，特別值得注意的是義大利的法西斯報業，德國的納粹報業，與日本的軍國主義報業。這些報業在理論及制度方面，與傳統極權報業尚有某些不同之處。

第一項　法西斯的意義及其領袖

法西斯主義（Fascism）創始於一九一九年之義大利。其社會背景，爲對抗共產主義之擴張，及挽從事「聯合的鬬爭」。

救國家經濟之崩潰。法西斯蒂（Fascist），原爲古羅馬時代一種武器—長柄利斧，其柄係由數根木棒緊緊捆紮而成，以免斧柄折斷。法西斯黨採用了這個名詞，其意義在要求義大利全國人民組織起來，共同從事「聯合的鬬爭」。

法西斯黨之領袖爲墨索里尼（Benito Musolini一八八三—一九四五）。組成份子，主要爲不滿現狀的愛國者，如退伍士兵、農民與工人。最初並未引人重視，直至一九二二年十月進軍羅馬，取得政權，才受到世人的關切。

墨索里尼出身於新聞記者，是一位激烈的社會主義者。（註一三）一九一四年創刊米蘭義大利人民報（IL Popolo d'Italia），變成激烈的國家主義者。大戰期間，從軍入伍，戰後繼續主編該報，直至一九二二年。他於一九一九年組成法西斯黨，並於熱那亞發行法西斯勞工報（Lavoro Fascists），配合「義大利人民報」，鼓吹法西斯主義。

第二項　法西斯控制報業的措施

一九二二年十月，義大利各地罷工，墨索里尼進軍羅馬，旋被國王任命組閣，因之取得政權。此後，在報業方面，採取一連串的新措施，與傳統極權報業頗爲不同。茲將重要者列舉如左：

㈠一區一報制。法西斯取得政權後，認爲全國報紙太多，隨卽頒佈「新聞法」，規定各地報紙合併，一地區只准一家報紙發行。此法不僅可使言論一致，而且爲消滅反對報紙的最好方法。這種措施，類似共產國家，但不盡同。二次大戰期間，德國、日本均曾仿效這種制度。

㈡新聞記者登記法。一九二五年，公佈「新聞記者登記法」。該法為世界上最早之「記者法」，其目的在決定記者之資格及監督記者。規定「凡有違反國家利益之行為者，即撤銷記者之資格。」至於是否違反國家利益，則由司法部於記者公會遴選之五位委員決定之。因此，記者凡不對法西斯效忠者，均不得從事新聞事業。在此法令限制下，計有百餘名記者被拒絕登記，其中包括「米蘭晚郵報」社長阿伯蒂尼（Luigi Albertini）。上述五人委員會，有權取消記者資格並處罰記者。此外並設立高級委員會，為五人委員會之上訴機關，該會由墨索里尼之胞弟為會長。

㈢頒發宣傳指示。墨索里尼認為報紙必須絕對支持政府。報紙之重要性，僅次於教育人民的學校，是政府事務的一部份，不能由私人自由經營。報紙為達成法西斯賦予之使命，必須每天接受內政部新聞管理處的工作指示。該處後改為新聞宣傳部（Ministry of Press and Propaganda），由墨氏女婿西阿諾（Count G. Ciano）為部長。（註一四）各報社代表須經常至新聞宣傳部接受口頭或書面指示；該部亦可用文字或電話頒發指示。如那些新聞可以或不可以刊登，那些新聞應該或不應該刊載；從原則到技術，從用字到標題，都為指示的內容。

㈣禁止刊登犯罪及社會新聞。一九二五年六月，修改刑法，防止新聞自由之濫用。以後政府命令，第一版絕對不得刊登犯罪新聞，其他各版亦不得刊登任何容易引起犯罪新聞的報導。

㈤控制輿論，實行新聞檢查。一九二四年，社會黨議員馬蒂奧特（Matteoti），因反對法西斯之青年運動而被暗殺，輿論譁然，因之實行新聞檢查。國內新聞由地方政府負責，外籍特派員由郵政總局負責。檢查人員可故意延遲檢查時間，使新聞失去效力，亦可删改或扣押新聞。外籍特派員如不服從，可判處五年至十五年徒刑。

第三項 法西斯的重要報紙

法西斯報業，純粹是政治的工具，至少在表面上，均須積極支持政府。其管制較傳統極權報業更爲嚴密。至一九三九年，全國計有日報六十六家，發行四百六十萬份。主要報紙有「義大利人民報」、米蘭晚郵報（Corriere della Sera）、義大利日報（IL Giornale d Italia）、消息報（IL Messaggero）、論壇報（La Tribuna）、郵報（La Stampa）、「勞工報」、法西斯政權報（IL Regime Fascista）等。

第四節 德國納粹主義報業

第一項 納粹的意義及其領袖

納粹（Nazi）之意義，爲德國國家社會黨，主張國家社會主義，其目的在建立强大之德國，反對共產主義之擴張。

希特拉（Adolf Hitler 一八八九—一九四五）爲納粹之領袖，一八八九年生於奥地利，一九一二年遷居慕尼黑，一九一四年參加世界一次大戰爲通訊兵，以殊勇獲鐵十字勛章，一九一九年返慕尼黑加入德國工人黨。翌年取得控制權易名納粹黨。一九二三年創辦「人民觀察報」，大事宣傳。同年得魯登道夫之助，舉事於慕尼黑。事敗，被捕入獄，著「我的奮鬭」（Mein Kampf）一書。釋放後，積極發展，一九二八年黨員達十萬八千人，一九三一年，經濟恐荒，工人失業，中產階級破產，而納粹黨員突增至一千萬人，希特拉乃於一九三三年一月三十日，經憲法程序，正式取得政權。

第二項　納粹領袖的報業觀念

希特拉在「我的奮鬬」中說：「即使最大的謊言，經不斷的重複敍述，亦可變成眞理。」又說：「羣衆易於受騙。國家責任，在防止人民受那些無知、愚蠢、及不良動機政客的影響，所以報業應由國家小心監督，由國家嚴格控制。」（註一五）

希特拉認爲：「報業是教育人民最有效的工具，它必須爲國家民族而服務。」此外，在國社黨綱中亦有規定：「報紙在國家中，爲最有影響力的工具之一，所有報紙，如與公共利益衝突，必須禁止。」（註一六）這些觀念，都是他注重宣傳，重視報紙與迫害新聞自由的基本原因。

第三項　納粹控制報業的措施

納粹對報業的控制，較法西斯主義更爲嚴格。

基於希特拉對報業的觀點，自然希望報業國有化。希特拉曾對帝國報業管理處(Reich Press Chamber）處長艾曼(Max Amann)說：「德國全部私人報紙，必須沒收。」（註一七）因納粹主義與共產主義終於不同，所以並未完全將私人報紙沒收，不過事實上私人報紙的影響力，幾乎完全喪失。茲將納粹控制報業的主要措施，列舉於左：

㈠沒收報紙，取消新聞自由

一九三三年一月，納粹取得政權後，立刻實行獨裁制度，二月因國會縱火事件，立即逮捕共黨，沒收共黨報紙五十餘家，沒收社會民主黨報紙一百三十餘家，同月二十八日正式頒佈命令，終止威瑪憲法保障之新聞自由。以後「帝國報業管理處」成立，經常以莫須有之罪名沒收報紙，如一九三三年七月沒收摩塞報團（Mosse Newspapers），德國最大的烏爾斯坦報團（Ullstein Newspapers），亦於翌年六月沒收。

㈡成立宣傳部及帝國報業管理處

一九三三年三月設立宣傳部（Ministry of Propaganda），由戈貝爾(Joseph Goebbels)爲部長，同年九月廿二日，設立帝國文化局（Reich Chamber of Culture），以戈貝爾爲主席，下設七個管理處，分掌文學、廣播、戲劇、音樂、電影、美術及報業之管理，「帝國報業管理處」以艾曼爲主席，係由「全德報紙發行人協會」、「全德記者公會」及十二個其他有關報業團體及工會組織而成。該處對記者有處分權，包括開除記者之資格，並規定非認可之記者，不得從事報業。此使全國報業均納入嚴密組織之中，保證效忠納粹政府。（註一八）

㈢制定「編輯人法」，建立納粹報業制度

自一九二〇年，「德國記者公會」與「德國發行人協會」即不斷談判「編輯權」與「發行權」的劃分問題。因自商業性報紙興起後，發行人爲追求利潤已使報紙違反了社會利益。編輯人爲了保障編輯權之獨立，乃要求政府立法保護。一九二四年政府擬定記者法（Journalist's Law）草案，詳細規定編輯人與發行人之權利與義務。但因發行人協會堅持異議，致未通過。（註一九）一九三三年十月四日，戈貝爾據此頒佈了編輯人法（Editor's Law），該法違反了「記者法」草案自由報業的基本精神，而將編輯人與發行人視為納粹政府的工具。

該法規定，各報總編輯須詳列清册，由宣傳部長接見後始可任用。總編輯須對報紙內容全部負責，並須保證報紙上不得有危害德國國防、教育、經濟及榮譽的一切報導。而一般記者亦須具備一定之條件：

(1)須為德國公民；

(2)具有公民權及官吏資格；

(3)曾受專業教育；

(4)祖籍為亞列安人而未與其他種族結婚者。

記者資格審查權屬地方新聞協會會長，決定權屬國家宣傳部，在「編輯人法」施行細則中，規定凡從事馬克斯主義新聞工作，或其他政治上有害行為而有證據者，一律不得從事新聞事業。（註二〇）依照「編輯人法」，發行人祇能負責報業管理及印刷技術方面的事務，不得干涉新聞言論。如果發行人企圖以利誘或脅迫之方式影響編輯人，就要受到罰鍰、徒刑或取消發行人之執照。發行人與編輯人之關係，均基於契約，如未獲得「報業管理處」之同意，不得解除編輯人之職務，由於這種巧妙的安排新聞人員成為政府的官員，祇對宣傳部負責。過去發行人對報紙之影響力，完全為宣傳部所取代，新事業全部為納粹政府所控制。

(四)頒佈艾曼出版命令

一九三三年與一九三四年，納粹以暴力沒收共黨、社會民主黨及部份猶太人之報紙。一九三五年，依照「帝國文化局」章程，有權規定所屬各種文化事業從業人員之資格，有權決定這些行業開業、停業與經營之必備條件。同時四月廿五日，艾曼依據該局章程第廿五條規定，頒佈三項出版命令（The Amann Three Ordinances），藉以消滅中產階級及宗教團體之報紙。（註二）

第一項命令規定：任何報紙，如採「激情主義」報導新聞，破壞善良風俗、社會道德，則取消其發行權。

第二項命令規定：為免於不健全之競爭，「帝國報業管理處」，可隨時停止或合併報紙之發行。

第三項命令計有四個要點：

(1)任何出版事業，均須呈報資本、津貼之來源、以及與其他出版事業之關係。發行人及其太太與董事會全體人員之祖先，必須證明自一八〇〇年起，均為純粹之德國人民。

(2)報紙不得由股份公司或報團經營。換言之，一人祇能經營一個報紙。

(3)工商團體必須退出報業，宣稱：「金錢不得製造輿論。」(Money bags shouldn't be Allowed to Make Public Opinion)。

(4)天主教或其他專業團體不得經營報紙。

該法實行後，德國報業引起一連串的出售、合併及停刊。至一九三六年，民營報紙被消滅者已超出二千家，原有報團全部解散。

(五)一城一報制，合併民營及地方報紙

二次大戰期間，納粹積極控制報紙。一九四四年初，史達林格勒戰役後，戈貝爾實行戰時總動員，規定在十萬人以下城市，均爲一城一報，其他大城亦採合併措施。在此次措施中，民營及地方報紙又被消滅一千餘家。(註二二)

第四項　納粹出版公司

納粹極權報業，除直接實行新聞檢查以及暴力迫害報紙外，最主要的手段就是建立納粹出版公司(Eher Verlag)，實行報業國有化。

一九三二年，德國計有日報四、七〇三家，銷數二千五百萬份，這是威瑪憲法保障新聞自由的結果。至一九三六年(希特拉執政後三年)，日報二、三〇〇家，銷數約一千四百八十萬份。一九四四年，日報九七五家。翌年二月，大戰結束前，日報僅餘七〇〇家。銷數不及一千萬份。但在此期間「納粹出版公司」的業務，却是直線上昇的發展。

該公司成立於一九二〇年，一九二六年便完全爲納粹所控制。希特拉上臺後，便負起建設國家報業的使命，茲將該公司發展概況略予說明：(註二三)

表一　德國納粹出版公司發行報紙數量及其銷數統計表

公元	直轄報紙(家數)	銷數(份)
一九二六年	一	一〇、七〇〇
一九二九年	一〇	七二、五九〇

一九三〇年	一九	二五三、九二五
一九三二年	五九	七八二、一二一
一九三三年	八六	三、一九七、九六四
一九三六年	一〇〇	四、三二八、一四〇
一九三九年	二〇〇	六、一二〇、〇五七

一九四四年十月，德國國內，僅餘日報九七五家，納粹報紙達三五〇家，銷數佔總銷數百分之八二・五；民營報紙六二五家，銷數佔百分之一七・五。(註二四)民營報紙銷數在五萬份以上者僅八家，二萬五千份以上者二十五家，而這些報紙雖名爲民營，實際仍受納粹之嚴格控制。至此民營報紙可說已完全失去意義。

「納粹出版公司」以艾曼爲社長，在二次大戰期間，計轄六個分公司，一六三個出版公司及報業機構，負責出版書籍、雜誌、畫報以及每天發行二千萬份日報（包括佔領區）。正式服務人員共有三萬五千人，希特拉宣稱這是世界最大的報團，而世人則喻爲世界最大的毒氣製造廠(Poison gas factory)。不過這家「毒氣製造廠」的營業情形始終很好，每年純益高達一億馬克以上。至戰爭結束，僅銀行存款，尚有六億馬克。(註二五)希特拉政權崩潰後，「納粹出版公司」亦隨之煙消雲散。

第五節　日本軍國主義報業(註二六)

第一項　獨立報業的臣服

一九二七年（昭和二年），田中義一組閣，自兼外相。同年六月廿七日在東京舉行東方會議，確定侵華政策，並起草積極侵略滿蒙計劃，此卽著名的「田中奏摺」。

田中爲侵略中國最極端的份子。一九二七年就任首相後，卽出兵山東，阻撓革命軍北伐。一九二八年復佔領濟南，造成「濟南慘案」。東方會議後，田中爲侵佔滿蒙，乃於一九二八年（昭和三年）六月四日炸死張作霖。當時日本報紙均不敢刋登此一消息，僅謂滿洲某種大事件，係南方中國政府所爲。事後爲天皇所知，曾怒斥田中，因之內閣辭職，惟軍部仍繼續其黷武主義。田中計劃則由土肥原賢二、橋本欣二郞、三谷淸、二宮治重、三島正與河本大佐等執行。一九三一年（昭和六年）九月十八日，發動「九一八」事變，侵佔東北三省。

「九一八」事變，消息傳至日本後，各報均出號外，並派許多記者前往採訪。大阪「朝日」、「每日」與「東京朝日」、「東京日日」等大報，開始以飛機採訪新聞，並以大幅圖片之號外壓倒其他報紙。至於報導內容，完全抹煞事實，日本報紙對於這種顯然的侵略行爲，竟稱爲自衞行動。而且沒有一家報紙敢違反軍部的意旨，據實報導，抨擊軍部的侵略政策。

一九三二年（昭和七年），國聯要求日本自東北撤兵，恢復中國領土與主權的完整。翌年三月廿七日，日本拒絕國聯要求，宣佈退出。當時除「東京日日」受軍部指使外，其他各報均抨擊外相松岡洋右之外交政策失敗。其中以「時事新報」反對最爲激烈。

「九一八」事變後，犬養毅奉命組閣。其早年與孫中山先生相交甚厚，並同情中國革命。組閣後，卽派萱野長知至中國，欲以和平方式解決中日兩國問題。事爲軍部探悉，爲表示侵華決心，卽發動「一二八」事變。並於一九三二年（昭和七年）五月十五日，派靑年軍官九人，至首相官邸刺殺犬養毅，是爲「五一五」事變。

當時日本報紙已成軍部之傳聲筒，竟稱刺客係出於愛國熱誠。惟「朝日新聞」謂，兇手係著軍服，竟入首相官邸行兇，實爲皇軍之恥，「朝日」因此受軍部警告。一九三六年「二二六」事變中，「朝日」爲靑年軍官所搗毀。

「五一五」事變後，政黨政治結束，軍國主義瀰漫全國，軍人氣燄萬丈。一九三六年（昭和十一年）二月廿六日，軍部又發動「二二六」事變，捕殺許多元老重臣。當時被捕者計有一千四百餘人，處死刑者十六人。搗毀「朝日新聞社」，並脅迫「報知新聞」刊登叛軍宣言，禁止報紙刊登此一事件任何新聞。各報噤若寒蟬，不敢批評軍部暴行。至三月始有署名「蘇峰老人」者，在「東京日日晚報」以「野人之談」批評「二二六」事變之不當。後有「東京」文刊，因批評不愼而遭停刊。

第二項　新聞通訊社的合併

「二二六」事變後，軍部對外侵略之態度更爲明顯，新聞事業亦均被迫成爲軍部的幫兇。軍部爲統一及加强國內宣傳，首先將「電報通訊社」與「新聞聯合社」合併。按日本政府於「九一八」事變後，即擬將此兩大通訊社合併。如此，一方面可加强宣傳，一方面可便於管理。「新聞聯合社」係由東京、大阪六大報社出資經營，並受外務省補助。因該社業務不發達，故對合併並無異議。而「電報通訊社」歷史悠久，股東爲地方各大報，兼營通訊與廣告，業務十分發達，故不贊成合併。政府對於兩社之合併曾努力斡旋，但「電通社」堅持不予同意。不料「二二六」事變發生後，「電通社」鑒於大勢所趨，乃改變初衷，宣佈兩社合併。於一九三七年（昭和十二年）六月成立「同盟通訊社」，以做國家通訊社，控制整個國內外電訊。

第三項　新聞局的成立

「同盟通訊社」成立後，爲調整新聞機構及加強國內外宣傳的控制與指導，進而成立內閣新聞局。該局原名內閣新聞委員會，於一九三六年（昭和十一年）七月一日成立，係由內務省、外務省、資源局、陸海軍部之代表所組成。該局計分五部，茲將其職掌列舉如左：

第一部：主管計劃、調查與情報；

第二部：主管國際宣傳；

第三部：主管新聞檢查；

第四部：主管國內宣傳；

第五部：主管國內文化宣傳團體之指導。

第四項　戰時報業總動員

一九三七年（昭和十二年）七月七日，日本發動侵華戰爭。是日晚，近衞於首相官邸召集記者四十四人，說明政府方針，希望全國新聞界支持政府。繼由「同盟社」社長岩永裕吉代表致詞，表示絕對領導輿論與政府合作，實行戰時動員。

「七七」事變後，各報社、通訊社派往中國戰地的採訪記者，據一九四一年日本新聞年鑑記載：在事變發生後四個星期內卽有四百名。至同年（一九三七）十月中旬，增至六百人，至武漢陷落時，增至一千人。至一九四〇年三月二十日，增至二千三百八十四人。以後僅隨陸軍記者，卽有二千五百八十六人。各報派遣記者最多時，「同盟」、「朝日」、「每日」三家各派一千名，「讀賣」五百餘名。後來由於戰事的擴大，廢除各報自由派遣記者的制度，而改爲軍方徵調報導班員制。除新聞記者外，並徵調作家、畫家、詩人、音樂家等，從事戰時宣傳報導工作。報導班員所需用費，完全由政府負責。由於許多年靑記者被軍方徵用，致爲後方報紙帶來許多困難。

除戰爭新聞的報導，由軍方統制外，政府並令各報在日軍佔領區設立分社。如「讀賣新聞」曾在馬尼拉、香港、曼谷、新加坡、仰光、雅加達等地設立分社。同時又令各大報在佔領區發行報紙。如「朝日新聞」發行的「爪哇新聞」；「每日新聞」的「馬尼拉新聞」；「讀賣新聞」的「緬甸新聞」等。

第五項　戰時報業統制

中日戰爭發生後，政府卽運用新聞紙法的規定，限制刋登軍事及外交新聞。一九三八年五月，公佈「國家總動員法」，第二十條規定：「政府在戰時，因國家動員所需要，得依勅令對於報紙及其他出版物之記載，予以限制或禁止。」以後所有戰時新聞統制，悉以此項法令爲依據。

政府爲限制報紙刋載事項，於一九四一年一月十一日公佈「新聞紙刋載限制令」。同年三月七日復公佈「國防保安法」。該法規定如洩漏內閣會議紀錄有關外交、財政、經濟及其他國家機密，得處死刑、無期徒刑或三年以上有期徒刑。記者洩漏以上機密，得處無期徒刑或一年以上有期徒刑。是年十二月八日太平洋戰爭爆發，同月十九日公佈「言論、出版、集會、結社臨時取締法」。該法關於報紙發行方面，將申報制改為許可制，並且政府得勒令報紙停刊。

日本政府對於這些統制報紙，言論法令的頒佈，尚認不足，乃於一九四一年五月廿八日，進而成立實際統制新聞的機構—新聞聯盟。該組織係由新聞界人士與政府官員所組成，內閣新聞局副局長與警察局長均為該會理事，茲將新聞聯盟之任務列舉於左：

㈠協助政府統制言論報導；

㈡調查改善新聞編輯及經營；

㈢新聞用紙及其他資材配額之調整；

㈣研究全國報紙之合併問題。

關於第四點，討論甚久，未獲結論。後由緒方、正力、山田等三人，另提以「新聞事業法」為中心的聯合案。政府根據此項方案，於同年十二月十三日以勅令公佈「新聞事業法」及其施行規則。根據該法成立新聞事業協會，負責實際統制新聞事業。政府任命新聞聯盟理事長田中都吉為會長。新聞事業法之要點：㈠報紙發行仍採許可制；㈡內務大臣認為必要時，得令報紙出讓、承讓或合併。此項法令公佈後，政府不僅嚴格統制新聞事業，而且進一步對全國報業實行史無前例的整併運動。

第六項　一府一報制度

自中日戰爭爆發後，日本政府爲便於言論統制及節省新聞用紙起見，卽籌備整併報紙。當時計劃人口在十萬以上者有一家報紙。至一九四〇年復決定一府縣一報爲原則。東京著名的「時事新報」於一九三七年首先併於「東京日日新聞」。「東京夕刊新聞」亦於一九三九年停刊。翌年，停刊者計有「夕刊帝國」、「二六新報」；同年「東京大勢新聞」併於「海運貿易新聞」；「萬朝報」併於「東京每夕」；「東京日日」與「帝都日日」合併。一九四一年「中央新聞」易名「日本產業報國新聞」，而「東京每夕」停刊。

大阪的報紙，一九四〇年，「大阪中央新聞」、「關西日報」、「大阪日報」停刊。「關西中央新聞」、「大阪每夕新聞」併於「夕刊大阪新聞」。翌年，「大阪朝報」停刊，「大阪日日」併於「夕刊大阪」。一九四二年二月，政府根據新聞事業法正式對全國報紙，加以强迫合併。茲將新聞事業協會議決如左：

㈠東京：全國性報紙三家，地方性報紙一家，及產業界報紙一家；

㈡大阪：全國性報紙兩家，地方性報紙一家，產業界報紙一家；

㈢每府縣均有地方報一家（並「朝日」、「日日」可發行地方版）。

依照協定：「讀賣」與「報知」合併爲「讀賣報知」，「都」與「國民」合併爲「東京新聞」（地方報）。大阪的「大阪時報」與「夕刊大阪」合併，另出「大阪新聞」。產業界報紙，一九四二年十一月一日，東京的「日本產業經濟新聞」（以「中外新聞」爲主）與大阪的「產業經濟新聞」（以「日本工業」爲主）分別出版。其他地方報紙，均以一府縣一報爲原則，分別予以合併或停刊。原先全國一百零四家報紙，經合併調整後，僅餘五十五家。分佈如左：

東京：讀賣報知，朝日新聞，日日新聞（卽每日新聞），東京新聞，日本產經，日本時報（英文）。

北海道：北海道新聞。

東北：河北新報，東奥日報，秋天魁新報，山形新報，新岩手福島民報。

關東：埼玉新聞，下野新報，上毛新聞，千葉新報，神奈川新聞，茨城新聞。

中部：中部日本新聞，靜岡新聞，岐阜合同新聞，山梨日日新聞，信濃每日新聞，新潟日報，北日本新聞，北國新聞，福井新聞。

近畿：（包括京都、大阪及三重等五縣）每日新聞，朝日新聞，大阪新聞，產業經濟新聞，京都新聞，神戶新聞，伊勢新聞，和歌山新聞，滋賀新聞，奈良日日新聞。

中國：合同新聞，中國新聞，吳新聞，關門日報，日本海新聞，島根新聞。

四國：高知新聞，愛媛合同新聞，香川日日新聞，德島新聞。

九州：西日本新聞，長崎日報，佐賀合同新聞，大分合同新聞。熊本日日新聞，鹿兒島日報，沖繩新報，日向日日新聞。

全國報紙之調整合併，一方面爲了便於統制，節省用紙亦爲主要原因之一。在戰時體制下，軍費浩繁，一切爲前線，白報紙之生產自然減少。一九三七年，戰爭開始時，日本報紙通常爲十六頁（四大張）；至一九四〇年三月，減至十二頁，一九四一年七月，減至八頁；一九四三年八月，每週一、週四、竟減至兩頁（半張）；至一九四四年十一月，戰爭迫及本土時，報紙篇幅均改爲兩頁。

第六節　極權報業的評價

極權報業係以極權主義的理論爲基礎，而極權主義的理論，係誕生於無知的封閉社會，所以絕大部份都是愚民的神話。

極權主義報業認爲統治者爲「眞理」的化身，國家爲具有生命的有機體，個人僅爲組成國家的一種成份，個人除爲促進國家的永恒發展外，其本身並無獨立意志及任何目的。所以極權主義報業的主要功能，在宣達政令，教育人民，傳播統治者的眞理，藉使報業完全成爲政治統治的工具。

極權主義報業的理論，顯然有左列缺點：

㈠極權報業僅傳播統治者之「眞理」，扼殺了人民之智慧及其創造力；

㈡極權報業不准新觀念產生，妨害了社會之革新及其健全發展；

㈢極權報業之意見，未經公開辯論，其立論不一定正確，也不一定就是最好的意見；

㈣極權報業沒有批評監督，政治與社會易於腐敗。

不過極權主義的報業理論，並非完全錯誤，至少左列觀點值得注意：

㈠人類天賦智慧是有差別的；並非像自由主義所說的完全平等。

㈡國家利益高於個人利益；自由主義強調個人利益高於一切，勢必產生惡果。

(三)報業不得爲私人服務，「金錢不得製造輿論。」

以上三點，在以後各章中，將進一步予以討論。

本章註解

註一：Raymond B. Nixon, "Freedom In World's Press" (*Journalism Quarterly*, Vol. 42, Winter, 1965)。

註二：Fred Siebert, *Four Theories of the Press* (Urbana: University of Illinois Press, 1965) P. 10

註三：Willis Moore, Lectures on Philosophy of Journalism (SIU. 1964, Unpublished)

註四：Plato, *The Republic*, The Rome Library Edition, Vol. 3.

註五：Niccolo Machiavelli, *Discourses On Livy*, Vol. 3. Chapter 41.

註六：Niccolo Machiavelli, *The Prince*, 1513, Chapter 18.

註七：Thomas Hobbes, *Leviathan*, 1651, Vol. 1. Chapter 13.

註八：George W. Hegel, *Outlines of The Philosophy of Right*, 1821, Section 258.

註九：Ibid.

註一〇：Fred Siebert, *Freedom of the Press In England* (Urbana: University of Illinois Press, 1952) PP. 47-48.

註一一：Ibid. PP. 56-57.

註一二：Ibid. P. 311.

註一三：William E. Porter, "The Influence of Italy's Communism-bloc Dailies" (*Journalism Quarterly*, Vol. 31. 1954, P. 474.)。

註一四：Robert W. Desmond, *The Press and World Affairs* (N. Y.: Appleton & Century, 1937) P. 248.

註一五：Oron J. Hale, *The Captive Press In the Third Reich* (Princeton: Princeton University Press, 1964) P. 76.

註一六：See Note No. 14. P. 231.

註一七：Oron J. Hale, "The Nazi Capture of Newspapers In Germany" (*The Journalist's World*, Vol. 3, No. 2,1965, P. 3.)

註一八：See Note No. 15. P. 90.

註一九：Ibid. PP. 10—11.

註二〇：J. Emlyn Williams, "Journalism In Germany"(*Journalism Quarterly*, Vol. 10. PP. 283-288)

註二一：See Note No.15, PP. 148-151.

註二二：Ibid. PP. 303-308.

註二三：Ibid. P. 59.

註二四：Ibid. P. 307.

註二五：Ibid. PP. 314-316.

註二六：小野秀雄：日本新聞史（東京：良書普及會，昭和二十四年）自第二三五—三三八頁。

註[illegible] Oron J. Hale, The Captive Press in the Third Reich (Princeton University Press, 1964) P. 40.

註[illegible] See Note No. [illegible] P. [illegible]

註[illegible] Oron J. Hale, "The Nazi Capture of Newspapers in Germany" (The Journalism Quarterly, Vol. 23, No. 2, 1965) P. 3.

註[illegible] See Note No. 15, P. 90.

註[illegible] Ibid. PP. 40-41.

註[illegible] [illegible] Williams, "Journalism in Germany" (Journalism Quarterly, Vol. 10, PP. 283-285)

註[illegible] See Note No. 15, PP. 150-151.

註[illegible] Ibid. PP. 307-308.

註[illegible] Ibid. P. 59.

註[illegible] Ibid. P. 302.

註[illegible] Ibid. PP. 215-216.

註[illegible] [illegible]

第三章 自由主義報業

第一節 自由報業溯源

第一項 自由主義的祖先

近代英美自由報業起源於自由主義的社會哲學與民主哲學。在古代之中國、希臘、羅馬、埃及、中東以及美洲之印第安民族，均曾有自由民主思想的產生。而現代自由主義之發展，則直接導源於左列三大文化：(註一)

㈠希伯來文化 (Hebrew Culture)；

㈡希臘文化 (Greek Culture)；

㈢英國文化 (Germanic or British Culture)。

茲將上述三大文化對於自由主義與民主政治的貢獻，簡述於後。

第二項 希伯來文化的貢獻

從猶太人的作品中，可知在公元前八百多年，就有自由思想的產生，此種自由思想，起源於兩大基本觀念：

㈠承認個人的偉大價值（Each man is of great worth）；

㈡承認所有人都是平等的（All men are equal）。

以上兩大基本觀念，可從希伯來聖經（約伯書 The Book of Job）中得到證明。茲將其重要自由思想，列舉於左：（註二）

「人生而相同，死也相同，而且我們也不能拿走一點東西而去。所以，不管人為造成何種階級，但在上帝的眼中，每人都是平等的。」

「人類間一切人為的不平等，並不重要；在天堂中，主人與奴隸沒有任何不同。」

基於這些觀念，認爲任何個人無法取代他人。這是自由主義與民主政治的起點。

不過，希伯來人雖然有這種思想，但未得到公開的承認。所以當時政府對思想自由仍有極大的限制。

此時，先知（Prophets）以宗教家的身份出現。他們是謀叛的煽動家，反抗統治者的極權統治。他們强調：「人類的基本價值都是平等的（Men are equal in terms of basic worth）。」

儘管猶太人有了自由思想，但未能依照這種思想建立一個自由的國家。他們仍像鄰國一樣，有一個專制政府，也有一個國王。

在公元前不久，猶太人繼續保有民主政治的傾向。他們的哲學承認：「在神與人之間，不同之處太大；但人與人之間，不同之處太小，不值一提。」（註三）在這種觀念下產生了耶穌。

猶太人雖未能依照此種觀念建立一個民主政府，但至中世紀，他們建立一個近似的民主政府。此會引起中古歐洲國家的密切注意，並為刺激英國人民邁向民主政治的主要動力之一。所以古代希伯來文化，對自由主義之主要貢獻有二：㈠個人價值；㈡平等觀念。這些思想，都是自由主義的基礎。

第三項　古希臘文化的貢獻

古希臘文化，對自由主義也有兩項偉大的貢獻：（註四）

㈠個人自由的觀念（Individual Liberty）；

㈡平等與民主的觀念（Equality and Democracy）。

古希臘時代，在政治上特別設立一種詩人（Poets）。這種「詩人」在政治上的主要功能，係藉各種詩歌（Poems），隨時提醒人民注意政治，並重視傳統文化的價值。當時並准許詩人根據所知所見，自由發表意見。古希臘人民，從這些自由詩人的詩歌中，得到了「個人自由」的啓示。

在公元前九百年，希臘有位偉大的詩人荷馬（Homer）。他的詩歌，上溯至公元前一、五〇〇年，詳細描述古希臘人民的生活是何等自由！他說：古時國王與人民距離很近，關係密切。以後國王與人民疏遠，忽視人民，乃引起人民對古代的懷念。

荷馬最動人的一首詩歌，名為過去的嚮往（Good Old Days）。這首詩歌，激發了希臘人對自由的熱望，因此推翻了國王，建立了他們的民主政治。（註五）

最初，希臘人對民主政治沒有經驗，所以時常有獨裁政治發生。不過，他們既已嘗到民主政治的滋味，又有自由的傳統，所以經過一番努力，終於建立了希臘城市國家（Greek City States），包括雅典民主政治。這些城市國家，雖與現代的民主政治不同，但却是世界上最早的民主國家。

在雅典國家，人民有討論政治的極大自由，他們可以在舞台上公開諷刺他們的統治者。雅典人所享受的自由，遠較目前英美人民所享受的自由爲多。

希臘人不主張「個人價值」。他們認爲個人除非在社會之內，否則，是不完全的，沒有價值的。這是極權主義的觀念。

希臘人强調「個人自由」是十分可貴的。他們主張「決定來自充分討論」(A decision comes after full discussion)之後。(註六)這種意義，不僅鼓勵人民的言論自由，而且可使人民明白在公共事務決定之後，自己應擔負的責任。

古希臘人民，尙寬容（Tolerance）的精神，這是民主政治的基本要件之一。此外，尙主多神論，對任何神，甚至一切不知之神，亦一律平等看待。

柏拉圖主張男女平等，古希臘在許多實際措施方面都是平等的。如他們的學校完全平等，沒有貴族與平民之分。

在古希臘文化中，對自由主義貢獻最大的，可能是斯多亞學派（Stoicism 禁慾主義），該派創始於齊諾（Zeno公元前三三六—二六四年）。其於公元前三一四年至雅典研究哲學，特崇尙犬儒主義（Cynicism）的學說。

犬儒學派，係由蘇格拉底（Socrates 公元前四六三—三九九年）弟子安體尼斯（Antisthenes 公元前四四四—三六五年）所創始，主張極端個人主義。其宗旨在實現道德生活，棄絕物質快樂，主張「歸眞返璞」（Return To Nature）。至於政府、法律、制度、家庭、財產、以及宗教、禮俗、名譽等，均在鄙棄之列。

斯多亞學派創始人齊諾，於公元前二九四年，在雅典市場中畫廊（Stoa Poikile）講學，因此這派學人被稱做 Stoics。其重要主張如左：

㈠自然法：認爲宇宙有一種最高而普遍的法則（Supreme Universal Law）與正義（Justice）存在於自然之中，形成人類之普遍理性（Universal Reason），其原則永遠不變。而此普遍原則卽爲自然法（Natural Law），所以所有人均應受其約束。而人生之最高目的，在順應自然。

㈡平等主義：認爲人爲理性動物，在本質上完全相同，不容有貴賤之分。

㈢世界主義：主張天下一家，四海之內皆兄弟也。

從上可知，斯多亞派之學說，直接影響羅馬時代之政治家及法學家。而其學理經基督教義吸收後，又直接成爲近代自由主義之基本思想。如英人洛克之自然權利（Natural Rights）說，卽源於此。犬儒學派與斯多亞學派與我國道家學說相近，如道家有「道法自然」，「無爲而治」，「歸眞返璞」……。

第四項　英國文化的貢獻

近代民主政治思想，自然是從英國產生的。所以世人均謂英國爲近代民主政治的搖籃。

羅馬帝國時代，曾征服大不列顛羣島，至公元四百年始行撤出。隨後，卽爲來自德境之盎格魯•薩克遜民族（Anglo-Saxon）所佔據。這些民族，素有自由之習性；部落酋長都是選舉產生的，而其權力須受部族會議（Assembly of the Tribe）之限制。他們選舉國王的標準，是因爲他是最好的判斷者（Best judge of Cattle）或是最好的舵手（Helmsman）。當時英國流行一首詩歌，叫做「古代英國人的權利」（The Ancient Rights of Englishmen）這首詩歌十分生動，使人民知道，自古以來，酋長、國王都是選舉的，人民永遠過着自由快樂的日子！

一〇六六年，威廉大公（Duke William of Normandy）侵入。是年聖誕節加冕爲英王，爲威廉一世（King William I）。此後，希伯來之「平等」觀念與希臘之「個人自由」思想以及基督教之教義，逐漸與「古代英人權利」之自由精神相結合，乃形成英國民主政治之基礎。威廉大公家族統治約一百年，後爲格魯。薩克遜民族再與新統治者亨利家族經過約五十年之奮鬪，始於一二一五年與約翰王（King John）制定大憲章（Magna Carta），此爲現代民主政治第一座里程碑。該憲章規定國王必須尊重中產階級之權益；以後由此演變爲今日之下議院。此外約翰王被迫做了兩件事：一爲承認自己爲主教之附庸；一爲將歐洲領土割讓給法蘭西王國。

第二節　自由報業的理論

第一項　自由主義的成長

報業制度爲社會政治制度的一環，所以英國不僅爲現代民主政治的搖籃，而且亦爲現代自由主義報業的發祥地。不過英國自由報業，並非一蹴而成，而是經過無數奮鬪，一點一滴完成的。

自由報業爲自由主義的產品，而近代自由主義，萌芽於十七世紀，成長於十八世紀，至十九世紀即大放異彩，茁壯完成。自由主義之誕生，係由於人類理性的覺醒，知識的革命，政治的改革與社會的變遷所造成。

如文藝復興運動，主張個人獨立思考，自我判斷，促成人類理性的覺醒，使人類敢向傳統的權威、迷信挑戰；由於殖民探險，地理及科學的驚人成就，使人類敢向傳統的舊知識挑戰；由於宗教革命，使人類敢向羅馬教會的權威及神權學說挑戰；由於重商主義與殖民主義的發展，社會產生了中產階級，他們以雄厚的勢力，開始敢向傳統的封建政治及社會制度挑戰。由於這些挑戰，奠定了反抗極權主義與自由討論的基礎，進而形成了政治與社會的一連串改革。同時由於這些改革，進而又加速了自由主義報業的成長。（註七）

第二項　自由報業的哲學

自由報業正像自由主義一樣，係起源於十七世紀之英國與十八世紀之美國，而於十九世紀之中葉完成，成爲有勢力的「第四階級」(Fourth Estate)。

自由報業認爲人類具有理性，並有許多基本不可剝奪的天賦權利，如生存權、自由權、財產權與繼續追求幸福的權利。但新聞自由爲一切權利的監護者。

依據自由報業的理論，報業主要功能，在發掘及報導「眞實」，並充分反映人民的意見。假設它受到政府及其他外來權力的控制，報業便無法發揮其功能。在理論上，自由報業必須眞實、客觀、公正，係受自由社會意見自由市場（Free Market Place of Ideas）的約束。所以報業是人民與政府之間的意見橋樑。

自由報業的理論，可說與極權報業的理論完全相反。它對「人性問題」、「社會的特性」、「個人與社會的關係」以及「知識與眞理的特質」等問題，也有一套基本的信念。

自由主義認爲，人是理性動物，具有獨立思考及判斷能力，可以依據經驗分辨是非善惡。社會之最終目的，是爲個人的幸福安樂；個人之充分發展，是人類、社會、國家最終的共同目的。這派哲學家雖然承認國家有用，是必需的工具，但他們反對將國家「實體化」、「人格化」、「神化」。換言之，國家的存在，在創造一個良好的環境，俾使人類發揮潛在的智能，進而創造更多的幸福。至於眞理，他們認爲並非權力的特產，而是分佈在每人心中，祇要言論自由，眞理自然出現。

過去極權主義，認報業爲政府的工具，國家的僕人；這種觀念，目前雖然仍舊存在，而且極權報業尚盛行於許多國家。但自由報業的理論，至少在口頭上已爲大多數非共黨國家所接受。

第三節　自由報業的哲學家

自由報業的哲學家，最著名者有米爾頓、洛克、哲弗遜與密勒。不過在米爾頓以前，就已有言論自由的呼聲。

第一項　自由主義的前驅

著名哲學家培根（Francis Bacon 一五六一—一六二六）與笛卡爾（Rene Descarts 一五九五—一六五〇），都是現代文明的鼻祖；他們都堅決反對舊權威，主張以理性（Reason）為達到眞理的主要途徑。他們特別注重學問的實用。培根認為研究學問所得的眞理，必須用於增進人類的幸福。笛卡爾亦認為，哲學是最完美的知識，是生活的指導，健康的保障，以及一切學問的根源。（註八）

英國在伊利沙白（Queen Elizabeth 一五五八—一六〇三）末期，已有出版自由、宗教自由與民主政治的要求。當時天主教徒出版商卡特爾（William Carter），堅決主張人民應有討論政治的自由。新教徒出版商辛格頓（Hegh Singeton），猛烈攻擊國教的建立。另外一位出版商華爾夫（John Walfe），他不是「皇家出版公司」會員，所以不斷抨擊特許制度。

一六四〇年「清教徒革命」後，皇室權力逐漸轉移國會。一六四四年政治評論家華爾溫（William Walwyn）向國會演說，强調寬容精神，主張出版自由，攻擊特許制度。經濟學家羅賓遜（Henry Robinson）亦强調「自由討論」與「自由判斷」的重要。他說：「無人能獨佔眞理，所以眞理愈辯愈明。」同年三月，出現一本匿名小册，叫做良心自由（The Liberty of Conscience），宣稱出版自由可有效解決國內的政治紛爭。（註九）

第二項　米爾頓的新聞自由請願書

約翰•米爾頓（John Milton 一六〇八—一六七四）的新聞自由請願書（Areopagitica or A Speech for the Liberty of Unlicensed Printing to the Parliament of England)，可能是反抗極權主義爭取出版自由最偉大的文獻；也是自由主義與民主政治最早而最有系統的文獻。

自一六四三年二月，米爾頓未得特許一連出版了兩本有關離婚的小書，因此引起國會的憤怒。一六四四年十一月廿四日，他被召至國會「出版委員會」答覆質詢，因此發表了著名的「新聞自由請願書」，要點有四：(註一〇)

㈠清教徒國會控制出版事業，係沿襲天主教宗教法庭之不當權力，毀滅無數優秀作者的心血，可謂以暴易暴。

㈡管制出版及新聞檢查，不僅證明讀書是危險之事，而且是人類的重大災難，因為出版品乃理性的結晶，其價值重於個人之生命。他說：「殺死一個人，僅是殺死一個理性的動物，但毀滅一本好書，乃毀滅理性之本身。」

㈢壓制出版及新聞檢查，並不能消滅煽動誹謗的言論，最大效果僅能將其驅於地下而已。

㈣壓制出版及新聞檢查的實際效果，祇是迫害真理，阻礙人民的所有學習。

最後，他向國會要求：「在所有自由中，請給我根據良心，自由獲知，自由說明，自由辯論的權利。」(Give me the liberty to know to utter to argue freely according to conscience above all liberties.) (註一一)

米爾頓的「自由請願書」，雖然在當時並未發生任何效果，不過以後卻成為爭取新聞自由的經典。尤其到十八世紀後，它的影響力遍及美洲殖民地與整個歐洲。

在清教徒革命時期，李本（John Liburne）也是一位出版自由的鬪士。一六四五年，他宣稱出版自由是英國人民的天賦權利。他曾向教會挑戰，要求公開辯論出版自由的問題。同年十月十日，又發表英國天賦人權辯護書（England Birthright Justified），强調出版自由。一六四七年，他組成平民黨（Leveller Party），要求政治、宗教的全面改革。（註一二）

第三項　洛克的民治政府兩論（Two Treatises of Civil Government）

約翰‧洛克（John Locke 一六三二—一七〇四）是十七、十八世紀自由主義之父，是「光榮革命」的信徒，是現代民主政治哲學的創始者。

他與霍布斯雖然都採個人主義的觀點，承認人類原始社會有自然狀態(State of Nature)、自然權利（Natural Right）與社會契約（Social Contract）等概念，但由於對「人性」的基本看法不同，所以兩人對政治理論的主張完全不同。

洛克認爲人是理性動物，在自然狀態中雖無政治組織，但每個人都是獨立、自由、平等的。（註一三）他們每人都有天賦而不可剝奪的自然權利，如生命權（Life）、自由權（Liberty）與財產權（Estate）。人類生活在自然狀態中，雖然自由，不受任何干涉，但由於缺少法律，沒有裁判官，沒有保障「公正」的强力，所以自然權利的享有，仍有許多不便。因此，彼此協議成立契約，個人放棄部份權利，組織政府，專門負責維持社會的秩序，保障人民的權利。但政府的權力，僅限於人民的委託，超出委託的限度，人民可撤換政府。政府如不服從，人民尚有革命的自然權利。洛克說：

「你必須記住，人民意志是一切權力的中心。人民將權力授予政府，但隨時可以收回。任何人都有一定的自然權利，這些權利絶對不可剝奪。一個理性的人，為了更完善的保護他的權利，他必須將部份權利授予政府。而政府必須以人民意志為中心，造福人民，宗教寬容，並確實保障個人自由。假設政府違背這些原則，甚至有極權的傾向，人民就有權更換政府或推翻政府。」(註一四)

洛克的理論，在美國獨立宣言（Declaration of Independence）與法國革命人權宣言（Declaration of the Rights of Man）中曾一再引用。美國獨立後，大部採用了洛克的學說。他們很快的建立了一個民主政府，同時也是第一個享有充分新聞自由的國家。這是洛克及哲弗遜的偉大貢獻。

第四項　哲弗遜與新聞自由

㈠對報業的基本觀念

哲弗遜（Thomas Jefferson 一七四三—一八二六）可能是美國第一位自由主義的哲學家。他的思想大部源於洛克及當時法國自由主義的學者。哲弗遜特別强調的是「分權學說」及「個人第一」的觀念。他認爲個人遠比政府重要。設若人民知識水準提高，並有靈通的消息（Information），那麼，人民祇需一個權力最小的政府就够了。

從這種觀點，哲弗遜認爲報紙有三種功能：⑴教化人民提高文化水準；⑵供給新聞服務民主政治；⑶監督政府保障人民之自由權利。他對報業的基本觀念，在一七八九年一月十六日，給友人凱瑞頓（Edward Carrington）的信中，曾有具體說明。這一段值得仔細閱讀，並有很多人一再引用。

「……人民是統治者的唯一監察人。甚至他們的錯誤，都是保障民主制度的方法。因對人民錯誤的過份處罰，勢必對公共自由唯一安全的保證受到壓制。防止人民錯誤及不當干涉政府的最好方法，是透過報紙，供給他們有關公共事務的充分新聞，並且要儘量設法使報紙普及全體人民。我們政府的基礎是人民的意見。所以我們最重要的就是使人民意見正確。假設有兩種社會：一為有政府而無報紙，一為有報紙而無政府；讓我們選擇，我將毫不猶豫選擇後者。但我應該說明，即必須每人都看報紙，而且都能瞭解它的意義。

「我相信有些社會，像印第安人，他們沒有政府，但他們較歐洲許多政府統治下的人民更為自由幸福。因為前者，輿論係居於法律地位，道德力量的限制，實較其他地方的法律更有力量。但在後者，在統治者的託詞下，將全國人民，分為兩個階級——豺狼與羔羊（Wolves and sheep）……。但這是歐洲社會的真實寫照。所以要培育人民的自由精神，並經常注意保持這種精神。對人民的錯誤，不要過份嚴厲的懲罰他們，要以開明手段糾正人民的錯誤……。」（註一五）

(二)新聞自由的功能

一七八六年，哲弗遜曾致函克瑞博士（Dr. James Currie），强調新聞自由的重要性。他說：「我們自由權利的保證，係基於新聞自由；這種自由不能限制，也不能喪失。」（註一六）

一七九二年，他任國務卿時，曾爲弗倫諾（Philip Freneau）主編的國民公報(National Gazette)與聯邦派領袖哈密爾頓（Alexander Hamilton）發生爭執。哲弗遜曾致函華盛頓總統，他說：「沒有任何政府應該不受監督，凡有新聞自由的地方，沒有任何人的意見，可以毫無限制。」

對自由報業的功能，在給一位法國特派員的信中，曾加說明。他認爲「報業在民主政治中，爲不可輕視的公共監察者。透過輿論力量的制裁，可以達成社會的和平改革，否則這種改革，必須藉暴力革命才能完成。」（註一七）

在哲弗遜的一生中，對報業始終具有左列兩項基本信念：

⑴報業在民主政治中，其基本功能是服務性的；

⑵爲了完成服務民主政治的目的，它必須享有新聞自由。

他曾說：「凡有新聞自由的地方，而且每人都能閱讀報紙，那麼這個社會一切都是安全的。」這是他對自由報業的基本哲學。

㈢對新聞自由的信念

一八〇一年，哲弗遜就任總統後，他曾受到聯邦派報紙無情的誹謗和攻擊。有的報紙甚至專爲攻擊總統而發行，辱駡哲弗遜爲「無恥的娼婦」，甚至揑造許多故事，竭盡汚蔑之能事。

哲弗遜對於報紙新聞自由之濫用，從未採取任何行政措施，限制新聞自由。一八〇四年，他在聯邦派報紙的攻擊下，以壓倒優勢當選連任總統，因此更加强了對新聞自由的信念，他說：

「……報業應予自由。自由發表眞理與謊言，最後眞理一定獲勝。我確信人民的智慧，經得起新聞自由的濫用，此證明人民在眞理與謊言之間，可以淸楚的分辨出來。而且表示人民可以充分信任，去聽任何新聞與意見，包括『眞實』與『虛妄』，他們在兩者之間，自會有正確的判斷。」（註一八）

他又說

「我甘願將自己做為一項偉大的試驗，以證明一個廉潔、公正而得到人民信任的政府，即荒唐報紙的謊言也不能將其推翻。那些在法律內約束自己尊重事實的報紙，其攻擊當然更無妨害。這種試驗，在向世人說明，出版自由與民主政府不能並立的見解顯然虛妄。因此我對許多誹謗的文字，從未加以反駁。報紙任意說謊即失去力量，已為確定的事實。我祇有讓別人叫他們尊重事實，以恢復其力量。在這種情形下，報紙才是一種高尚的行業，是科學及公民自由的友人。」(註一九)

哲弗遜對自由報業的信念，終生不渝，一八二三年十一月四日，他已接近人生最後的旅程，但在病中，他仍以擅抖的筆寫信給他法國的友人，他說：「……自由報業……是開化人類的心靈，促進人類成為理性、道德與社會動物的最佳工具。」(註二〇)

第五項　密勒氏的自由論（On Liberty）

㈠密勒氏的重要著作

密勒（John Stuart Mill 一八〇六－一八七三）是十九世紀自由主義的發言人，是功利主義（Utilitarianism）最偉大的哲學家，他集古今自由主義之大成。尤其他的「自由論」，是自由主義與言論自由的經典。

密勒之自由思想，源於米爾頓、洛克、休姆(David Hume一七一一－一七七六)、與邊沁(Jeremy Bentham一七四八－一八三二)等。他將自由主義、功利主義與古希臘時代之自由思想相結合，使自由主義之理論達於顛峰。他的主要著作如左：

⑴邏輯體系（A System of Logic），一八四三年出版；

⑵政治經濟原理（Principles of Political Economy），一八四八出版；

⑶自由論（On Liberty），一八五九年出版；

⑷代議政府（Representative Government），一八六一年出版；與

⑸功利主義（Utilitarianism），一八六三年出版。

在這些著作中，「自由論」是我們討論的主題。

㈡個人自由的重要

密勒的個人自由學說，主要源於邊沁的功利主義最大多數的最大幸福（The greatest happiness of greatest number）的原理。（註二一）他認爲「幸福」爲人生的最高目的，而幸福就是「快樂」。

密勒反對個人專心追求自己幸福的自私觀念，主張個人應以促進全體的幸福（General happiness）爲目的。所以他勸人推已及人，愛鄰人如愛自己。所以密勒的功利主義，係以倫理及道德觀念爲基礎，主張創造「最大而最高尚的幸福」，而爲「最大多數」所享受。

密勒認爲「個人自由」不僅爲創造「幸福」的必備要件，而且它本身就是「幸福」的重要因素。因爲沒有個人自由，何以創造幸福？沒有個人自由，又何幸福之有？同時，幸福、快樂，也祇有個人自己才能知之最爲深切。（註二二）

一般認爲，民主政治之基本要素有三：⑴個人價值的不可更易；⑵平等觀念；與⑶個人自由。密勒

特別强調最後一點。他說「平等」將產生一律性（Sameness）；我們必須注重並鼓勵多變性（Variety）及個人不同（Individual difference），然後才能進步發展。所以個人自由在民主政治中最爲重要。

密勒因注重個人自由，所以他反對報紙的影響力。因爲報紙將使世界的觀念相同。不過他說祇要報紙存在，世界觀念的一致，將是無可避免的。

㈢保障言論自由的理由

密勒個人自由的學說，源於古希臘文化，功利主義源於邊沁，而「眞理」的觀念則源於米爾頓。米爾頓認爲讓非眞理（Untruth）自由出版是必要的。因爲「眞理」是一點一滴累積而成的。它是「一點點」散佈在這裡，「一點點」散佈在那裡。我們要竭盡所能，去探求、去發現這許多「一點點」眞理，並把它們累積起來。任何出版品，或多或少，都含有偉大眞理的「一點點」在內。禁止出版，至少是延遲了累積眞理的全部過程。（註二三）

密勒根據米爾頓的意見，並以精細的邏輯觀念列擧保障言論自由的理由。他說任何言論，不外左列三個範疇：

⑴全部爲眞實（It is True）；

⑵部份爲眞實（It is Part True）；

⑶全部爲謬誤（It is false）。

第一種言論，大家都主張不必限制，讓它完全自由。因爲它是協助我們到達眞理的唯一捷徑。不過這種言論太少，在人間幾乎沒有。

第二種言論，最爲普遍，可說幾乎所有言論都歸這個範疇。因爲它是部份眞實，卽含有眞理的種子在內，所以應讓它自由。同時因所有言論幾乎都屬這個範疇，設若不准這些言論自由，無異堵塞了到達眞理的所有通路。所以它享有自由，也是理所當然。

第三種言論，並不太多，密勒說亦應讓它自由。因爲沒有謬論，何以顯出眞理？密勒並說，對第三種言論的處理，最大的難題，是我們無法判斷它是「絕對的謬論」。他列舉蘇格拉底、耶穌、當時都是統治者認定他們的言論爲謬論而被處死，但後人尊蘇格拉底爲聖人，崇耶穌如同上帝。又哥白尼（Nicholas Copernicus 一四七三—一五四三）發明地動學說，險以謬論被處死，但現在誰能否認地動學說的眞理呢？既然我們的智慧，不能判斷何爲眞理？何爲謬論？最好還是讓它們一齊自由吧！（註二四）

密勒並說，假設有奇蹟出現，使我們確知某種言論，確爲「絕對謬論」無疑。他說這種言論，也不必壓制。因爲他可將眞理襯托出來，使我們永遠認識眞理的眞諦。眞理沒有競爭、比較，就會在你心中萎縮死亡（Truth without competition will atrophy and die in your mind.）。所以密勒認爲：任何觀念，都可能部份眞實，部份錯誤；假設准許所有觀念彼此自由競爭，最後眞理就會產生（Any idea may be partly false and partly true as if you allow all compete freedom one idea competing with the others the truth will come out.）。（註二五）

基於上述，密勒認爲言論自由爲自由社會的動力，亦爲自由社會的實質。一個自由社會，不但要承認此項權利，並須爲實現此項權利以確立各種社會及政治制度。一個自由社會，必須承認言論自由的積極價值，並視爲人民幸福的要素與高度文明的象徵。

第四節　新聞自由的奮鬥

自由報業的理論，為爭取新聞自由的武器，亦為自由報業發展的方針。但自由報業從理論變為制度，其間尚有一段艱辛而遙遠的歷程。

自由報業，是無數自由戰士鮮血與生命的結晶。沒有新聞自由的奮鬥，理論不可能成為一種制度。日本新聞學權威小野秀雄曾說：「研究世界新聞自由的發展史，祇有英國是一個典型。」(註二六)的確，英國新聞自由發展史，正像它的民主政治一樣，共歷三百餘年，是一點一滴完成的。其間可歌可泣的故事，不計其數，茲將重要者，列舉數例於左。

第一項　英國報業之父——丹尼爾・狄福

丹尼爾・狄福（Daniel Defoe 一六五九—一七三一），在新聞自由的奮鬥中，可能是長期而公開反抗極權統治的第一人。一七〇三年，他寫了一本消滅異教徒的良法(The Shortest Way With Dissenters)結果坐牢、罰款、並帶枷示衆。

一七〇四年二月，他創辦評論（The Review）雜誌，這是政治性評論雜誌的開始。當時評論政治是件極危險的事，但狄福却堅持他有批評政治的權利。此後，為堅持他的信念，曾五次被捕，每次都是坐牢、罰款與帶枷示衆。除此之外，並經常接到宮庭法官的警告，聲稱如不悔改，即受死刑的裁判。但他始終未變初衷，因此贏得英國報業之父（The Father of English Press）的尊稱。

第二項　朱尼斯（Junius）對國王的攻擊

一七六〇年，喬治三世就位，他一心恢復過去的專制政治，因此受到「朱尼斯」的大膽攻擊。「朱尼斯」係福蘭塞斯（Sir Philip Francis）的匿名。自一七六八年至一七七二年，連續在報紙發表朱尼斯投書（The Letters of Junius），攻擊政府，其中第三十五封信，指責國王未受良好教育，是一切不幸與禍患的根源。他要求國王承認錯誤，改變政策，並以後不得干涉國會權力。該信最後並以革命相威脅，宣稱如不改變政策，查理一世就是最好的例子。（註二七）

該信於一七六九年十二月十九日，在大衆廣知報（Public Advertiser）首先刋出，接着倫敦報紙競相轉載，轟動一時，因此引起司法大臣對報人一連串的逮捕審訊。在被告律師格林（John O. Glynn）的辯護書中說：「朱尼斯信件，請不要將其認爲是侮辱國王，而係人民討論政府政策的自由。」結果陪審團經九小時之討論，宣判「僅印刷品違法沒收」，而作者、發行人無罪。因此使「意見自由」，獲得第一回合的勝利。

第三項　威克斯與國會報導

約翰•威克斯（John Wilkes 一七二七—一七九七）是英國民主政治的前驅，是新聞自由最勇敢的鬪士，他最大的貢獻是解除禁止報導國會新聞的禁令，並廢除直接威脅出版自由的總逮捕狀（General Warrant）制度。

一七六二年六月五日，他創辦蘇格蘭人雜誌（North Briton），在創刊詞中說：「出版自由是一切自由最堅强的堡壘……。批評政府乃每位報人的神聖天職。」（註二八）當時報導及批評國內政治，通常係以假託或影射方式，但他都是直言不諱。

在「蘇格蘭人」雜誌第四十五期中，他以長文攻擊國王喬治三世，司法大臣認爲觸犯煽動誹謗罪，乃以總逮捕狀，將作者、印刷者、發行人、販賣者等四十九人一齊逮捕。但數日後，威克斯以議員身份釋放，此後成爲自由的象徵。威氏因獲得倫敦市民堅定而廣大的支持，所以乘勝控告政府的非法逮捕。結果所有被捕人員釋放，並獲得十萬鎊的賠償。從此「總逮捕狀」制度廢除。

此後十餘年，威氏爲連續爭取言論自由，發揮了報人的最大勇敢。他雖數度坐牢、罰款、並流亡國外，但從未改變他的信念。一七七四年，國會仍禁止國會新聞的報導，因此又與國會展開激烈的鬪爭。倫敦市民以遊行示威支持他的主張，結果國會因受輿論壓迫，不久即解除國會報導的禁令。一八〇三年，國會准許記者至國會後排席次旁聽，一八三一年正式設記者席。一八六八年通過法案，承認記者有報導國會新聞及批評政治的權利；一九〇七年，國會自設新聞處，專門負責國會新聞的發佈。

第四項　康貝特與社會改革

威廉•康貝特（William Cobbett 一七六三—一八三五）的最大貢獻，是他堅信報紙是社會改革的工具。他家境貧困，幼年曾赴加拿大，後在美國辦報，一七八九年，因「誹謗罪」被罰款五、〇〇〇元，財產沒收，因之翌年返國。一八〇二年發行政治紀錄（Political Register）週刊，斷然要求意見自由。他認為賄賂報紙，是國家禍患的根源。設若報紙讓自由而獨立的人士主持，將是國家最大的利益。

康貝特為廢除「知識稅」，及為政治社會改革，計奮鬬三十餘年，其間他常被監禁、罰款、並曾流亡國外。但不管他在獄中或流亡國外，他都繼續發行他的「政治紀錄」週刊。

一八三〇年，為了社會改革，特別發行窮人政治月刋（Politics for the Poor）。但翌年他又因煽動誹謗罪而被逮捕。

康貝特實際是位熱愛祖國的改革主義者。在審判中，他的辯詞，是對政府最有力的控訴。他說：

「我究竟犯了甚麼殘忍的罪行；我祇是要求政府廢除那些苛待勞工的法律，因那些法律，已使勞工陷入悲慘之境……。讓他們有休息娛樂的時間，難道是可怕的事嗎？……人民要求改革，作家要求改革，我是其中一個，並為改革奮鬬已達三十年。政府可以改革，也可以將我絞死，而且我已準備去死。當我一息尚存，我將祈禱上帝，為祖國祝福，並將此種仇恨，傳給子孫及英國的勞苦工人。」（註二九）

該案陪審團十二人，贊成及反對判罪者各六人，結果宣判無罪。

第五項　卡里爾的故事

理查・卡里爾（Richard Carlile 一七九〇—一八四三）是最勇敢的自由鬬士之一。他幼年是一個貧苦的學徒，但將出版自由及討論自由做為終生奮鬬的目標。一八一九年，他在艦隊街開了一家書店，因售佩因（Thomas Paine）之禁書而被捕入獄。釋放後，創刊共和人雜誌（The Republican）。但接連被監禁三年，罰款一、五〇〇鎊；並須另繳保證金一、〇〇〇鎊，藉以保證終生行爲良好。政府罰款如此之重，目的在使他無力繳納，終生坐牢。

卡里爾坐牢後，他的太太珍‧卡里爾（Jane Carlile），繼續發行「共和人」雜誌。一八二〇年，因宣稱政府爲專制政府，推翻專制政府爲人民之合法權利。因此，他太太亦被捕，而由其妹妹繼續奮鬭。但不久復因發行佩因著作，他妹妹又被罰款及監禁一年。自卡里爾全家入獄後，他的朋友與讀者繼續發行這份雜誌。該案前後被捕者計達五百人以上，他們始終堅持奮鬭，絕不屈服，直至一八二五年皮爾首相（Sir Robert Peel），始將被捕人員全部釋放，免於罰款。卡里爾在新聞自由的鬭爭中，共計坐牢九年。（註三〇）

這些可歌可泣的故事，積極的促成了社會政治的改革。一八三二年的改革法案（Reform Act），就是這些自由戰士奮鬭的果實。

第五節　自由報業的發展

第一項　「第四階級」的形成

在英國，一七九二年，法克斯誹謗法案（Fox's Libel Act）制定後，英國報業逐漸享有「意見自由」。一七九七年，華特二世（John Walter II 一七七六—一八四七）接辦倫敦「泰晤士報」，使其成爲獨立報業的典範。

華特對「泰晤士報」最大貢獻，是他前後選擇了兩位偉大的主筆。這兩位主筆使報業從被壓迫階級變爲第四階級（Fourth Estate）。

湯姆斯•邦斯（Thomas Barnes 一七八五—一八四一），一八一七年就任「泰晤士報」主筆，其富有自由思想，善於掌握輿論及運用輿論，進而以典型報人的勇敢，堅定完成宗教解放及社會政治的一切改革。當時首相林德赫斯特（Loid Lyndhurst）在致友人函中，對「邦斯成爲全國最有力量的人物」表示驚異；（註三一）其爲爭取「泰晤士報」的支持，曾歡宴邦斯。以後，皮爾首相繼任，也發表一篇符合「泰晤士報」政策的聲明，藉以爭取該報的支持。

約翰•狄蘭(John T. Delane 一八一七—一八七九)是華特遴選的第二位主筆。一八四七年華特去世後，他全權主持「泰晤士報」。在克里米亞戰爭中（一八五四—五六），曾親至戰地採訪。返回倫敦後，他以社論配合戰地特派員羅素（William H. Russell）的長篇報導，攻擊英國政府因後勤補給的疏忽，而造成士兵的悲慘遭遇。結果阿伯登（Lord Aberden）內閣倒臺，遠征軍總司令羅格蘭（Lord Reglan）撤職。（註三二）

以上兩個例子，足以證明獨立報業，已不再是政治的附庸，相反的它在政治上已發生制衡作用。因此，漢特（F. K. Hunt）在十九世紀中葉，即完成他的兩冊巨著（Fourth Estate），宣稱報業乃僧侶、貴族、平民以外之第四階級。

第二項　現代化報業的興起

一八五五年，倫敦每日電訊報（Daily Telegraph）創刊，爲英國現代報業的開始。

現代報業之意義，係在形式、內容、功能及對象方面，均與傳統之古老報業不同。

㈠形式方面。十九世紀中葉，世界上所有報紙，都是採用一行標題。看起來沒有變化，十分呆板。美國到南北戰爭，才有大字標題，至一八六五年四月十四日林肯總統被刺，才有多行標題。此項消息於同月廿七日傳至倫敦，英國報紙才有多行標題之應用。以後，改進新聞寫作，注意可讀性、利用圖片、圖表、小標題等，乃使版面美化，確定現代報紙之型式。

㈡內容方面。古老報紙，僅限於政治、外交及軍事新聞。而現代報紙，强調其內容應爲現代生活之反映；即除政治、外交、軍事新聞外，尙須報導社會、經濟、文化、科學、藝術之發展。

㈢功能方面。古老報紙，僅爲硬性新聞與意見之媒介物。但自報業成爲「第四階級」後，即積極負起社會政治改革之責任，如保障人民權利，促進人民福利，並爲民主政治之輔助機關。

㈣對象方面。過去因文盲太多，報紙對象僅限於少數知識份子。英國自一八七〇年教育改革法案實施後，至一八八〇年後，即產生廣大之新讀者。故現代報業注重通俗化、趣味化，售價低廉（一分錢報），注重人民利益，而爲大衆化報紙之開端。

第三項　報紙大量銷數的發行

在十八世紀，英美沒有發行一萬份的報紙。十九世紀初葉，報紙銷數通常仍爲幾千份，倫敦「泰晤士報」在邦斯主持下成爲「第四階級」，但在一八三二年前，它的銷數仍不超過一萬五千份。一八五五年，報紙印花稅取消，「便士報」隨之誕生，自此以後，報紙享有完全自由。又一八七〇年實施新教育法案，產生大量讀者。因之報紙銷數突飛猛漲，直線上升。

一八五五年，如「泰晤士報」發行五萬五千份，超出倫敦所有早報之總和。但「每日電訊報」創刊數月，銷數卽達二萬七千份，至一八五八年超出「泰晤士報」，一八七〇年「普法戰爭」時達二十萬份，一八八八年超出三十萬份，爲當時世界上銷數最大的報紙。

同年（一八八八年）奧康納（T. P. Oconnor 一八四八—一九二九）創辦明星晚報（The Star），創刊號卽達十四萬二千份。一八九六年，北岩勛爵（Lord Northcliffe 一八六五—一九二二）創辦每日郵報（Daily Mail），創刊號高達四十萬份。一九〇〇年增出曼徹斯特版，使銷數增至一百萬份，自此以後，北岩勛爵迅速建立了他的「報業帝國」（報團），並爲倫敦報業，隨卽帶來激烈的商業競爭。

第四項　報業成為龐大企業

在美國，報業之商業化，可用普立茲（Joseph Pulitzer 一八四七—一九一一）之紐約世界報（N. Y. World）爲代表。

一八八三年，普立茲自聖路易來到紐約，以三四六、〇〇〇元（分期付款）買下世界報，當時銷數僅有兩萬份。但一年後銷數達十萬份，四年後二十五萬份，十年後三十四萬七千份；至一八九八年美西戰爭時，該報銷數高達一百五十萬份。而他對手赫斯特的新聞報（N. Y. Journal），也有一百五十萬份的銷數。

在資本方面，普立茲對「世界報」僅付出第一次的分期付款，以後應付餘款，都是從世界報的盈餘支出的。至美西戰爭時，世界報的資產，已超出一千萬元，並每年盈餘，至少在一百萬元以上。所以美國著名作家史台芬（Lincoln Steffens 一八六六—一九三六）在一八九七年就曾說過：「現在新聞事業已是一種商業。」（Journalism today is a business.）

第六節　自由報業的流弊

第一項　黃色新聞的氾濫

報業商業化後，對報業的基本性質，產生革命性的影響。因最初自由報業的主要目的，在服務民主政治，並以社會的公器（Public Instrument）自居；但商業化後，報業却不幸淪爲資本家私人賺錢的工具。（註三三）而且根據經驗顯示，黃色新聞（Yellow Journalism）又是賺錢最簡便的手段。

十九世紀後期，英美報業取得「第四階級」的榮銜，而新聞記者亦取得「無冕之王」的尊稱。如「泰晤士報」國外特派員羅素（曾採訪克里米亞戰爭，美國南北戰爭，普法戰爭等），每日電訊報（Daily Telegraph）特派員狄龍博士（Dr. Emile J. Dillon），他們曾至世界各地，並到處受到各國國王的禮遇，他們確爲「無冕之王」。

然而，十九世紀後期，大衆化報紙隨之興起。自此以後，報紙分爲兩類，卽高級報紙（Quality Newspaper）與大衆化報紙（Popular Newspaper）。前者以高級知識份子爲對象，以發表言論爲目的。而後者則以一般羣衆爲對象，以賺錢爲主要目的。

高級報紙，在任何國家於數量上都是佔絕對少數。如英國的高級報紙，僅有「泰晤士報」、「每日電訊報」、「衞報」等；美國有一千七百多家日報，高級報紙不過十多家。高級報紙因對象關係及發行目的不同，通常銷數及經濟情形都不及大衆化報紙。而高級報紙間通常競爭不大，卽有競爭，亦不激烈。但大衆化報紙因數量上太多，有時一個城市可有數家至數十家。彼此爲了達到營利目的，必須在競爭上出奇制勝，擊敗對方。同時因爲它的讀者水準較低，所以它在內容上竭力挑逗人類潛在意識的低級情趣，這就是黃色新聞的起源。

黃色新聞的發展是普遍的，不過美國的黃色新聞，最爲轟動。一八九五年，赫斯特（William R. Hearst）收買紐約新聞報（N. Y. Journal），爲黃色新聞的開始。它的代價，最顯著的是一八九八年的「美西戰爭」與一九〇一年麥金萊（William Mckingley）總統的被刺。歷史家認爲沒有黃色新聞的渲染誇大，這兩場悲劇是可以避免的。

麻特教授（Prof. Frank L. Mott）將黃色新聞的技巧，歸納爲左列五項：（註三四）

㈠煽動性大標題，充滿刺激，然而實際是種欺騙行爲；

㈡濫用圖片，有時僞造圖片；

㈢運用各種欺騙手段，如捏造新聞，虛僞訪問，冒充科學，奢談學術，迷惑讀者；

㈣星期副刊，刊載彩色漫畫，和一些粗淺文章；

㈤對被壓迫者、弱者、失敗者表示虛僞同情；並倡導一些社會運動，表示與人民利益站在一起。

一九〇〇年，黃色新聞就像傳染病一樣的風行美國，繼而傳遍世界各地，祇有極少數的報紙未被傳染。黃色新聞的誇大、渲染、欺騙，尤其對於桃色及犯罪新聞的報導，顯然爲新聞自由的濫用。其不僅危害個人權利、公共道德、善良風俗及國家利益，而且成爲犯罪的導師！

第二項　報業所有權的集中

一九〇三年，美國三大報團之一的老闆佛蘭克‧孟西（Frank A. Munsey）曾經說過：「依我判斷，全國報業，無需很多歲月，將爲三個或四個大的企業公司所有。」他說：「經濟學上的定律，同樣適於報紙企業，而且對於現代所有企業都相吻合。在工商業、運輸業、銀行業……小企業無論如何不能與大企業競爭。」（註三五）孟西這個新哲學，就是說報紙需要合併（Consolidation）。

在第一次大戰期間，美國報紙合併特別激烈。而合併的結果，就是報紙數目的減少，所有權的集中，與近代大報團的形成。報業合併之因素如左：（註三六）

㈠由於獨立報業的興起，以及代表各種派別報紙的紛紛創刊，以致報紙數目，遠超出社會的需要，合併淘汰乃成大勢所趨，事所必然。

㈡現代報紙，均以廣告收入爲主要財源。而廣告客戶往往將廣告刊登於影響力或銷數最大的報紙。在這種情形下，影響力小或銷數較少的報紙，經濟卽難維持。

㈢早報與晚報由一家經營，成本降低，故形成早報與晚報的合併。

㈣報紙經營現代化，固定資本與流動資本均大爲提高。故資本較小報紙，很難與大報競爭。

㈤因美聯社對非會員報供給新聞有限制，故新興的大報欲取得美聯社的會員權，必須合併當地財力較弱的美聯社會員報紙。

報業合併的結果，即爲報團的形成。茲將美國報團的發展，列表說明於左：（註三七）

表二　美國報團發展一覽表

公元	報團數目	報團所轄日報數目	平均一個報團所轄日報數目	備考
一九〇〇	八	二七	三•四	報團日報銷數約佔全國總銷數十分之一
一九一〇	一三	六二	四•七	
一九二三	三一	一五三	四•九	
一九二六	五五	二二八	四•一	
一九三〇	五五	三一一	五•六	報團日報銷數約佔全國總銷數三分之一
一九三二	六五	三四二	五•三	
一九三三	六三	三六一	五•七	
一九三五	五九	三二九	五•六	
一九四〇	六〇	三一九	五•三	
一九四五	七六	三六八	四•八	

一九五三	九五	四八五	五・一	
一九六〇	一〇九	五五二	五・一	
一九六二	一一八	五七九	四・九	
一九六六	一五六	七八六	五・三	
一九六七	一六五	八七一	五・三	報團日報銷數約佔全國總銷數百分之六一・八
一九七一	一六二	八九四	五・五	

以上所稱「報團」，係依照米尼蘇達大學新聞學教授尼克森（Raymond Nixon）所下之定義，即「個人或公司，在不同城市，控制兩家日報以上，謂之報團。」

一九六七年，美國計有日報一、七五四家，總銷數六千一百萬份。而一六五個報團，計控制日報八七一家，佔全國日報總銷數百分之六一・八。其中報團控制早報一八二家，佔早報總銷數百分之七〇・一；控制晚報六八九家，佔晚報總銷數百分之五六・四。在同年一、七五四家日報中，計有五六一家發行星期版，其中三四二家隸屬報團，其銷數佔星期報總銷數百分之六七・五。由上可知，美國報業約有三分之二係由報團控制。

不過在以上一六五個報團中，大部份為地方報團，其中六十四個僅有兩家日報。茲將美國銷數最多之十大報團列舉如左：（註三八）

表三　美國十大報團所轄日報銷數一覽表

報團名稱	所轄日報數	一週銷數	備考

芝加哥論壇報團（Chicago Tribune）	七	二六、二六五、〇〇〇	
牛浩斯報團（Newhouse）	二三	二一、五四三、〇〇〇	
斯克利普斯霍華德報團（Scripps-Howard）	一六	一五、〇〇五、〇〇〇	
赫斯特報團（Hearst）	八	一四、六〇五、〇〇〇	
甘乃特報團（Gannett）	三〇	八、一四六、〇〇〇	
雷德報團（Ridder）	一六	七、四五八、〇〇〇	
考爾斯報團（Cowles）	一一	七、三〇八、〇〇〇	
湯姆森報團（Thomson）	三六	四、三三六、〇〇〇	另有星期報二十家
柯普萊報團（Copley）	一八	三、九五四、〇〇〇	
雷其蒙報團（Richmond）	四	三、二二五、〇〇〇	
共　計	一六八	一一一、八四五、〇〇〇	

以上十大報團，計控制一六八家日報，每週銷數一一一、八四五、〇〇〇份，約佔全國日報總銷數百分之三十二。這些報團，除經營日報外，並控制了其他新聞媒介。如牛浩士報團，除經營二十二家日報外，並有十四家星期報，九個廣播電台，七個電視台，以及十三個雜誌，其資產約值三萬萬美金。其他報團，亦大致相同。

英國報業，報團壟斷之情形更爲嚴重。如一九六九年六月，全國計有早報二十九家，晚報七十八家，共計一〇七家，總銷數二五、三三八、〇〇〇份。而四大報團之銷數却佔全國日報總銷數百分之七

十一，其分配如左：（註三九）

表四　英國四大報團所轄日報銷數一覽表

報團名稱	日報銷數	佔全國日報總銷數%	備考
羅特梅報團(Rothermere)	五、三二一、〇〇〇	二一	計十七家日報，另有十六家週報
鏡報報團(Mirror)	六、五八八、〇〇〇	二六	計兩家日報，另有三大週報，七十五家地方報，二三五家雜誌。
比弗布魯克報團(Beaverbrook)	四、五六一、〇〇〇	一八	計日報兩家，另有週報一家，地方報一家。
湯姆森報團(Thomson)	一、五二〇、〇〇〇	六	在英國計有四十六家報紙全世界一八四家。
共計	一七、九九〇、〇〇〇	七一	

英國報團控制週報之銷數，佔全國週報總銷數百分之八十四。

日本報業，報團亦佔了極大優勢。如一九七一年，全國計有日報一五七家，總銷數五三、〇二三、〇〇〇份。而五大報團之日報銷數，亦佔了百分之五十八。其分配如左：（註四〇）

表五　日本五大報團所轄日報銷數一覽表

報團名稱	日報銷數	佔全國日報總銷數%	備考
朝日新聞報團	九、九七四、〇〇〇	一八・九	
每日新聞報團	七、四九〇、〇〇〇	一四・一	
讀賣新聞報團	八、八四二、〇〇〇	一六・七	

日本經濟新聞報團	二、二五〇、〇〇〇	四・二
日本產經新聞報團	二、一七五、〇〇〇	四・一
共　計	三〇、七三一、〇〇〇	五八・〇

各國主要報團控制的日報，絕大多數都是全國性的重要日報，這些日報有效的控制了全國輿論。所以所謂自由報業，實際都已掌握在少數人的手中。

第三項　「一城一報」的形成

以前我們曾討論極權主義報業，極權政府控制報業的方式之一是「一城一報」；以後我們還要討論共產主義報業，而共產政權控制報業的方式之一也是「一城一報」。但自由主義報業，主張人人都可自由發行報紙，爲何結果還是「一城一報」呢?!這是值得研究的一個問題。

前面說過，報紙商業化後，爲了賺錢，必然有激烈競爭，競爭結果就會合併而產生報團。假設一個城市，同時有兩家以上日報發行，自然仍可保持自由報業的基本精神。但目前的問題是：一個城市僅有一家日報，而一個報團，可控制很多城市的報紙。茲將美國「一城一報」的趨勢列表說明於左：(註四一)

表六　美國日報獨佔情形統計表

公元	日報總數	有日報城市	有日報競爭城市	無日報競爭城市%	備考
一九一〇	二二〇二	一二〇七	六八九	四二・九	
一九二〇	二〇四二	一二九五	五五二	五七・四	

一九三〇	一九四二	一四〇二	二八八	七九・四
一九四〇	一八七八	一四二六	一八一	八七・三
一九四四	一七四四	一三九六	一一七	九一・六
一九五四	一七八五	一四四八	八七	九四・〇
一九六七	一七五四	一五〇二	五〇	九七・〇

由上表可知，美國日報之數目正逐年減少，有日報競爭之城市亦急驟下降，而無日報競爭之城市却在直線上升。

一九六七年，美國計有一七五四家日報，分佈於一、五〇二個城市中。（按美國約有五、九一一個城鎮，平均約每四個城鎮，才有一家日報。）其中有一五二個城鎮有兩家日報歸一家公司發行。僅有五十個城市有兩家日報以上，但其中三分之二係早報與晚報的競爭。並在這五十個有日報競爭的城市中，尚有二十四個城市的兩家日報，係合用一個印刷廠（如聖路易之 Globe Democrat 與 St. Louis Post Dispatch）、所以在美國，眞正有早報與早報，或晚報與晚報競爭的祇有十四個城市。（註四二）

目前美國十萬人口以下的城市，都是一城一報。在全國五十個最大城市中（五十萬人口以上），其中二十三個城市沒有日報競爭，包括奧特蘭塔、印地那帕里斯、孟菲斯、芬尼克斯、聖地牙各、新奧爾良、明尼那帕里斯、與密爾瓦克等。而且這些大城的日報，除密爾瓦克外，均由報團經營。

在美國最大的十一個城市中，其中八個大城（芝加哥、費城、洛山磯、巴的摩爾、克里夫蘭、聖路易、第特律、休士頓）祇有兩家日報，而其餘三個大城(紐約、華盛頓、與波士頓)也祇各有三家日報。

在美國五十個州中，其中十七州日報無任何競爭。二十州僅有一個城市有日報競爭，十三個州有兩個城市有日報競爭。但這些競爭，大部份係屬早報與晚報的競爭，或兩報合用一個印刷廠。週報方面，在三十七個州中，沒有一個城市有任何競爭。(註四三)

在英國，「一城一報」之現象，較美國有過之而無不及。據一九六九年英國「報業與人民」(The Press and the People, 1969) 記載：英國計有一〇七家日報，分佈在七十一個城市中。其中五十個城市係「一城一報」，十九個城市有兩家日報，但歸一家公司所有，所以實際祇有兩個城市(倫敦與葛拉斯高)有日報競爭。

第四項　意見自由市場的消失

自由報業的主要目的，在建立意見的自由市場(Free Market Place of Ideas)，藉以達成民主政治多數統治(Majority Rule)之目的。但不幸自由報業發展的結果，卻將「意見的自由市場」消滅，因此形成了新聞自由的難題。

一九六七年，美國新聞學季刊(Journalism Quarterly)列出羅賓斯(Jan C. Robbins)一篇博士論文的摘要，題爲新聞自由的矛盾(A Paradox of Press Freedom)，這篇文章，充份說明了當前世界自由報業的癥結。(註四四)

依照自由主義的報業哲學，認爲所有意見，不論眞理或謬論，都應自由表示出來，以建立「意見的自由市場」。在意見的自由市場中，意見自由競爭，何種意見得到大多數的支持，那麼這種意見就應該是國家政策的基礎。這就是民主政治認爲「多數統治」（The Majority Should Rule）的理論。在這種理論下，認爲新聞事業應享受充分的放任自由（Laissez faire）。

但根據英國兩次皇家委員會的調查報告（Reports of Royal Commission On the Press），發現報業自由競爭的結果，資本雄厚的大報，必然容易吸引大量的讀者，進而會有大量廣告收入，而使本身之營業更爲興隆。而資本薄弱之報紙，因資金短絀，人才設備必然不足，以致報紙之形式、內容，均無法與大報競爭，最後必然遭淘汰合併。所以羅賓斯認爲：「意見自由市場」與「多數統治」的觀念是互相矛盾的（Free market place of ideas and the majority rule are contradictory ideals.）。（註四五）

就理論而言，自由報業應是分散的，言論應是分歧的。但要報業分散，則勢必不能准許大報團存在。所以要報業分散，必須在報業經濟方面予以適當管理；但根據自由報業理論，管理報業就不是自由報業（A free press must be atomistic; to be atomistic it must be regulated; but if it is regulated it cannot be free.）。

不過，以上所說的矛盾，大部份是口頭上的，實際並非完全矛盾。因爲這裡所說的「自由」，是指言論與批評的自由；而「管理」（Regulation）的含意，是指對報業經濟的適當管理。因此，我們要保持「意見的自由市場」，及維護報業言論與批評的自由，則政府對報業經濟的某種管理，似乎是一個必需的罪惡（A Necessary Evil）。試問我們可否保持報業的自由分散，免於合併壟斷，而不需政府對報業經濟的適當管理？目前事實證明，這種奢望，顯然是不可能的！

自由報業之價值，在建立「意見之自由市場」，服務民主政治，這是它享有新聞自由的主要理由，但結果「意見自由市場」却爲自由報業所毀滅，那麼這種自由報業還有意義嗎？

第五項　報業商業化的歧途

名報人普立茲（Joseph Pulitzer）曾說過：「商業主義在報業經營中具有合法的地位，但它僅限於經理部。如果商業主義侵犯了編輯權，它便成爲必然的墮落與危險。一旦發行人僅僅注意商業利益，那將是報紙道德力量的結束。」（註四六）

普立茲這段話有三項含義：

㈠報業並非純粹商業；

㈡主筆與編輯部爲報紙之靈魂；

㈢報紙之新聞、言論，必須獨立、公正、客觀。

李普曼（Walter Lippmann）認爲：自由報業是民主社會必需的組織系統之一（An Organic Necessity），它不是特權事業，更不是純粹商業。（註四七）

在獨立報業，主筆（Editor）是報紙的主人，也是報紙的靈魂。但報業企業化後，資本家成爲報紙的主人，而經理人員取代了主筆的地位，也就是麻特（Frank L. Mott）所說：報紙商業化後，輪轉機的聲音，壓倒了主筆的聲音！

獨立報業，其主要目的在服務民主政治，促進政治、社會之革新。而商業報紙，却以營利爲主要目標。其在營利的前提下，不僅新聞、言論失去了獨立、客觀及其公正性，而且在經營方面也有許多乖張的措施。例如自二十世紀初葉，美國最有勢力之報團爲赫斯特報團與斯克利普斯•霍華德報團。最初這些報團因激烈的商業競爭，曾引起「黃色新聞」的氾濫及報業的合併。最後爲貪圖暴利，實行壟斷，竟相互協議自動停刊報紙。如兩報團在甲、乙兩城市各有早、晚報一家，最初協議：赫斯特報團在甲城市停刊早報，在乙城市停刊晚報；而斯克利普斯•霍華德報團則在甲城市停刊晚報，在乙城市停刊早報因而使甲、乙兩城市僅有早報與晚報的競爭。但他們爲了澈底獨佔，進而協議：赫斯特報團在甲城市停刊晚報，而斯克利普斯•霍華德在乙城市停刊晚報；因之使兩報團分別壟斷甲、乙兩個城市之報紙。

小赫斯特（William R. Hearst Jr.）最近曾說：「一家報紙，如每年獲純益十萬元，則獨佔後，每年純益可達五十萬元。」（註四八）利潤增五倍之多，這就是近年美國形成「一城一報」的主要原因。報業獨佔後，報業固然可穩獲暴利，但却消滅了「意見的自由市場」！也就是消滅了報業享受新聞自由的基本理由！

前面說過，報業商業化後，營利爲報紙的主要目的。這種說法，也或許有些報紙發行人並不同意，甚至認爲這是對報紙的一項侮辱！爲了避免爭論，我們最好用當前世界上最有勢力的報業大王湯姆森（Lord Roy Thomson）的話來做證明。

湯姆森是商業報紙的偶像，也是商業報紙的發言人。目前他直接控制了一百八十四家報紙，十八家電視公司，數十家廣播電臺，一百多家雜誌，另外還有許多房地產、保險公司、銀行、及旅遊觀光事業。他的財產總值，早已達數億美元以上。在一九六一年，他曾在倫敦全國電視網中，面對千萬電視觀衆，坦白說明他的報業哲學與經營報紙的目的，他說：

「我想任何性質的獨佔都對公衆不利，但我個人喜歡獨佔。我經常喜歡獨佔的原因，係我正在以獨佔的方式經營報紙。顯然報紙獨佔以後，利潤優厚，而且賺錢十分容易。不過它對公衆利益而言是不利的……。我需要錢去買更多的報紙，我需要更多的報紙又賺更多的錢去買更多的報紙……。因為衡量你的成就，主要就是看你賺錢的多少。………」(I think monopoly in anything is a bad thing for the public. I like it for myself. I always like monopolies when I'm operating them, because obviously it's very profitable. But it isn't in the public interest ……… I want money to buy more papers and I want more papers to earn more money to buy more papers……. The measure of your success is the making of money.)(註四九)

一九六七年，報業大王湯姆森，又在美國以七千二百萬美元，一次收買摩爾報團 (Brush-Moore) 的十三家報紙。同時他在電視訪問上，再度說明他辦報的目的。他說：

「我做生意是為了賺錢。我買更多的報紙，主要目的是為了能賺更多的錢去買更多的報紙，去賺更多的錢去買更多的報紙，去賺更多的錢去買更多的報紙………。」(I am in the business of making money, and I buy more newspapers in order to make more money to buy more newspapers to make more money to buy more newspapers……)(註五〇)

湯姆森的可貴，在於他的坦白，敢說實話。他承認當前的報業就是商業，辦報就是爲了賺錢。不像有些報人，明明將報紙當做商業經營，但却強調它是教育文化事業！明明報紙是代表少數人的利益，但却強調它是社會大衆利益的監護者！

誠然，報業商業化後，它的確具有多重而複雜的性格。它本是教育文化事業，又是營利事業；它是政治性的，又是商業性的；它有公衆性，又有私人性；它有服務性，又有攻擊性；它可造福人羣，亦可爲害社會，它經常批評政府及其他行業，但却拒絕政府及其他社會勢力對它的任何干涉。尤其由於報業的規模太大，影響太廣，所以麻特教授（Prof. Frank L. Mott）形容當前商業報紙已經成爲一隻怪獸（Leviathan）；並且由於商業報紙對於自己的龐大權力，濫用而不知珍惜，進而它又成爲一個惡魔（Monster）！麻特教授的這項批評，就是說自由報業實際爲商業利益所驅使，業已誤入歧途！

第七節　對自由報業的批評

在前節中，我們已經分析了自由報業的流弊。除此之外，還有許多個人根據經驗，提出對自由報業的批評。

第一項　哲弗遜總統的意見

哲弗遜是自由報業的哲學家，也是最偉大的政治家。他締造了世界第一個幅員廣大的民主國家，並以身作則，奠定了美國自由報業的基礎，進而促進了世界自由報業的繁榮。可說在自由報業的成長中，無人能超出他的貢獻。

但，哲弗遜雖然認爲自由報業爲民主政治所必需，然而他也深深體會了自由報業放任的危險。一八○四年，在他第一任期將要屆滿時，他正遭受聯邦派報紙無情的攻擊，因此對自由報業無限感慨；他說：「我們的報紙，由於過於虛僞放任，以致嚴重危害了它應有的功能。報紙如果虛僞放任，其爲害之烈，將甚於獨裁者設計的所有枷鎖。」（註五一）

第二項　威邁爾與艾爾溫的批評

英國政治哲學家艾克頓勛爵（Lord Acton）有句名言，已經成爲政治學的金科玉律。他說：「權力易於腐敗，絕對權力便會絕對腐敗。」（Power Corrupts; absolute power corrupts absolutely）。

十九世紀中葉後，英美自由報業已經成爲貴族、僧侶、平民以外之「第四階級」，或行政、立法、司法以外之政府「第四部門」。換言之，此時自由報業已經成爲社會的重要勢力，並具有極大的權力（Power）。因此，許多人開始懷疑自由報業的「權力」，是否不能適用艾克頓勛爵的定律？但事實的答案是否定的。因爲「有權者必濫用權」，已是一項不移的定理。

一八五九年，威邁爾（Lambert A. Wilmer）寫了一本書，名爲「我們的報業匪徒」（Our Press Gang）；亦稱「美國報紙罪惡眞象」（A Complete Exposition of The Corruption and Crimes of the American Newspapers）。這本書充分揭露了美國初期商業報紙的罪惡。

二十世紀後，美國報業已成龐大的企業，銷數日大，影響日廣。報紙濫用權力之結果，自屬日趨嚴重。此時對報業之批評，均認報紙爲資本家之共犯，可稱爲報業不當功能的共犯論（Conspirational

Theory of Press Malfunction）。其認報紙發行人與資本家之利害相同，他們經常計劃，如何增進並保護相互之共同利益。實際而言，有的發行人，他們本身就是資本家，他們的報紙，就是龐大的企業。另有一些發行人，他們雖然不是經濟雄厚的資本家，但他們與大企業都有聯盟關係。爲了彼此交換條件，他們故意扣押新聞及歪曲新聞報導。因此使資本家具有龐大權力，發行人亦可藉此享有各種報酬，如大量的廣告收入、社會地位與各種政治特權。

一九一一年、艾爾溫（Will Erwin）在柯里爾雜誌（Colliers）發表評論，說明當時報紙與企業之關係。他說：報紙爲了爭取廣告，爭取資本家在財政方面的支持，經常以壓制某種新聞，歪曲新聞報導，與其他讓步以達其目的。

至於廣告商對報紙的影響，須視廣告商之經濟力量與報紙之素質而定。具有極大勢力的廣告客戶，有時要求改變整個編輯政策。不過通常情形，係要求加入某些有關的宣傳資料，或壓制有關廣告客戶與其家族，以及與他商業有關人員一切不利的新聞報導。所以此時對報紙的批評，係着重於報紙之商業化及廣告之不良影響。卽廣告爲報紙之主要收入，但廣告商的支出主要是爲了報紙銷數。銷數越多，廣告費用越高，而廣告商愈急切購買報紙篇幅。因此，這是一種雙重的生產行爲。報紙必須設法經常保持龐大銷數，然後才有大量廣告。因銷數本身雖無利益，而利益係在廣告之中。

艾爾溫並說，廣告商並非報紙發行人的唯一影響者。他認爲發行人是商人，他們以商業觀點經營報紙是必然的結果。

最後他的結論是：「你不能相信報紙，因爲報紙已爲廣告商及龐大企業所控制。」（註五二）

第三項　辛克萊與塞爾玆的名著

一九一九年，美國名報人及社會學家辛克萊（Upton Sinclair）出版一本名著，稱爲「金錢的干擾」（The Brass Check）。（註五三）該書係着重自由報業與娼妓（Journalism and prostitution）的比較。內容一半爲辛克萊個人從事報業的經驗，一半爲社會人士目擊自由報業娼妓行爲的見證。此書出版後，洛陽紙貴，轟動世界。至一九二六年，一連發行九版，一九三六年再增訂發行十版。（註五四）由此足以證明其受社會歡迎之一般。

辛克萊認爲資本家控制報業之策略有四：

㈠直接收買全國性之報紙、雜誌；

㈡直接控制報紙發行人，其方式爲：⑴鼓勵發行人之野心；⑵對發行人之家族施用壓力；⑶透過各種俱樂部及聯誼會；⑷利用互惠原則及君子協定等。大資本家運用這些手段，實際可以達成對報紙的有效控制。辛克萊認爲，一位報紙發行人，實際已是社會統治階級的一份子，他可以成爲一位參議員，一位閣員，或一位大使。

㈢以廣告控制報業，使報紙不得刊登任何不利廣告客戶的一切新聞與意見；

㈣經常以雄厚財力，非法賄賂報業，以加强自己的觀念，並箝制敵對的意見。

塞爾玆（George Seldes）是「芝加哥論壇報」駐羅馬及柏林分社的主任，並任「紐約郵報」駐西班牙戰地特派員。他完全同意辛克萊對報業的批評。一九三五年，他出版「新聞自由」（Fieedom of the

Press）一書，他說：「報業具有龐大的權威，但非常不幸，他們從不刊登事實。從百萬富翁的離婚，到戰爭的威脅，都不眞實報導。因爲金錢、政治、社會、與廣告，對報紙都有極大的影響力，這是最腐敗的影響！」

一九三八年，塞爾茲又出版了「報業大王」（Lords of the Press）一書。認爲美國報紙發行人協會，是資本家的主要共犯（Conspirators），嚴重危害社會公益。他說：「在美國報紙發行人協會的秘密會議中，一致決議維護童工制度。他們並採聯合行動，對抗國會立法禁止藥商毒害及欺騙人民的措施。此外，並鼓勵破壞罷工的一切行動，支持破壞罷工的工會會員，而且支持願與工會戰鬪的任何人。」（註五五）

第四項　新聞報導的迷失

自一九三〇年後，報人及社會人士，均對報紙在大選中新聞報導的偏見表示不滿。一般人認爲美國已成「一黨報業」（One party press），對民主黨候選人之新聞處理不公。尤其一九五二年與一九五六年，報紙在社會及新聞報導中，均以壓倒優勢支持艾森豪（Dwight Eisenhower），而對史蒂文生（Adlai Stevenson）的演說亦不刊登。

對於新聞報導另一批評，就是對於新聞價值的衡量。自由報業的新聞報導，是犧牲重大新聞，而刊登一些激情的、膚淺的及愚蠢的新聞。例如：克里夫蘭的謀殺案，好萊塢明星的婚姻糾紛，紐澤西裸體主義者的露營大會，以及狄拉瓦的強姦案，均較聯合國的重要會議還要重要，而且後者常常乾脆沒有刊登。

在新聞的處理方面，如標題，倒金字塔型的寫作，以及盲目的客觀崇拜，都直接阻礙了讀者對於當前重大問題的透澈瞭解。

通常認爲，目前報紙以報導瑣屑及衝突爲主。所以人民對於瞭解公共事務的必要新聞及討論已被剝奪。因爲報紙必須吸引大量讀者，以致引導報紙重視特殊事件，而不重視代表性事件；注重刺激性事件，而不注重有意義之新聞。目前報紙過份重視災禍、謀殺、罷工、暴動、革命及戰爭新聞，就是基於這種原因。

美國政論家李普曼（Walter Lippmann）曾說：我十分懷疑新聞記者的報導能力。他們僅能做一些現場的片斷紀錄，不能做分析報導。例如，他們可以報導一家公司破產，但不能報導何以破產以及破產後的影響。總之，記者僅能看到一些事件的發生，並不能預見發生，也不能分析及判斷發生以後。

哥倫比亞大學哲學教授艾德曼博士（Dr. Erwin Edman）說，報紙描述我們的社會，可能是用了最壞的方法。它將社會描繪成一個瘋子，一個爵士交響樂團，整天大吼大叫。假設讀者的心理狀態能夠照相，那將不是幅圖畫，而是一個「爆炸」！

如何改進新聞報導，一九三七年布魯克（Herbert Bruker）曾出版美國報紙的轉變（The Changing American Newspaper）一書。他提出四點改進意見：

(一)注意背景及解釋性之新聞報導，重寫新聞，使其相互關聯，並深入報導；

(二)第一版應盡量容納重要新聞，詳細內容可轉入各版；

(三)標題應絕對符合新聞內容；

(四)廢除五個W及一個H的寫作方式。

第五項　安格紐對商業報紙的批評

在一九四〇年以前，對報業的批評，係着重在「人」的方面。如一九三六年蘭德柏格（Ferdinand Lundberg)出版的赫斯特帝國（Imperial Hearst）一書說：「赫斯特是一個邪惡的報業大王（Sinister Press Lord)，他在美國人民心理的形成中，擔任了一個重要而可怕的角色；而且他能使美國人民接受他的政治及社會方面的欺騙及不負責任的觀念。例如美西戰爭，麥金萊總統的被刺，軍備競賽，以及報紙的競銷術等。」（註五六）

一九三九年，美國內政部長艾克思（Harold L. Ickes)，在他的名著美國的貴族院（American House of Lords)中說：「美國報紙的編輯政策，若由編輯及記者獨立處理，那將是完全正確的；但不幸，即使是最小的報紙，亦由大企業之心理所控制，此對報紙形成嚴重的壓制、揑造與曲解。」（註五七）

在一九四〇年後，對報業之批評，逐漸從「個人」轉變到「制度」方面。目前最普遍的觀點是，報業係受社會制度所影響，如社會與經濟的力量，社會制度的價值標準，以及整個文化，在報業的形成及表現方面，都佔了同等重要的地位。假設要改變報業的表現，必須對社會制度，先做某些基本改變。

近年商業報紙，業已成爲嚴重的社會問題。社會人士對於報業的專橫壟斷，亦不斷予以指責，其中以一九六九年美國副總統安格紐（Spiro Agnew）對「紐約時報」與「華盛頓郵報」之公開斥責最爲深刻。他說：

「一些自稱為大都市的獨立報紙，多屬無知膚淺。這批未經選舉，自立為王，大權握在少數特權報閥和電視界霸王手中，他們利用政府發給執照和許可證，行其壟斷新聞之實，是可忍孰不可忍?!具有良知的美國人民，應群起聲討才對！」（註五八）

因此，我們可以說，這些對於報業的批評，實際是對於自由社會價值及其制度的批評。例如唯物主義（Materialism），這是英美現代文化的根源，不是報業的單獨缺點。

假設以上的看法是正確的，那麼要想改變報業的表現，就成為一個廣泛而極複雜的問題。我們不能再認為，改進報業的實際表現，僅憑甜言蜜語，各種信條，諄諄勸誡，新聞教育或加强在職人員訓練，要使他們更莊嚴的去接受神聖責任，就會順利成功。同時也不能認為，僅藉解散那些龐大的報團，使它變成許多小的獨立報紙，就可重獲從前政論報紙的好處。所以在採取任何實際解決方案以前，必須充分瞭解報業制度與它社會歷史以及當前文化背景的密切關聯。祇有從這些基本因素擬定解決方案，才不致本末倒置，徒勞無功。以上這些前提，就是產生「社會責任論」的時代背景。

本章註解

註一：Willis Moore, *Lectures On Philosophy of Journalism* (SIU, 1964).

註二：See *The Book of Job*, p. 30.

註三：Ibid. p. 31.

註四：See Note No. 1.

註五：Ibid.

註六：Ibid,

註七：Fred S. Siebert, ***Four Theories of the Press***(Urbana: University of Illinois Press, 1956)PP. 41–43.

註八：Frank Thilly, *A History of Philosophy*, Part 3. Chapter 2.

註九：Fred S. Siebert, *Freedom of the Press In England*(Urbana:University of Illinois Press, 1952) pp. 190–195.

註一〇：John Milton, *Areopagitica: A Speech To The Parliament of England, For the Liberty of Unlicensed Printing*, Ed. by T. H. White (London:1819) pp. 1–197.

註一一：Ibid. P. 171.

註一二：See Note No 7. pp. 195–198.

註一三：John Locke, *Two Treatises of Civil Government*, Part 2. Chapter 8.

註一四：Ibid. Part 2. Chapter 13.

註一五：Andrew A. Lipscomb, Ed. *The Writing of Thomas Jefferson*, 20 Vols. (Washington D. C.: 1904) Vol. 6, pp. 57-58.

註一六：Frank L. Mott, *Jefferson and The Press* (LSU Press, 1943) P. 8.

註一七：Ibid. PP. 6-7.

註一八：Thomas Jefferson, Letter To Judge John Tyler, 1804.

註一九：Frank L. Mott, *American Journalism* (1962) P. 171.

註二〇：See Note No. 15, Vol. 15. P. 489.

註二一：Jeremy Bentham, *An Introduction To The Principles of Morals and Legistration*, Chapter 2, Section 7.

註二二：John Stuart Mill, *On Liberty*, Oskar Ed. (N. Y.: LAP. 1956) Chapter 2.

註二三：See Note No. 10.

註二四：See Note No. 22.

註二五：Willis Moore, *Lectures On Philosophy of Journalism* (SIU. 1964).

註二六：一九五九年小野秀雄至政大講學，講題爲「世界新聞自由之發展」。

註二七：Fred S. Siebert, *Freedom of The Press In England* (1952) p. 385.

註二八：Harold Herd, *The March of Journalism* (1952) pp. 97—98.

註二九：Ibid. pp. 114—115.

註三〇：Ibid. pp. 121—126.

註三一：The Office of The Times, *The History of The Times*, Vol. I, 1785—1841, P. 338.

註三二：Ibid. Vol. II. 1841—1884, pp. 166—192.

註三三：1. Bryce W. Rucker, *The First Freedom* (Carbondale: SIU Press, 1968) P. 27

2. George Mathews, Freedom for Whom? Eric Moonman Ed., *The Press: A Case for Commitment* (London: Fabian Society, 1969, p. 15.)

註三四：Frank L. Mott, *American Journalism* (N. Y.: Macmillan, 1962)

註三五：Ibid. p. 637.

註三六：Ibid. pp. 635—6.

註三七：Source: Freedom of Information Center, University of Missouri.

註三八：Bryce W. Rucker, *The First Freedom* (Carbondale: SIU Press, 1968) p. 23.

註三九：The Press Council, *The Press and The People* (London: 1969) pp. 103—9.

註四〇：Nihon Shibun Kyokai, *The Japanese Press* (Tokyo: 1971) pp. 121—140.

註四一：Reference To:

1. Raymond Nixon, "Concentration and Absenteeism In Daily Newspaper Ownership", *Journalism Quarterly*, 22: 97—144, Summer 1945.

2. Raymond Nixon, "Trends In Newspaper Ownership Since 1945", *Journalism Quarterly*, 31 : 3—14 Winter 1954.

3. John Hohenberg, *The News Media* (N. Y.:Holt, Rinehart & Winston, 1968)。

4. Bryce W. Rucker, *The First Freedom* (Carbondale:SIU press, 1968)。

註四二‥Ibid. See No. 3, 4.

註四三‥Bryce W. Rucker, *The First Freedom* (1968) p. 8.

註四四‥Jan. C. Robbins, "A Paradox of Press Freedom: A Study of British Experience," *Journalism Quarterly*, 44 : 428—38, Fall 1967.

註四五‥Ibid. P. 431.

註四六‥Theodore B. Peterson, William L. Rivers, *Mass Media and Modern Society*, 2nd. (San Francisco: Rinehart, 1971) p. 90.

註四七‥Walter, Lippmann, *A Free Press:Addressed to the Fourteenth IPI Assembly*, May 27. 1965 (Copenhagen : Berlingske Tidende:1965) p. 4.

註四八‥Bryce W. Rucker, *The First Freedom* (1968) p. 43.

註四九‥George Mathews, Freedom for Whom? Fabian Tract 391, *The Press : A Case for Commitment*, London: Fabian Society, 1969. p. 15.

註五〇‥Bryce W. Rucker, *The First Freedom* (1968) p. 27.

註五一‥Theodore B. Peterson, *Mass Media and Modern Society* (N. Y.:Holt, Rinehart & Winston, 1966) p. 226.

註五二：Ibid. p. 228.

註五三：該書有人譯爲「銅牌」。

註五四：Theodore B. Peterson, *Mass Media and Modern Society* (1966) p. 229.

註五五：Ibid. p. 230.

註五六：Ibid. pp. 242–3.

註五七：Ibid. p. 242.

註五八：臺北中央日報社論（民國五十八年十二月十日）。

第四章　共產主義報業

在未討論社會責任論報業以前，我們應先對共產主義報業做一分析。共產報業是極權報業的一種新型式，它是一九一七年蘇俄大革命後的副產品。在理論、制度與內容方面，與自由報業完全不同。

前面曾討論過傳統的極權報業，法西斯與納粹的極權報業，但共產報業與這些極權報業也不相同，它可說是有史以來最澈底的一種極權報業。目前世界上約有三分之一的人民，係生活在這種報業制度下，而且世界上其他人民，亦無不遭受共產主義的威脅。所以對共產報業的研究，不僅是學術上的探討，而且當前在事實上有其需要。

第一節　共產報業理論的根源

共產報業爲共產主義社會政治制度的一環，而馬克斯爲「共產主義之父」，所以要明白共產報業的理論，必須先探討共產報業理論的根源，卽馬克斯的哲學思想。

第一項　馬克斯的生平

馬克斯（Karl Marx 一八一八—一八八三）爲德籍猶太人，一八一八年五月五日生於特瑞夫斯（Treves）。父業律師，家庭富有。一八三五年，先入波昂大學攻讀法律，繼入柏林大學研究歷史哲學。

此時，黑格爾的辯證哲學與費爾巴哈（Ludwig Feuerbach）的唯物論對其影響很大。(註一)一八四一年獲哲學博士學位，翌年任萊茵新聞（Rheinische Zeitung）編輯。一八四三年初，該報因言論激烈停刊，是年夏與貴族之女結婚。

時值法國社會主義興起，馬氏爲澈底研究社會主義，乃於一八四三年秋赴巴黎，並得識英人恩格斯（Friderick Engels 一八二〇—一八九五）。後因普魯士政府要求，馬氏被迫離法，移居比京布魯塞爾，隨後恩格斯亦前往相聚。一八四七年底兩人共同起草著名的「共產黨宣言」。(註二)一八四八年，法、德爆發革命，馬克斯均曾參與。一八四九年流亡倫敦，直至一八八三年三月十四日去世，享年六十五歲。(註三)其間雖貧病交加，子女夭折，情況悲慘，但始終致力於研究寫作。馬氏爲維持生活，並曾一度擔任「紐約論壇報」通訊記者。

第二項　馬克斯的重要著作

馬克斯著作很多，玆將重要者簡介如左：

㈠哲學的貧困（The Poverty of Philosophy）。一八四七年作於布魯塞爾，對普魯東（Pierre J. Proudhon 一八〇九—一八六五）著之貧困的哲學（Philosophie de la misere）予以駁斥。(註四)

㈡共產黨宣言（Communist Manifesto）。一八四七年底，由馬克斯與恩格斯於布魯塞爾共同起草，於一八四八年一月完成。初稿爲德文，後經各國翻譯。該宣言爲共產黨之政綱，其中之政治理論，一直爲世界社會運動之靈魂。(註五)

㈢政治經濟批判（Critique of Political Economy）。此爲馬克斯對經濟學通盤研究的初步結果，於一八五九年完成。

㈣資本論（Capital）。（註六）該書爲馬氏最重要之著作，以「政治經濟批判」爲基礎，補充資料，並重新改寫而成。此書共分三卷，第一卷於一八六七年出版。以後馬氏爲充實內容，曾從事很多新的研究，不過在他有生之年，並未完成他的大著。一八八三年馬氏去世後，恩格斯將遺稿加以整理出版。第二卷於一八八五年五月完成，第三卷於一八九四年十月問世。

馬克斯的理論，在建立一個完整的學術大體系；他認爲整個人類歷史的進化，可用一個合理的公式加以解釋。雖然在根本上馬氏的學說是謬誤的，但在實際上影響之大，爲害之烈，實在不容忽視。

第三項　馬克斯的哲學

馬克斯的哲學，計有四大體系，茲分別簡介於左：

㈠辯證唯物論（Dialectical Materialism）（註七）

馬克斯的辯證唯物論，係從黑格爾的唯心論辯證法（Dialectical Method of Idealism）而來，但馬氏將黑氏理論的「唯心」部份，完全改爲「唯物」。其中心思想計有三大定律：

⑴對立統一律。這個定律是說明萬物運動變化的根源。認爲宇宙一切事物，本身內部都含有矛盾對立的因素，而此種內在的矛盾，爲運動變化的根源。無論在自然界，社會發展以及個人的思維，都是如此。而對立鬭爭的結果，乃由一種形態轉變爲另一形態，即由對立而統一。

(2)質量互變律。此項定律，在說明由量變到質變，及由質變到量變的轉變法則，解釋萬物運動變化之過程。上述對立統一律（矛盾律）的發展，開始爲量變，由微而漸，由隱而顯。但「量」變達於極度，則卽發生飛躍「質」的突變。如此質量互變，繼續不已。而量變與質變之不同，乃在前者是程度的，連續的與漸進的；而後者則是本質的，中斷的與突然的。

(3)否定之否定律，這項定律乃對立統一律之進一步闡釋，一種對立到另一種對立的演進。此種發展，係後者不斷否定前者，如此繼續變化，成爲一切事務發展的普遍法則。

(二)唯物史觀（Materialistic Interpretation of History）（註八）

馬克斯認爲歷史演進的動力，實爲人與物質的關係（Man's relation to matter），其中最重要的部份就是生產方式（Mode of Production），所以馬氏之「唯物史觀」，實際爲經濟史觀（Economic Interpretation of History）。

馬克斯認爲生產關係的總和，構成社會的經濟結構，此爲社會的眞正基礎。法律與政治組織爲社會之上層建築（Superstructures）。各種社會意識形態，如教育、文化、宗教、藝術、倫理、道德等，亦均須與之相適應。經濟結構旣爲社會之眞實基礎，故「生產關係」一旦變化，社會之上層建築，自然亦隨之發生變化。

因此，馬克斯認爲社會歷史演進的動力是物質的，不是觀念的，物質決定一切。在這種發展過程中，人類不能改變它的方向。人類所能做的，祇是加速或延遲它的發展而已。

(三)階級鬥爭（Class Struggle）（註九）

在「共產黨宣言」中，馬克斯開宗明義就說：

「所有過去社會的歷史，都是階級鬪爭史。」

「自由人與奴隸，貴族與平民，地主與農奴，主人與傭工，簡言之，就是壓迫者與被壓迫者，經常敵對，明爭暗鬪，總是在不斷鬪爭中。結果，不是將整個社會澈底改變，就是兩個階級，同歸消滅。」

馬克斯認爲，目前社會逐漸區分爲資產階級與勞動階級兩大陣營，相互對立。資產階級原從封建特權階級手中奪得政權，而他們的權力又勢必爲新興起的勞動階級所奪取。馬克斯說階級之基本性質是經濟性的。在私有財產制度下，資本家掌握生產手段，不勞而獲，爲剝削階級；另一部份人依賴別人之生產手段，從事勞動生產，爲被剝削階級。如希臘時代之自由人與奴隸，羅馬時代之貴族與平民，封建時代之地主與農奴，主人與傭工，現代之資本家與勞動者，前者均爲剝削階級，後者均爲被剝削階級。剝削階級，爲保障他們的旣得利益，必然依賴政治權力，統治被剝削階級。所以被剝削階級，若實行階級鬪爭，推翻剝削階級，必須先奪取政權。因此，馬克斯認爲階級鬪爭在實質上是經濟性的，但在手段上却是政治性的。

馬克斯主義者，最終極的目標是社會主義（Socialism），在建立一個沒有階級的社會（Classless Society），而共產主義僅爲到達社會主義的過渡階段。

四國家的性質（The Nature of State）

馬克斯的理論體系，都具有嚴密的關聯性。它的國家論，很明顯的源於階級鬪爭的學說。他認爲國家乃是社會階級衝突無法調和的結果；它是一個階級用以鎮壓另一個階級的機構；而所謂政權，祇是一個階級壓迫另一階級有組織的權力。他說：「現代國家的政權，僅是全體資產階級的共同事務委員會而已！」（註一〇）所以無產階級要免於剝削，必須實行革命，奪取政權，使無產階級變爲統治階級，並對資產階級實行統治和鎮壓，這就是所謂「無產階級專政」（Dictatorship of the Proletariate）。「無產階級專政」之目的，在消滅私有財產，消滅階級。在階級消滅後，政權將無必要，國家亦將自行衰萎（State will be withered away.）。這種無階級社會實現之後，就再也沒有階級鬭爭了，所以馬克斯說：「資產階級的生產關係，是社會生產過程中最後的敵對形態。」（註一一）

第四項　馬克斯理論的謬誤

本節之目的，僅在說明共產報業理論的根源（馬克斯哲學），並非爲了系統批判馬克斯思想。不過人類自有歷史以來，影響最大，爲害最烈，恐怕就算馬克斯的理論了！所以對它的謬誤，不能不略予指陳，以免以誤爲正，以謬爲眞。

馬克斯理論的影響力，不在它的眞實性，而在他理論的統含性、單一性及强調理論的必然性。他將整個人類的歷史，複雜的社會現象，以及迷惘的未來遠景，都用一個簡單而一元化的公式加以解釋。

馬克斯理論的謬誤，主要就在這個簡單一元化的公式。因爲人類歷史，社會現象與未來的發展，都是多元的，互爲因果的，絕沒有一種力量是唯一的、絕對的及必然的因素。馬氏的「唯物論」，認爲物質爲第一性，精神爲第二性，於是斷定「存在決定意識」。但精神物質祇是一體之兩面，相輔爲用，交互影響。俗云：「時勢造英雄，英雄造時勢。」足可說明「物質」與「精神」的相互作用，尤其根據近代自然科學的研究，確認所謂物體僅是一個能力的發放中心，物質分解到最後，根本沒有實體的存在。

至於辯證唯物論的三大定律，也是錯誤的。因爲不論社會、個人，他的本質（或思想），祇能慢慢不斷的「演進」，不可能在性質上發生根本不同的「突變」。其他如家庭的發展，水的變化，似乎都不能應用「矛盾對立」加以解釋。

「唯物史觀」過份重視經濟的因素。其他如地理的因素，種族的因素，往往更能決定歷史的發展；有時甚至突發事件及個人的因素，都會轉變歷史的方向。

「階級鬪爭」的理論，源於剩餘價值（Surplus Value）說。國父認爲社會進化，係由於人類互助合作，並非由於階級鬪爭。商品價值，係由於直接間接參加生產者與消費者的共同貢獻，並非由於工人的單獨努力。

依照馬克斯的理論，社會革命應發生於當時工業發達的英國，與今日工商業雄視世界的美國。但事實上却發生於經濟落後的俄國、中國。蘇俄無產階級專政，迄今已屆五十多年，依照馬氏的學說，蘇俄社會的階級應該消滅，國家的功能應該衰萎。但事實上，全世界還有那一個國家能比俄國的階級更爲顯明，比俄國的政府更有權威呢？

第二節　共產報業的理論

共產報業可以蘇俄爲代表。這種報業，不像其他報業制度是慢慢演進而成的，它是一九一七年十月大革命後突然誕生的。這種報業理論，係以馬克斯列寧主義爲根本，並在無產階級專政的前題下，成爲一種最澈底的新極權報業。茲將共產報業的重要理論分述於後。

第一項　共產報業的哲學

共產報業的哲學，亦建立在人的本質，人與社會的關係，以及眞理的特質上。

馬克斯認爲「人」爲社會的主要成份，但它僅是社會的一種成份而已（Just an element of Society）！個人在共產社會中，並不重要，更沒有像在自由主義社會中那樣重要。蘇俄共產主義，認爲個人爲社會的產物，所以確認社會是永恒的，最重要的。而個人的最終目標，僅在完成社會的永恒發展。他們必須要有統一性（Unity），在一黨領導及全國團結之下，建立一個沒有階級，沒有衝突，沒有不同意見的共產社會。他們認爲眞理（Truth）卽爲團結的象徵。(註一)

共產主義相信「眞理」祇有一個，「眞理」祇有一個發言人，卽黨或黨的領袖。全國所有機構、團體或個人，都必須嚴密團結在一個終極的目標下，自由社會是多元的，「眞理」有許多來源，社會組織可以各自依照自己的方法處理自己的事務。政府的責任，在維持社會秩序，增進人民福利。但在共產社會，目前國家的力量超越一切，超出商業、藝術、教育、宗教……，國家權力超越一切之上。

在共產社會中，報業爲國家重要工具之一，與其他工具（如軍事、教育、經濟等）密切結合在一起。現在蘇俄尚未完全將國家（State）與社會（Society）合二爲一，所以報業是黨與國家的工具。其終極目的，在完成世界革命，及促進社會主義的偉大建設。

第二項　共黨領袖的報業觀念

自由世界，認爲新聞事業爲獨立的第四階級（Fourth Estate）應享有充分的新聞自由。而新聞之意義，爲自由採訪，自由傳遞，自由發表，與自由表示意見的自由。（註一三）

馬克斯與列寧（V. I. Lenin 一八七〇—一九二四），塑造了共產社會的政治、經濟以及社會制度的全部結構，同時也確定了報業的特性、功能及其內容。根據這項理論，共產黨是絕對的領導者及統治者，並且堅決控制及指導一切的社會組織。

馬克斯與列寧均曾指出，在建立共產主義的戰鬪中，布爾希維克必須應用二項主要武器：第一爲暴力革命及高壓的無產階級專政；第二爲解釋共黨的政策，藉「說服」爭取羣衆的支持。（註一四）顯然，這種說服工作，就是宣傳與煽動（Propaganda and Agitation），它是任何共黨行爲不可缺少的一部份。

列寧爲蘇俄報業的創始者。一九〇〇年十二月十二日，他於萊比錫（Leipzig）創刊第一張革命報紙火星報（Iskra）。一九〇二年他曾說：「報紙不僅是集體的宣傳者，煽動者，也是集體的組織者。」（A Newspaper is not only a collective Propagandist, and collective agitator; it is also a collective organizer.）（註一五）他又說：「蘇維埃政權，是建立在一座高壓政治與說服工作的天秤上。」（Soviet regime rested on a balance of coersion and persuasion.）（註一六）

在共黨廣大的宣傳媒介中，報業居於最重要的地位。馬克斯列寧主義的理論家，以及蘇俄共黨的領袖們，均認報紙是最重要的工具，是黨在爭取人民心理支持的戰鬪中最尖銳的武器（The press is the sharpest weapon of the party in the battle for the mind of the people.）。（註一七）

蘇俄認爲，報紙是黨與政府的武器，是組織與教育人民的工具，是協助共黨到達理想社會的一種力量。依照「大蘇維埃百科全書」註解，報紙的主要任務有五：（註一八）

(一)教育人民；

(二)解釋黨與政府的政策；

(三)在共產主義的建設中動員人民；

(四)發展批評與自我批評；與

(五)揭發戰爭販子的陰謀。

列寧不僅强調共產報業的特質，而且還對英美自由報業予以批評，他說：「資本主義的報紙，是富人賺錢的工具，是獲取新聞與享受娛樂的媒介，是欺騙與愚弄勞工羣衆的一種手段。」（註一九）

史達林(Joseph Stalin一八七九—一九五三)認爲，報紙在蘇俄聯邦的地位極端重要。他曾這樣說過：「報紙是黨和羣衆之間的傳聲筒。」又說：「報紙是一種重要工具，透過它，黨可以用它自己的語言，每日、每小時與勞工階級說話。做黨與勞動階級的連繫，沒有任何其他工具能比報紙更爲適宜。」（註二〇）

一九五七年，赫魯雪夫（Nikita S. Khrtshchev）對於共黨的報業觀念，亦有他的見解。他說：「報紙是我們思想的武器，它的責任是擊敗勞工階級的一切敵人。正像軍隊，它不能不用武器作戰；同樣，黨若沒有像報紙這樣銳利而强大的武器，在思想戰上也不能得到成功。因此，我們不能將報紙放在不可靠人們的手裡。它必須由最忠實，最可靠而且決心獻身我們共產主義偉大建設事業的同志去主持。

」（註二一）

總之：蘇俄報紙的主要使命，在不斷强調共產主義的優越性，鼓舞人民一致歌頌蘇俄領袖及其一切政策。莫斯科「眞理報」亦曾爲蘇俄報業，指出努力的主要目標：即加强共產主義思想的宣傳，培養人民對蘇維埃國家的驕傲，鼓舞人民堅强不屈的精神，以及堅定共產主義必獲偉大勝利的信心。（註二二）

第三項　新聞自由的理論

共黨由於過份重視報紙，因此認爲報紙必須予以嚴格管理，並且要絕對爲共黨服務。在這種前提下，獨立報業，商營報紙，新聞自由的觀念，在蘇俄乃成爲不可思議之事。

一九五六年七月八日，莫斯科眞理報（Pravda）鄭重宣佈，以西方民主國家爲標準的自由報業，絕不可能在蘇俄發生。俄共中央委員會爲强調此點，特別引述列寧一九二一年在一本小冊中發表的言論，他說：「新聞自由，乃小資產階級之政治組織及其代理人的自由。對此等人授予新聞自由之武器，無異加强敵對，幫助敵人。我們不願自殺，故不容許新聞自由存在。」（註二三）列寧繼續說：「在資本主義社會，新聞自由之意義，表示可以自由收買報紙，收買編輯人員，以及爲資產階級利益，可以自由收買、敗壞及製造輿論。」

蘇俄名法學家維辛斯基（Andrei Vyshinsky），在他所著之蘇維埃國家法律手册中說：「在我們國家，很顯然，社會主義之敵人，絕對不得享有新聞自由及言論自由，而且事實上亦將永不可能。所有企圖反對國家之行爲，即爲反對工人階級。此種行爲，必將視爲反革命之罪行，而按刑法規定予以懲

罰。」（註二四）

蘇俄刑法第五十八條規定：反蘇維埃之煽動行爲，及散佈反蘇維埃之文字者，最低得處以六個月之拘役。情節重大者，並可處以五年至廿五年之囚禁，送勞工營改造。易言之，任何含有極輕微之批評，或任何企圖改變蘇維埃政權基礎之文字，均可依據該法予以懲處。

儘管蘇俄嚴密控制報業，但仍宣稱他們享有眞正的「新聞自由」。這種「新聞自由」與西方所瞭解的新聞自由大不相同。實際上，它的自由，僅是在黨與政府許可範圍內的自由。換言之，蘇俄的「新聞自由」，是受了黨的嚴格紀律與政府各種法令的絕對限制。

根據一九三六年蘇俄聯邦憲法一二五條規定：「蘇俄人民均享有言論自由、新聞自由、集會、結社之自由。」而且新聞自由由於國家將印刷設備、紙張以及其他必需用品，配給勞工大衆及其組織，而得到充分保障。蘇俄認爲一切自由權利，須在黨與階級利益之內。故蘇俄憲法在承認人民有各種自由權利外，特別强調自由須與勞動人民的利益及加强社會主義的制度相一致。（註二五）因此宣稱，蘇俄人民在黨與階級利益內，享有一切絕對而積極的自由權利，他們是世界上新聞最自由的國家。

蘇俄的新聞自由，由於黨與階級利益的限制，以及憲法與刑法第五十八條的限制，乃使蘇俄的新聞自由，變爲有名無實，完全成爲騙局。因新聞自由之精義爲意見自由，亦卽批評自由。但蘇俄不僅不准任何民營報紙發行，而且不准對黨、領袖、及其政策有任何批評，所以成爲最澈底的新極權報業。現在蘇俄人民，連閱讀官方配給報紙的自由都不充分，那裡還能奢望什麼批評自由呢！

不過，蘇俄認爲，資本主義國家的新聞自由是毫無意義的。他們認爲英美報紙，都是「資本家的爪牙」，完全在幾個大資本家及少數經濟集團的手裡，他們可以決定並操縱報紙的新聞和言論。因此，他們相信英美人民沒有新聞自由，也沒有意見自由，而且根本無法對抗資本家報紙所傳播的「毒素」。（註二六）這種說法，不能說絕對錯誤。但英美人民所享受新聞自由的程度，絕非蘇俄人民所能比擬。尤其在英美社會，沒有任何個人組織，或任何權威，能免於公衆的批評，這就是人民自由權利的堅固基礎。

第四項　新聞的觀念

馬克斯列寧主義者，堅信報紙是黨思想作戰最尖銳的武器，是組織及教育人民最有效的工具，是協助共黨到達理想目標最可靠的一種社會勢力。由於這些前提，乃使共黨報紙的內容，對每項新聞都經過仔細的選擇。例如什麼新聞應該刋出？如何刋出？何時刋出？並應於何種地位刋出？這些都是共黨報紙經常考慮的問題。

自由報業，認為新聞價值的判斷標準，是衝突性、傳奇性、刺激性、顯著性、臨近性……，而新聞觀念（Concept of News）的要件，則必須具有客觀性、時間性與趣味性。但共產報業的新聞觀念，却完全不同。茲將其要點簡述於左：

㈠反客觀性（Anti-objectivity）。自由報業確認「客觀性」為新聞報導的信條，而報紙內容，應為人類社會全部活動的眞實反映，但蘇俄報業拒絕新聞的「客觀性」。他們認為「絕對的客觀」是根本不可能存在的。所謂「客觀性新聞」，是資產階級的哲學家與社會學家，企圖用來鞏固資本主義社會制度的一種手段。（註二七）列寧說：「有些人，要尋求以純粹的客觀來解釋任何事實，就像有些國家，常冒戰爭的危險，爲他們所認定的事實，做自圓其說的辯護一樣。」列寧認爲「新聞」必須包含黨的成份，而且必須從無產階級革命的觀點，來評估一切新聞的價值。

共黨報紙的新聞，都是經過仔細選擇而加以精巧組織的。報紙內容，主要在反覆傳播一種「觀念」，並詳盡報導「經濟及生產」方面的活動。一九五六年，前塔斯社社長巴格諾夫（N. Palgunov）曾說：「新聞與消息，不僅是對一事實或事件的報導，而且必須加以有計劃的組織。……它必須追求一個確定的目標，它必須效忠並支持黨的決定。……新聞爲透過事實的煽動。……新聞的目的，必須表現於事實及事件的選擇。」（註二八）

很顯然，共黨的新聞觀念，並不主張客觀、正確、以及深入的新聞報導。共黨的新聞，主要在配合黨的宣傳目標，依既定之願望，去描繪一個片面的幻想世界，以及塑造讀者的心理狀態。

共黨報紙爲了有效達成宣傳與煽動的目的，完全採用樂觀的景像（Optimistic View）報導國內新聞，而以悲觀的映像（Pessimistic image）報導西方國家。在這種情形下，僞造事實，編織事件，選擇新聞，隱匿新聞，以及似是而非的曲解新聞，便成爲共黨報紙的基本法寶。所以蘇俄中央權力機關，經常發表言論，批評記者、編輯、作家及廣播人員，直接明白禁止新聞的客觀性。

㈡無時間性（Timeless）。自由報業均認「時間性」爲新聞之要素，故新聞報導須「適時」而「迅速」。而共黨報紙的內容，多爲黨的文獻、言論及政策的反覆重述，大半沒有時間性。即有部份新聞，但這些新聞必須配合黨的目標，完成黨所賦予的使命，所以每項新聞都必須經過仔細的分析研判，而且要有計劃的加以重新組織，並用最圓滿，最完整的形式表現出來，以期收到最高的效果。至於今天發生什麼新聞？明天發生新聞？在共黨看來並不重要，最重要的是什麼新聞對共黨有利？何時刊出對共黨有利？所以共黨的新聞，沒有時間性的觀念。

例如，一九四三年義大利投降消息，很久未予刊登；英國准許印度獨立消息，從未以新聞方式刊載。一九五四年維辛斯基之死，於傳遍世界各處後始予報導。一九五六年艾森豪總統對布加寧總理所提美蘇互不侵犯條約之答覆，蘇俄報紙延遲五天之久始予報導。一九五七年俄共中央罷黜莫洛托夫、卡岡諾維基、馬林可夫、謝彼洛夫之決議，延擱四天刊載。同年十月，朱可夫元帥免職之消息，亦以同樣方法處理。其他如波羅的海諸國於一九四一年至一九四九年之大量放逐居民的消息，伏爾庫塔勞工營一九五三年春季罷工及暴動事件，蘇俄報紙均隻字未提。（註二九）

歪曲新聞的實例，以一九五三年東柏林及東德地區的革命事件，及一九五六年匈牙利革命事件的處理最爲突出。這些革命暴動事件，均於蘇俄軍事鎭壓平息後始予報導，並强調這些革命暴動的原因，都是「華爾街特務們所策劃的法西斯暴動。」（註三〇）一九六五年九月，印尼共黨政變失敗的新聞，中共於將近一月後始予報導，也是一個突出的例子。

㈢反人情趣味（Anti-Human Interesting）。自由報業的娛樂讀者，爲主要功能之一。在目前工業化社會，人民生活緊張，生活需要適當調劑。因此，注重人情味故事，報導趣味化，亦成爲現代記者的信條之一。但共黨認爲「人情趣味」，完全是小資產階級的意識。報紙是黨的武器，教育及組織人民的工具，設若將它用來娛樂讀者，這是一種不可思議的「浪費」！

共黨報紙爲了反對「人情趣味」，主張乾脆不刊社會新聞。

第三節　共產報業的功能

共產報業，在本質上與自由世界的報業絕不相同。後者絕大部份是私人經營的企業，而前者則全部為黨與各級政府或黨所控制的各種團體組織所經營。實際上也就是黨與政府的專營事業。

一九○二年，列寧認為「報紙不僅是集體的宣傳者、煽動者，也是一個集體的組織者。」這已經很明顯地指出了報紙的三大功能。一九二○年列寧還賦與報紙一種更重要的任務，就是使其成為羣衆管制的工具，和作為官方或人民，對於蘇俄社會的發展過程及對社會各部門批評的媒介物。蘇俄報紙這種監督與批評的任務，在蘇俄社會中扮演了一個很重要的角色。這項任務，可以簡稱為「公衆管制與自我批評」。所以在此將其列為報業的功能之一。（註三一）

對於這裡所列舉的四種功能，我們還不能應用一般字面的意義去解釋。因為在蘇俄，它們都有特殊的涵義。

第一項　宣傳與煽動的區別

根據西方觀念，「宣傳」與「煽動」這兩個名詞，難免有混淆之處。但蘇俄根據共黨的理論，則予以嚴格劃分。這種劃分是以普里汗諾夫（Plekhanov）所下的定義作基礎。就是「一個宣傳人員，是供給一個人或少數幾個人許多觀念；而一個煽動人員，是僅提供給一大羣人一個或少數幾個觀念。」（註三二）

列寧採納了這個基本解釋，並列舉失業問題以說明兩者任務的分野：一個宣傳者必須解釋資本主義的經濟危機，說明在現代社會中此種危機是不可避免的。然後表示爲了消滅此種危機，當前的社會，必須改革爲社會主義的社會。簡言之，他必須提出一大堆的觀念，多到只有少數人能夠懂得全部。一個煽動者的作法，則是先舉一些衆所皆知的事實，如某工人家庭因饑餓而死，或工人普遍的日益貧窮之類。然後就利用這一例子使聽衆强烈地感覺到貧富不均的不公平，何以富者愈富，貧者愈貧！拿這個觀念，作爲鼓動羣衆不滿情緖的基礎。如果再進一步解釋，那又是宣傳者的任務了。

這就是列寧對宣傳與煽動區別的基本看法。他極力反對將宣傳認爲是一個問題的闡釋，而將煽動認爲是行動的號召。他堅認專家寫的一篇賦稅的研究論文，對爭取自由貿易的號召，決不亞於宣傳人員在週期刊物上的文章與煽動人員的演講。但最後的過程，是羣衆簽訂請願書，那要靠煽動人員來完成。不過理論專家與宣傳人員，對行動的號召力是與煽動人員沒有分別的。

現在蘇俄共產黨當局，對於宣傳與煽動功能的劃分，還是以前述普里汗諾夫與列寧的理論爲依據。他們認爲，共產黨的宣傳，就是馬克斯、恩格斯、列寧等思想以及共產黨黨史與任務的速成闡釋。因此宣傳與煽動被認爲是黨活動的主要內容之一，通過馬列主義的宣傳，以必需的理論與馬克斯式社會發展與政治鬪爭法則的知識，將黨員的精神武裝起來。所以俄共的宣傳，主要是針對在社會中比較「前進」的份子，如各行業的領導人物與政府官員等，這些人都是黨員或非黨員中的知識份子。而俄共的煽動，則常被認爲是教育一般勞工羣衆，認識共黨理論的主要工具。因此煽動的主要對象是羣衆，使他們認識黨的決策與號召，向他們解釋黨的政策，動員所有勞動者，主動的參加新社會秩序的建設工作。

從上述宣傳與煽動功能的分野，便可明瞭共產報業制度，何以有「縱的分級」與「橫的分類」的嚴格劃分。其主要目的，即在使「各級」、「各類」報紙，均有特定讀者，以便分別進行煽動宣傳。

第二項　煽動的功能

蘇俄報紙，主要任務是以官方自己的解釋，向人民傳播黨與政府的基本政策與決定。而此種資料，在蘇俄一般報紙上佔極大篇幅。在第一版社論裡刋出的問題，另外還需新聞、專論及黨或政府決策性的資料加以支持或解釋。

蘇俄報紙在煽動方面，可分政治性與生產性兩種。

政治性的煽動：共黨透過報紙，不僅要發佈重要決定，提出黨的裁決事項，還要對黨的政策有所解釋與辯護。「眞理報」的社論曾說：「報紙是共產黨員教育民衆最有力量的方法；它可以增強他們對社會主義的認識，可以趕上社會主義急進的潮流，又可以成爲增加國家武力和光榮的源泉。」（註三三）蘇俄報紙對於選舉，慶祝蘇俄革命紀念日，推銷公債或戰爭等新聞之報導，總設法達到政治煽動的目的，其方式已經標準化；即通常刋出許多歌頌和讚揚蘇俄政治制度及政治領袖人物的文章，或刋出一些對於大功告成而尚感不足的批評。最後則竭力煽動人民加倍努力，擁護共產主義及其政權。

此外也刋出其他題目，例如文化上各種進步，及廣泛而重要的有關文藝方面的評論。不論刋載之題目爲何，所採用之資料，必須對增強蘇俄一般目標，及穩固其統治的基礎有所特殊貢獻。

其次是爲生產而煽動：對於經濟生活每天所發生的問題之强調，已成爲蘇俄報紙最特殊而顯明的一種特徵。自一九二八年開始「第一次五年計劃」以來，此種報導已經在報紙上佔了極大優勢。

由於此種責任，報紙得向人民解釋及辯護黨及政府採取的一切經濟措施；使人民知道全國的經濟成就，並感到光榮。最後鼓吹人民，爲了提高生產而作更大的努力。同時，報紙對一切解決勞工的低劣生產率，及廢弛的勞工紀律等問題給予指示。包括搜集及公佈有關最成功的農場、工廠所供給的經驗及技巧的消息，以及來自傑出農工從事生產所用的特殊方法。所以「眞理報」曾說：「布爾希維克黨的報紙的首要任務，就是傳達最前進的經驗，以爲廣大的勞動男女，完成工作任務之參考，並因此促進普遍的步。」所以蘇俄報紙，常配合國家之經濟建設，不斷而經久的從事各種生產煽動工作。如一九三五年，所謂「史塔克漢諾夫運動」，就是一個最顯著的例子。

第三項　宣傳的功能

蘇俄共黨，以報紙做爲宣傳馬列主義及武裝黨員思想的工具。所以它毫不猶豫排除其他一切重要報導，以適應此種要求。過去數十年，每一種報紙都被要求開闢所謂「共黨生活」的專欄，主要功能，在設法推行黨內各階層的思想教育。

一九三八年，蘇俄共黨中央委員會呼籲，儘速清算那些未以全力宣傳馬列主義的報紙。於是「眞理報」、「紅星報」等皆被訓令要他們在其報紙上，特闢如「詢問欄」及「專題評論」等，以刋載那些由最佳宣傳家所撰寫的關於馬列主義理論上的問題。不論全國性或地方性報紙的編輯部，都特設宣傳部門。此種宣傳部，是由那些優秀的馬列主義理論家，及能鼓勵報社人員努力工作的卓越幹部所領導。同時專欄也可供給宣傳員做一種媒介物，以討論他們所遇到的一切難題，或交換經驗。並且最好的宣傳員，可藉這種專欄告訴其他宣傳員如何實際從事宣傳工作。自此之後，絕大多數報紙經常闢出數欄地位，專供此種宣傳活動之用。此數欄之地位，在蘇俄通常出版之四頁報紙中，其篇幅可說已經很多。

第四項 組織的功能

報紙組織的功能，乃指報紙對於形成特定某種羣衆關係的作用。根據共產黨的理論，這種功能還是與「宣傳」和「煽動」有着連鎖關係的。因為羣衆關係的形成，必需要透過領導，而在所謂「建立新社會」的過程中，擔任領導者，是少數前進而具有深刻階級意識的人。這些人的行動自須遵照馬克斯主義的教條，他們必須學習並了解馬克斯主義。根據俄式術語，就是要能「把握」馬克斯主義，學習過程可以簡單的說，即「馬列主義的宣傳」。共黨認為，羣衆必須盡他們所能吸收的程度，灌輸以馬克斯教條的精神。同時領導者的行動，必須解釋給羣衆聽，這些對羣衆的教導與解釋，都是煽動人員的責任。但是如要煽動人員向羣衆教導解釋黨的行動，則他本身必須先了解那些問題，以及馬克斯主義的基本原則。因此煽動人員一面教導羣衆，同時另一方面却還要作學生，在宣傳人員的指導下學習。這樣構成一個循環；宣傳產生羣衆中的前進份子與領導人，而這些人再將黨的意旨藉煽動傳播給羣衆，因而形成特定某種羣衆關係，進而發揮「組織的功能」。

再者，蘇俄報紙，係黨與政府的出版機構。為中央權力機關實行計劃的主要助手。報紙的許多部門，均為各級黨部所利用。透過報紙，較高黨部可以充分教育及指示較低的單位。同時報紙也可以相同的方式報導各級黨部進步或退步的情形。因此，高級單位便能監督下級單位的各種活動，而且能夠知道他們的命令，在下級單位實行的具體成就。至於地方及基層報紙，是黨在一個地區的組織核心，依照上級命令，須適時統一並調整黨的各種活動。

報紙還有一種相似的任務，即促進政府在組織上，特別是經濟上難題的解決。這需要全國性與地方性報紙的合作。例如農業部發行的一份報紙「社會主義農業」，在全國人口中，擁有絕大多數的農民讀者。利用這個報紙，政府各級機關，便可隨時向各地農業組織及農民發佈命令與指示，並可從該報新聞報導中，藉以瞭解下級執行命令的程度。

第五項　公衆管制與自我批評

公衆管制與自我批評的功能，是共產報業的一大特色。所謂「管制」，依據蘇俄官方的「政治辭典」(Political Dictionary)的解釋，它的定義是「確定所通過的決議案之實施，或要求一個組織機構或官吏實踐義務。」然而由於黨的工作，在於調整國民生活的每一細節，保證使數目龐大的種種複雜的規則和命令貫澈實施。所以雖然設立了許多特殊機關或管理委員會，但仍不能對一個龐大而複雜的社會，做有效而週密的監督。同時如由一個單一的向心機構，報導所有命令的執行是否屬實，所需的人員與經費亦將爲數過鉅。於是乃不得不藉助於輔佐執行管制的任務。因此，蘇俄的報紙，乃被賦予「公衆管制」的功能。(註三四)

至於報紙達成「公衆管制」功能的途徑，則是「讀者投書」與「自我批評」(Samokritika)。這種自我批評表面上與西方新聞事業中的評論的功能雖不無相似之處，但實質上却大不相同。現在蘇俄對於自我批評一詞的界說是：「勞動者基於一種對所有經濟、政治生活的問題，所進行的自由與有條理的討論，而揭露特殊人物、組織和機構的工作上的缺點和錯誤……與發展觀察及發覺和承認錯誤，及從錯誤中學習的能力。」有兩種自我批評的形式是黨所認可的：第一是由黨或其他的監督組織所進行的批評，稱爲「來自上級的批評」；第二是適用於普通的人民所發生的批評，適用發生於兩種情況之下：其一是當這批評涉及國家機關職務的執行時；其二是當工人在工廠生產會議中批評他們自己時，這都稱爲「來自下級的批評」。這兩種批評都很受重視，被共黨認爲是改善蘇俄國家機關所做的必要工作，並教育民衆和教育他們管理和控制官吏的工具。而這兩種批評，一向充滿了蘇俄報紙的篇幅。

例如蘇俄的報紙，就有責任將來自上級的批評轉達至下級。報紙上常有一大欄，用以刋登黨和政府發出之有批評性的決議。這種活動可藉報紙中的社論和專論貫澈。由於新聞編輯和黨的機關，保持着密切的聯繫，這些由新聞編輯所寫的社論和專論，與直接從黨的機構發生的指令具有同樣的力量。

就維護公共利益的觀點來看，蘇俄報紙之刋載評論，應與自由世界報紙之評論無別，實則兩者的任務很不相同：

㈠當西方的報紙，以一個公共利益的維護者的姿態，發動任何改革運動而發表評論時，其所謂公共利益，是由報紙的編輯所決定的，而編輯對什麼是公共利益的觀點，常接受報紙發行人或所有人作可否的決定。在蘇俄，報紙的發行人，一直是公共機關，大多數的報紙由黨和政府發行。由此可知，蘇俄報紙的批評所發起的運動涉及的並非私人所稱的公共利益問題，而是官方（黨）所稱的公共利益問題。而且事實上當一個政黨握有絕對的權力，由於缺少公衆的制衡作用，事情進行不順利時，該黨愈會根據本身利益而作打算，並依共黨本身利益所作決議行事，而不會顧及人民對公共利益的觀點。

㈡雖然在獨立報紙中，有改革性的公開批評是一種通常的活動，但並非不可或缺的活動。獨立報紙的發行人，顧否從事改革運動，或領導適當的公開批評，是由自己決定的。但外人對此種批評的反擊，或唯恐使報紙引起部份讀者不滿的戒懼，使獨立報人對上述活動並不過份熱心。反之，蘇俄則指定發起改革運動和公開批評，爲蘇俄報紙不可或缺的責任，並指定該項活動，爲任何編輯所必須執行的。

㈢蘇俄報紙中所刋登的上級批評的影響力，一般比獨立報紙中所刋登的評論爲大，因爲發言者並非個人；個人除了有時或能激動讀者的義憤外，別無力量可言。但當蘇俄的報紙在批評官吏或機構時，該報乃是代替蘇俄的最高權威當局——共產黨——而發言的。

根據上擧三點區別，可見蘇俄報紙的自我批評功能，是與獨立報紙的評論功能不同的。

在自我批評中，第二種形式，亦卽來自下級的批評，包括「讀者投書」，是較上級的批評尤被重視。因爲它是連接黨的高級領袖和人民成爲一環的重要維繫物。它供給人民與黨通訊的路線，它是向一種高高在上的各種權力機關表達苦況、抱怨和請求的工具。對於黨而言，它使黨有機會考核某一管理機關執行政策的效果，而不須依賴該機關行之。正因如此，它在蘇俄社會和政治制度的構成中，成爲最有力的要素之一。

這種下級的批評來源有二：一是工人和農民通訊員，另外是一般蘇俄人民。根據蘇俄小百科全書(Small Soviet Encyclopedia)的解釋，工人和農民通訊員不是被聘請的，亦非被選擧的，但他自動負起通知報紙有關地方消息的責任。如他的工廠生產的缺點或成就的消息，工人和僱員的工作和生活的消息。但有些活動黨認爲很重要的，就不會讓自願做通訊員的去做。事實上，工人和農人通訊員所扮演的角色，也受黨的限制，他們的活動是建築在有某種條件的組織基礎上。至於一般蘇俄人民向報紙的投書，內容更爲廣泛，可以補工人和農人通訊員投書的不足，確爲構成下層批評的骨幹。而且這種批評，雖不像上級批評之雷厲風行，但也頗受重視，而有促進改革的效果。但這些投書內容如攻擊蘇維埃制度、或黨的最高領袖人物（至少簽名的投書也不會有此內容），則不會刊出。這種「讀者投書」的人中，也有黨員，他們的投書，有時是受與報紙保持密切聯繫的黨的機構授意寫的。所以這類讀者投書並不能反映人民的眞正意見。但它至少是一條導線，可幫助黨估定民情。至於工人和農人通訊員的投書運動，也被認爲是蘇俄報紙訓練通訊記者的方式之一，這只能算是自我批評功能項下的附屬功能了。

第四節　共產報業的控制

蘇俄基於報業的特殊觀念，以及期望實現報業的特殊功能，對報業的嚴格統制，是極爲自然的一件事。在一般極權國家，通常統制報業的方法，祇是利用新聞檢查。但蘇俄認爲，僅是新聞檢查，並不能達成澈底統制報業的目的。所以對於報業的控制，蘇俄另有一套極爲嚴密的制度。

第一項　黨有黨營制

普通一個國家實行新聞檢查制度，係因絕大多數報紙是由私人發行的。政府唯恐這些私營報紙洩漏國家機密，或刋出不利政府的言論，所以實行新聞檢查。蘇俄認爲報紙是宣傳、說服與教育人民的工具，是思想戰最銳利的武器。因此，認爲祇是新聞檢查，絕對不够。必須實行「黨有黨營制度」或政府直接經營，然後才能達成報紙的各種功能。

在蘇俄，人民沒有發行報紙的權利。絕大多數報紙，都是由黨與政府發行的。其餘少數由各種組織團體所發行的報紙，亦直接間接受黨的指導和監督。在這種制度下，報紙的言論政策、編輯政策、人員任免以及預算編製等，自然完全由黨與政府決定。在這種情形下，反黨反政府甚至不利於黨與政府的言論，可說已經絕對無法刋出。所以這是控制報業最簡單、最有效而且是最澈底的一種制度。這種制度，除共黨統治的國家外，卽法西斯之墨索里尼，納粹之希特拉，日本軍國主義時代，及任何專制帝王，亦從未如此嚴格實行過。所以「黨有黨營制」，是共黨控制報業的新發明。

第二項　黨對報業的監督

報紙實行黨有黨營制度，毫無疑問，可使反黨、反政府或不利黨與政府的言論無法刋出。但這祇是報紙的消極目的。共黨爲了發揮報紙各種積極的功能（宣傳、煽動、組織、公衆管制與自我批評）它必須另有完善的監督制度。

俄共對於報業的監督，可分下列三種方式：㈠由黨直接甄選並訓練新聞編輯人員；㈡對報紙之內容及任務不斷頒發指示；㈢利用各級黨的合法組織對報業予以嚴密督導。

㈠甄選並訓練編輯人員：蘇俄報紙的編輯人員，在思想、能力方面，都經過嚴格甄選，並受過黨的嚴格訓練。全國性報紙、共和國報紙的編輯都需要入共黨新聞學院的文學、語文、編輯部門受訓。較低編輯，及地區與城市報紙的主編，亦須入共黨新聞學院的分院受訓。較小地區的編輯以及工廠、農場、機關報的編輯，亦須入當地共黨新聞學院的出版部門受訓。訓練內容，以馬列主義、俄共黨史及新聞技術爲主。

共黨對於編輯人員，卽使他的思想絕對可靠，能力卓越超羣，亦必須隨時受黨的督導。凡經過共黨嚴格訓練的編輯，如全國性及各共和國報紙的編輯，本身就是檢查人員。他們核閱的稿件，通常祇送較高編輯人員審查，不再送其他新聞檢查機關審查。所以共黨認爲布爾希維克報紙的成功，實賴於編輯幹部。

不過，任何受過嚴格訓練的編輯，亦須經常向黨請示，否則便容易發生偏差而遭受失敗。

㈡對報紙內容及其任務經常頒發指示：共黨爲使報紙適應不斷變化的客觀環境，以及適時達成它的任務，所以不論在形式上、內容上都必須經常受黨的指示。凡黨或政府的重大措施，如工業計劃、農業計劃，各種宣傳，各報必須在接到黨的指示後，然後才能以各種方式加以宣傳。一九四〇年，俄國對於報紙的主要指示和訓令，曾經編爲專輯，名爲「黨對報業的決策」(Party Decision On the Press)。該書有二百二十餘頁。此種指示和訓令，內容十分廣泛，上自報紙的一般任務，下至對某一地區報紙的批評，以及對個別新聞的處理，無不包括在內。至於報紙的分類，發行的領域，報館的組織，發動宣傳，編製預算，與專欄、通訊、自我批評以及讀者投書的處理等，均爲此種訓令經常提到的重要課題。

㈢利用黨的組織系統隨時予以指導監督：俄共中央委員會，設有「中央宣傳煽動部」。該部爲監督

表七　蘇俄共黨管理新聞媒介組織系統表：

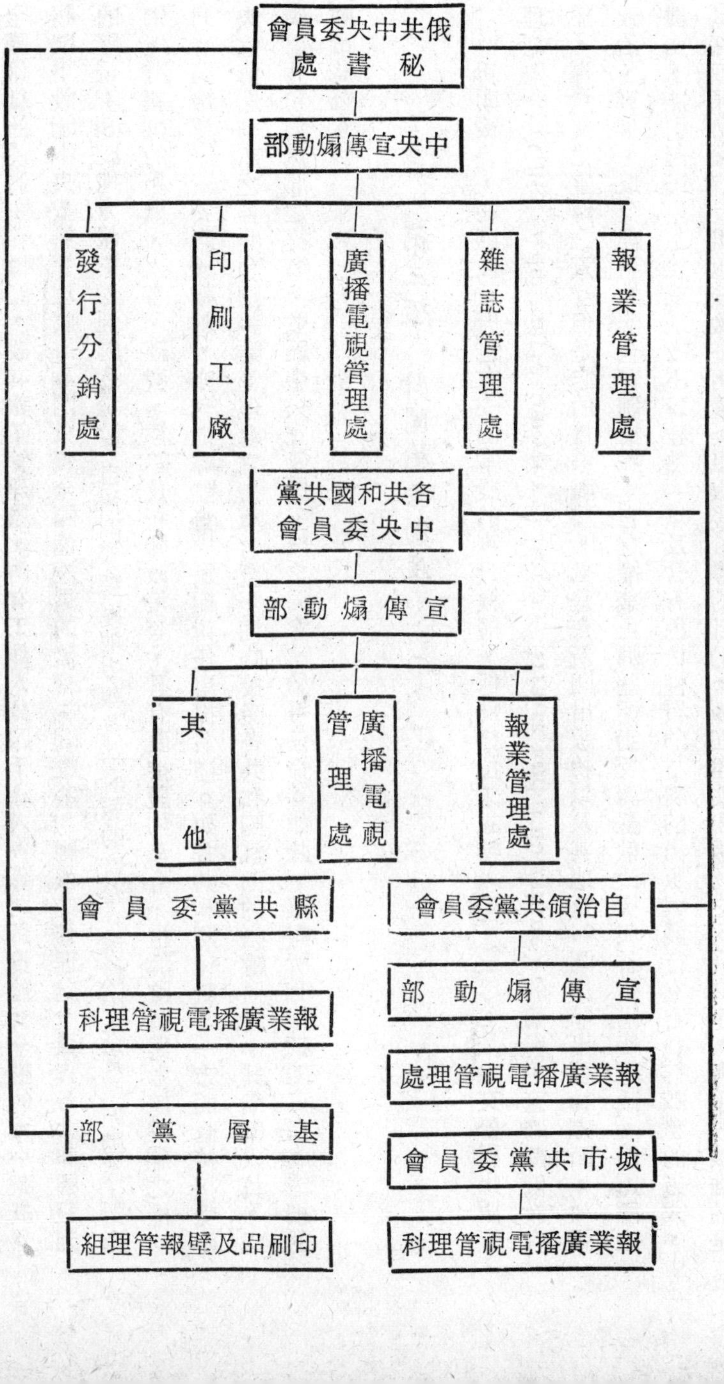

全國報紙的最高主管機關，設有報業管理處，內有工作人員四千餘人，專門負責監督全國的大小報紙。該部下設(1)中央報業管理處，專門負責全國性報紙的監督；(2)設共和國報業管理處，負責各共和國報刊的監督；(3)設地方報業管理處，負責各自治區、縣區地方報及基層報的監督。所以中央宣傳煽動部，對全國所有報紙的組織、人事、經費、言論及新聞政策等，具有直接發佈命令、指導監督與考核獎懲之權。同時同級黨部對於同級報紙，亦有指導監督權及編輯任用提名權。如各共和國報紙，一方面直接接受中央宣傳煽動部之各共和國報業管理處之指導監督，同時接受各共和國黨部的指導監督；其編輯人員，尚須經共和國黨部之提名，並經中央宣傳煽動部之同意，始可任命。如此，黨對所有報紙即可完成精細的嚴密監督。

第三項　新聞檢查制度

新聞檢查，在蘇俄政府也有一個常設的專責機構，稱爲格拉夫立特（Glavlit），是「文學與出版管理總處」（Chief Administration for Literary Affairs and Publishing）的簡稱，直屬蘇俄教育部，專負文化宣傳之責。但是它的實際職務，祇是在新聞出版物以及其他資料圖片等出版物方面，加强政治、軍事、以及經濟的安全管制措施。它有權禁止那些煽動反對蘇俄政權與普羅階級專政，洩露國家機密，能引起民族主義或宗教主義狂熱，以及含有色情性質的材料的出版與發行。它執行職務的方式，是採取預防檢查及出版後檢查兩種。出版後檢查的目的，僅在證明出版物之內容文字，與預先核准的是否相符。

極大的意義。

雖然「格拉夫立特」，曾被賦予全權，但是它仍受到兩種限制。這在蘇俄檢查制度的發展中，具有

㈠凡由國家統一出版社（Unitied State Publishing House）出版的出版品（該社承印蘇俄書籍的大部份），都不需要「格拉夫立特」的出版預防檢查，而由國家統一出版社的常任編輯們執行檢查工作。這些編輯，被認為係新聞檢查機關的代表。

㈡所有共黨中央委員會，各共和國，各級黨部，政府辦的報紙，以及共產黨學院及科學院的出版物，都可免受「格拉夫立特」的政治檢查。

由於這兩項限制，遂使蘇俄大部份，也是最重要的出版物可以免於受到此一合法檢查機關的直接控制。所以「格拉夫立特」實際對內沒有發生多大作用。它的出版後檢查，更是等於例行公事。不過最重要的任務，是負責對於發往國外的一切電訊，如電報、郵件、電話，都做嚴密而詳細的檢查。

第四項　報紙的批評監督

蘇俄對報紙的控制，除上述正規的管制機關外，報紙本身還擔任了一個重要角色。在二次大戰前，負責監督及批評全國報紙的一份報紙，是黨辦的「布爾希維克報」（The Bolshevik Press）。它批評與監督的對象，特別着重中層與低層的報紙。在大戰後，此一報紙評論工作，改由中央宣傳煽動部的「文化與生活」（Culture and Life）接掌。在表面上該報係由作家聯盟發行。其他如中央委員會的機關報，特別是「眞理報」，都經常負有監督報紙的使命。如「眞理報」的「報紙評論專欄」，就是報紙監督及

批評報紙的一個典型。

蘇俄報界為了要保持職責的劃分，全國性的大報，都對屬於自己一類性質的出版物，負責批判檢討。因而「紅星」軍報負責批評其他軍報；工會的「勞工報」，負責批評工會的其他報紙；每一共和國的主要報紙，負責評論在該共和國發行的一切報紙。而地區性的報紙也負責批評該地區所有的小報。在階級組織的領域內，每一報紙監督着比它低一級的報紙的活動，一直到最後連手寫的壁報，都會受到監督和批評。這種現象也是蘇俄控制報業的一項特徵。

第五節　蘇俄報業的發展

第一項　革命後的報業措施

一九一七年十一月七日，共黨取得政權後，對報業採取一連串的措施：（註三五）

㈠同年十一月八日，「軍事革命委員會」立即關閉彼得格勒的許多報紙。

㈡同年十一月十日，共黨「人民委員會」宣佈該會有權鎮壓任何公開反抗工農政府的報紙。

㈢同年十二月一日，「人民委員會」將所有廣告事業收歸國營，藉以剝奪非共黨報紙的經濟命脈。

㈣一九一八年二月十八日，共黨成立報業革命法庭（Revolutionary Tribunal of the Press）。

其職權如左：

(1)調查報業之罪惡及其非法活動；

(2)調查報業誤報、歪曲及扣壓新聞之行爲；
(3)得命令報紙更正及撤銷新聞報導；
(4)對報業得處以罰款、停刊，並可沒收設備；
(5)對反革命報人、作家，可以逮捕、放逐、或予勞動改造。
㈤一九一八年八月二十日，共黨沒收原有報紙之一切財產，禁止私人發行報紙。
㈥一九一九年九月，「中央委員會」設立羅斯塔通訊社（Rosta），實行獨佔新聞採訪（該社一九二五年改組爲塔斯社 TASS）。

蘇俄壓制報紙的手段，曾遭遇激烈抗議。但列寧認爲這是對抗資產階級與保護人民利益的必要措施。因報紙是資產階級的主要武器，在新政府創立之時，絕不准許敵人保留這種武器。列寧的這項建議，在「中央執行委員會」以三十四對二十四票獲得通過。

一九一九年，蘇俄在共黨大會中，通過對報業的一項重要決議，强調報業是宣傳、煽動、與組織的有力工具。黨與政府的報紙，應委任最負責與最有經驗的黨員主持。同時決議命令「眞理報」，應更積極的督導省級報紙，並應充分支持黨的政策。自此以後，確定「眞理報」在蘇俄報業的領導地位。
一九一八年，蘇俄計有八八四家報紙，總銷數二百七十萬份，平均每千人有十八份報紙。主要報紙爲「眞理報」與「消息報」。

第二項　史達林時代的報業

列寧於一九二四年去世，蘇俄曾引起激烈的繼位鬭爭，直至一九二七年史達林才獲得勝利。一九二〇年代，蘇俄報業網開始形成，廣播也同時開始發展。

史達林的報業思想，主要認爲報業是政治的工具。在學識上，他比不上列寧、托洛斯基（Leon Trotskv 一八七七—一九四〇）及其他革命領袖，但他的政治手腕十分高明。他對報業的態度，就像一位戰地司令官對通訊與情報網的態度一樣。報業是一種鬭爭工具，它可協助達成最後的勝利。

在史達林時代，報業受嚴密監督，同時依照計劃迅速發展。報紙數目，自一九二八年的一、二〇〇家，增至一九三二年的七、五三六家，至一九三四年，更增至一〇、六六八家。在這期間，報紙銷數，自九、四〇〇、〇〇〇份增至三四、七〇〇、〇〇〇份。其中發展最快的是地方報紙，包括工廠、農場的小型週報。二次大戰期間，報紙數目約在八、七〇〇家，總銷數約在三八、〇〇〇、〇〇〇份左右。戰時蘇俄報業之任務，在鼓吹總動員，配合軍事之進展；而戰後則在配合國家重建與「冷戰」之宣傳。

第三項　赫魯雪夫時代的報業

一九五三年史達林去世，赫魯雪夫（Nikita Khrushchev）繼任蘇俄共黨第一書記，並不久繼任總理，直至一九六四年才結束他的統治。在這期間，他對內政、經濟、及大衆傳播事業，都有溫和的改革。尤其一九五六年二月，他在共黨第二十屆大會中，曾嚴厲譴責史達林利用秘密警察，實行殘酷暴虐的恐怖統治。（註三六）

赫魯雪夫認爲報業是黨的盟友，思想戰的武器，也是黨與社會大衆的橋樑（Transmission belt）。他主張報紙應宣揚黨的政策，但却厭惡單調乏味，缺乏吸引力的沉悶報業。他鼓勵記者用生動的風格寫作，要用技巧說明複雜的問題，使一般人民也能了解。

蘇俄報業，在赫魯雪夫鼓勵下，寫作逐漸活潑，版面頗爲靈活，在第一版上時常出現大幅的圖片。使史達林時代報業的保守風格，大爲改觀。

在蘇俄報業的改革中，阿佐貝（Alexei Adzhubei）擔任了一個重要角色。他於一九五三年在莫斯科大學新聞學院畢業，也是赫魯雪夫的女婿。最初他主編「青年共黨聯盟眞理報」時，他開始應用大標題、圖片、人情味故事、及新聞特寫等。一九五九年，他接長「消息報」，也同樣採用了許多生動的編輯方式，而使「消息報」的銷數大增。一九六一年，爲了改進通訊社業務，由他建議，蘇俄增設諾瓦斯蒂通訊社（Novositi Press Agency），藉以加强國內外宣傳。

阿佐貝代表了蘇俄報業的新時代。他不喜歡陳腐的口號，他重視社會變遷的忠實報導及其解釋。尤其詩人、小說家表現得更爲大膽。所以在赫魯雪夫時代，報業雖不敢任意批評外交、軍事等重大問題，但在其他方面，報紙已敢提出責問，並向舊傳統挑戰。如辯論農業問題，企業管理問題，教育及經濟計劃問題，以及道德與文化問題等。總之，赫魯雪夫時代的報業，已逐漸注入一種新觀念，藉以取代史達林時代的教條主義。（註三七）

不過，這些轉變，都是技術性的，對共黨報業的性質及其功能，不可能有基本上之變更。

第四項　計劃報業的發展

報業在蘇俄共黨統治中，佔了一個很重要的角色。它的創刊或停刊，完全基於政治的需要，絕不考慮其他因素。一九二二年，列寧亦曾實行「黨報企業化」的原則，要求各級黨報必須「經濟自給自足」。但實行不久，全國報紙停刊二分之一以上（自八〇三家減少至三一三家），報紙總銷數減少五分之三（自二百五十萬份減少至一百萬份），結果完全失敗。自此以後，依照政治及經濟建設之需要，澈底實行計劃報業，不再考慮商業之目的。（註三八）

一九二八年，蘇俄實行第一個五年經濟計劃，爲配合經濟生產，各大農場、工廠乃普遍發行報紙。尤其自第二個五年經濟計劃以後，此種報紙經常都在三千家以上，此亦爲蘇俄計劃報業之特色。茲將歷年報業數量之發展，列表於左：（註三九）

表八　蘇俄報業發展統計表：

公元	報紙數目	銷數	平均銷數	備考
一九一三	一、〇〇五	三、三〇〇、〇〇〇	三、三〇〇	
一九一八	八八九	一、七〇〇、〇〇〇	三、一〇〇	
一九一九	一、〇〇〇	—	—	
一九二二	八〇三	二、五〇〇、〇〇〇	三、二〇〇	未實行黨報企業化前
一九二三	三一三	一、〇〇〇、〇〇〇	三、〇〇〇	實行黨報企業化後

一九二三	五二八	二、二〇〇、〇〇〇	二、六〇〇	
一九二八	一、一九七	九、四〇〇、〇〇〇	七、九〇〇	實行第一個經濟五年計劃
一九三二	七、五三六	三五、五〇〇、〇〇〇	四、七〇〇	
一九三三	八、三一九	三五、七〇〇、〇〇〇	四、三〇〇	實行第二個經濟五年計劃
一九三四	一〇、六六八	三四、七〇〇、〇〇〇	三、三〇〇	
一九三六	九、二五〇	三八、〇〇〇、〇〇〇	四、一〇〇	
一九三八	八、五五〇	三七、五〇〇、〇〇〇	四、四〇〇	實行第三個經濟五年計劃
一九四〇	八、八〇六	三八、四〇〇、〇〇〇	四、四〇〇	
一九四五	六、四五五	二三、二〇〇、〇〇〇	三、六〇〇	二次大戰期間報業損失慘重
一九四六	七、〇三九	二九、六〇〇、〇〇〇	四、二〇〇	
一九五〇	七、八三一	三六、〇〇〇、〇〇〇	四、六〇〇	
一九五二	八、二九九	四一、七〇〇、〇〇〇	五、〇〇〇	
一九五四	七、一〇八	四六、九〇〇、〇〇〇	六、六〇〇	赫魯雪夫上台
一九五六	七、五三七	五三、五〇〇、〇〇〇	七、一〇〇	
一九五八	七、六八六	五七、七〇〇、〇〇〇	七、五〇〇	
一九六〇	六、八〇四	六六、七〇〇、〇〇〇	九、八〇〇	
一九六〇	六、八〇四	六六、七〇〇、〇〇〇	九、八〇〇	

一九六二	四、七七一	七六、九〇〇、〇〇〇	一六、一〇〇
一九六四	五、〇六七	八八、〇〇〇、〇〇〇	一七、四〇〇
一九六六	六、五二八	一〇九、四〇〇、〇〇〇	一六、八〇〇
一九六八	七、三〇七	一二五、五〇〇、〇〇〇	一七、二〇〇

表九　蘇俄期刊發展統計表（包括機關、工廠發行之宣傳期刊）：

公元	期刊數目	每年總銷數	備考
一九一八	七五三	—	
一九二〇	五九六	—	
一九二一	八五六	—	
一九二五	一、七四九	一五六、〇〇〇、〇〇〇	
一九三〇	二、二二六	三四〇、二〇〇、〇〇〇	
一九三五	二、一〇一	二〇二、四〇〇、〇〇〇	
一九四〇	一、八二二	二四五、四〇〇、〇〇〇	
一九四五	六五七	七二、八〇〇、〇〇〇	受戰爭影響
一九五〇	一、四〇八	一八一、三〇〇、〇〇〇	
一九五三	一、六一四	二六七、一〇〇、〇〇〇	
一九五五	二、〇二六	三六一、三〇〇、〇〇〇	

一九六〇	三、七六一	七七八、六〇〇、〇〇〇
一九六五	三、八四六	一、五四七、六〇〇、〇〇〇
一九六八	五、一〇九	二、三六二、三〇〇、〇〇〇

表十　蘇俄雜誌事業發展統計表（以公開發行者爲限）：

公元	雜誌數目	全年銷數	平均每期銷數	備考
一九四〇	六七三	一九〇、二〇〇、〇〇〇	二六、一〇〇	
一九五〇	四三〇	一三六、七〇〇、〇〇〇	二七、七〇〇	
一九六〇	九二三	五七六、九〇〇、〇〇〇	五七、三〇〇	
一九六五	一、〇四四	一、〇八八、四〇〇、〇〇〇	九四、五〇〇	
一九六八	一、一三五	一、六九二、五〇〇、〇〇〇	一三五、八〇〇	

第六節　蘇俄報業的現狀

第一項　報業的結構

蘇俄報業，係依計劃而建立。在縱的方面，共黨認爲報紙爲各級黨部與政府的一種工具，所以依政治區域組織而將報紙分爲中央報、共和國報（省級報）與地方報三級。在橫的方面，依照讀者對象的職業、年齡，區分爲黨報、政府報、軍隊報、勞工報、農業報、文學報、青年報與兒童報等。在這種嚴密的分工制度下，每級報紙均有特定範圍，每種報紙都有特定使命，玆就蘇俄報業制度，分縱橫兩方面說明於左：

縱的制度：蘇俄報紙，就發行領域而言，分中央報、共和國（或自治領）報與地方報三種。此種報紙分別由各級黨部及各級政府發行，目的在密切配合各級黨部與各級政府之活動。今就一九六八年蘇俄報紙的分配領域列表於左：（註四〇）

表十一　蘇俄報紙類別及其銷數統計表：

報紙類別	報紙數目	發行份數	平均銷數	備考
全國性報紙	二六	五五、九七七、〇〇〇	二、一五三、〇〇〇	
共和國報紙	一五七	二一、〇九七、〇〇〇	一三四、四〇〇	
自治領報紙	二八九	一六、二九五、〇〇〇	五六、四〇〇	
自治區報紙	九六	二、八一九、〇〇〇	二九、四〇〇	
市鎮報紙	五九七	九、三二九、〇〇〇	一五、六〇〇	
郡區報紙	二、七九三	一三、四一七、〇〇〇	四、八〇〇	
基層報紙（工廠、農場、大學等）	三、三四九	六、五一九、〇〇〇	一、九〇〇	
共計（或平均）	七、三〇七	一二五、四四九、〇〇〇	一七、二〇〇	

表十二　蘇俄報紙發行刊期統計表：

報紙類別	日報	一週發行五次	一週發行四次	二日刊	三日刊	週報	小計
全國性報紙	九	—	—	六	四	七	二六
共和國報紙	三八	一七	一	三五	二八	三八	一五七

自治領報紙	七三	一〇四	二	九〇	一四	六	二八九
自治區報紙	二六	二二	｜	三六	一一	一	九六
市鎮報紙	三一	七八	二一六	二七一	一	｜	五九七
縣區報紙	｜	一	二	二、七四一	四七	二	二、七九三
共計	一七七	二二二	二三一	三、一七九	一〇五	五四	三、九五八

以上報紙，四分之三用俄語出版，佔全國總銷數百分之七十七。烏克蘭語報紙八九七家，銷數一二、〇〇〇、〇〇〇份。白俄羅斯語報紙一三〇家，銷數一、四〇〇、〇〇〇份。全國性九家日報，佔全國報紙總銷數三分之一以上。

前表中所列的中央報，是由共黨中央或政府創辦的報紙。這類報紙雖然數量很少（有二十六家），但它有廣大銷數，並在言論方面，具有極大的權威性。例如俄共中央委員會發行的「眞理報」，是蘇俄所有報紙的領袖，可以監督、指揮及批評全國報紙，它的言論有時比法律更爲有效。

省級報就是各共和國黨部、政府所發行的報紙，是中央報與地方報的一種媒介，但不能算是一座橋樑。此種報紙的主要使命，在强調中央的旣定決策，並對本區域內的一切問題提供技術性的指導。至於黨的理論及其他深奧問題，通常禁止討論。

地方報最重要者爲自治區、城市及郡區報紙，它們必須是「廣大羣衆的一個政治機構，有一種明確表現生產的特性。」一九六八年，地方報計有三、四八〇家，其中大部份爲二日刊。共黨中央曾明白規定地方報的使命：「自治區報紙的基本工作，是根據現行政策及黨和政府的決策，每天作例行的宣傳，並給予勞工政治教育。對於現行地方事務，社區生活，集體農場及各種企業，就所有具體的、卽時的及容易理解的問題，進行宣傳。尤其重要的，是組織羣衆，使他們面對當地的環境，不屈不撓的從事生產工作。」（註四一）

地方報是蘇俄報紙最後的一環，中心工作是協助工廠、農場及其他企業組織增加生產，提高品質，順利而迅速的執行黨、政府、及工會的決議。此外，尚有工廠、農場、學校與紅軍單位所辦的基層報，這些報紙通常是打字或手寫的壁報，對象範圍狹小，主要使命，亦在增加生產與進行政治教育。

橫的報業制度，是根據報紙讀者的職業、年齡，而將全國報紙分爲黨報、政府報、軍隊報、商業報、工業報、農業報、文化報、青年報與兒童報等。報紙之此種分類，在使每種報紙均有特定使命，以期發揮更高的政治功能。

第二項　主要雜誌及其銷數

至於公開發行之雜誌，僅有一、一三五家，其發行刊期如左。（註四二）

表十三　蘇俄雜誌發行期刊及其銷數統計表：

發行刊期	數量	每年銷數	備考
週刊	八	一六九、四〇〇、〇〇〇	
旬刊	二	一七二、〇〇〇、〇〇〇	
半月刊	四七	二七一、〇〇〇、〇〇〇	

月刊	七五二	一、〇五四、五〇〇、〇〇〇	
季雙刊	一一	六〇〇、〇〇〇	每年發行八次
雙月刊	二三	二一、〇〇〇、〇〇〇	
季刊	五五	三、五〇〇、〇〇〇	
四月刊	五	二〇〇、〇〇〇	
半年刊	二	五〇〇、〇〇〇	
共計	一、一五三	一、六九二、五〇〇、〇〇〇	

表十四　蘇俄主要雜誌及其銷數一覽表：

雜誌名稱	刊期	銷數	備考
共產黨人(Kommunist)	月刊	七二〇、〇〇〇	俄共中央發行之重要政治雜誌
幽默(Krokodil)	旬刊	四、六〇〇、〇〇〇	眞理報發行之重要政治雜誌
海外(Za Rubezhom)	月刊	一、一〇〇、〇〇〇	全國記者聯盟一九六〇年發行
新世界(Novy Mir)	月刊	一二八、〇〇〇	重要文學雜誌
經濟論壇(Voprosy Ekonomika)	月刊	三〇、〇〇〇	重要經濟雜誌
新聞學人(Zhurnalist)	月刊	一四〇、〇〇〇	記者聯盟一九六六年發行學術性刊物
勞工婦女(Rabotnitsa)	月刊	一〇、〇〇〇、〇〇〇	畫刊
農業婦女(Krestyanka)	月刊	五、四〇〇、〇〇〇	畫刊

健康（Zdorovye）	月刊	八、〇〇〇、〇〇〇
科學與生活（Nauka i Zhizn）	月刊	三、六〇〇、〇〇〇
家庭與學校（Semya i Shkola）	月刊	一、五〇〇、〇〇〇
政治學習（Politicheskoye Samoobrazovaniye）	月刊	一、四〇〇、〇〇〇
火焰（Ogonyek）	月刊	二、〇〇〇、〇〇〇
蘇聯生活（Soviet Life）	月刊、	五、四〇〇、〇〇〇　用十一種外國語文在國外發行之宣傳刊物。

蘇俄雜誌爲報業之一環，其主要任務，在協同報紙達成政治之目的。

第三項　主要報紙及其銷數

根據本節前表記載，一九六八年蘇俄有報紙七、三〇七家，用一百種語文發行。內有工廠、農場與大學發行的基層報三、三四九家。這些報紙包括日刊、半週刊與週報，總銷數一二五、四四九、〇〇〇份。但眞正日報僅有三九九家。至於期刊雜誌，總數一、一三五家，所用語文，亦有一百種，總銷數全年達十六億九千萬份。

蘇俄日報在莫斯科以外地區發行者，約佔百分之八十，但在俄羅斯共和國所發行的報紙，約佔全國報紙的三分之二。

蘇俄報業係以莫斯科爲中心，而以共黨機關報「眞理報」爲領袖。「眞理報」不僅在共產黨理論方面具有領導地位，卽在社論及其他技術方面亦具有最高的權威。茲根據一九七一年「編輯人與發行人年鑑」記載，將莫斯科主要報紙列舉於左：

㈠眞理報（Pravda）：一九一二年創刊，俄共中央機關報，總社設莫斯科，於四十二個城市發行，銷數七、五〇〇、〇〇〇份。

㈡消息報（Izvestia）：一九一七年創刊，蘇俄中央政府機關報，總社設莫斯科，於四十個城市發行，銷數七、七〇〇、〇〇〇份。

㈢青年共黨聯盟眞理報（Komaomolskaya Pravda）：一九二六年創刊，蘇俄青年聯盟機關報，晨報，在十九個城市發行，每年三〇〇期，於「眞理報」工廠印刷，但自己有編輯部，銷數六、九〇〇、〇〇〇份。

㈣勞工報（Trud）：一九二〇年創刊，全國勞工聯盟中央委員會機關報，晨報，在十個城市發行，每年三〇〇期。着重勞工問題，但亦有一般消息，銷數二、四〇〇、〇〇〇份。

㈤蘇俄報（Sovetskaya Rossia）：俄羅斯共和國政治局與部長委員會機關報，於一九五六年七月一日創刊，每年三一二期，於全共和國十個大都市發行，銷數三、二三〇、〇〇〇份。

㈥紅星報（Krasnaya Zvezda）：一九二四年創刊，國防部機關報，每年三〇〇期。着重軍事新聞，亦有一般消息，銷數約二、四〇〇、〇〇〇份。

㈦蘇維埃艦隊報（Sovetsky Flost）：海軍機關報，國防部發行，每年三〇〇期，銷數較「紅星報」爲少。

㈧鄉村生活（Selskaya Zhizn）：一九二二年創刊，俄共中央委員會發行，每年三〇〇期，着重農業問題，亦有一般消息，銷數六、七〇〇、〇〇〇份。

㈨莫斯科眞理報（Moskovskaya Pravda）：莫斯科省共黨機關報，銷數五〇〇、〇〇〇份。

㈩莫斯科晚報（Vechernyaya Mcskva）：一九二三年創刊，莫斯科市黨部及市政府機關報，該報很像美國報紙，有漫畫，人情味故事，廣告等，銷數三〇〇、〇〇〇份。

(十一)火車笛聲報（Gudok）：運輸部及鐵路工會機關報，每年三〇〇期，着重鐵路員工問題並有一般新聞及評論，銷數六四一、〇〇〇份。

(十二)文學公報(Literaturnaya Gazeta)：蘇維埃作家聯盟發行，二日刊，銷數一、二七二、〇〇〇份。

(十三)蘇維埃文化報（Sovetskaya Kultura）：文化部與文化工作人員聯盟發行，三日刊，着重藝術、廣播、電視與演講，銷數十九萬份。

(十四)教師公報（Uchitelskaya Gazeta）：教育部與教師聯盟發行，二日刊，銷數一、五〇〇、〇〇〇份。

(十五)蘇維埃商業報（Sovetskaya Torgovla）：商業部與商業工會發行，二日刊，每年一五六期，銷數六六〇、〇〇〇份。

(十六)英文莫斯科新聞報（Moscow Daily News）：一九五六年創刊，蘇俄與外國文化關係協會發行，爲莫斯科之唯一英文報紙，內容着重觀光及國際宣傳。每年一〇四期，爲三十二頁之小型報。

(十七)青年先鋒眞理報（Pionerskaya Pravda）：青年共黨聯盟發行，半週刊小型報，兩色印刷，特爲兒童發行，銷數九、三〇〇、〇〇〇份。

(廿)蘇維埃體育報（Sovetsky Sport）：體育部發行，二日刊，大衆化小型報，銷數二、六〇〇、〇〇〇份。

(廿一)文學生活（Literatural I Zhian）：蘇俄作家協會於一九五八年創辦，二日刊，與「文化公報」性質相同，內有一欄，係專門負責批評蘇俄全國報紙，尤其着重中下級報紙之批評。

第四項　報社的組織

蘇俄報紙的內部組織，重心在編輯部，而經理部與發行部爲其配屬，蓋在此種嚴密計劃下所發行之報紙，其銷售祗是用政治力量爲後盾的一種分配行爲。它不擔心報紙的銷路問題。蘇俄報紙登載之消息或宣傳內容，爲蘇俄人民所必須熟記的政治教育資料。各級黨政機關常以報紙作爲對人民之考試資料。採訪部之任務，在搜集黨與政府的決策及宣傳資料，在固定範圍內寫稿。編輯部負責審稿編排，爲宣傳工作之執行者。

蘇俄報紙的編輯部雖爲報刊組織之重心，而其組成人員很少。例如喬治亞共和國最大的「東方黎明報」，該報館內，除秘書及技術人員外，僅有編輯職員二十五人。組成份子有編輯、助理編輯、各部主任、記者、繕寫員等。蘇俄報館的編輯部之所以很小，並非由於新聞從業員之不足，而是由於黨的命令。黨規定報紙採用外稿不到百分之十五者，將受嚴厲斥責。不到百分之二十五者，亦將受到批評。一般言之，蘇俄報紙，稿件至少有一半是來自非職業性新聞人員。如科學家、教育家、經濟專家、黨與政府領袖及各行業讀者投書等。據此就可明白蘇俄非全國性報紙縮小編輯部的眞正原因。共黨認爲報紙的任務不是報導新聞，而是詳述一些本地的經濟事件。地方性的報紙必須對交換當地經濟生活經驗，在技術上和理論上有所指導。而普通編輯人員對上述問題，不可能做有效的解釋討論。同時報紙是黨利用的工具，所以有效的運用報紙，協助當地黨的組織，亦需利用非職業性新聞人員。因此大量的非職業性新聞人員，成爲蘇俄報業的顯著特徵。

蘇俄各報編採部門的編制，大體上與塔斯社之組織相同。塔斯社國內新聞的編採部，依性質分爲：黨務、蘇維埃、工業、交通、農業、文教、軍事、體育、青年、讀者投書等各部門。每個報館各部門，都有一個所謂由編採人員構成的「實務」組織，另外還有一個「宣傳」組織。

「實務」組織人員，均爲在具有新聞工作能力者中挑選出來的職業報人。「宣傳人員」多係黨務出身的人，他們與工廠、農場及社團經常保持接觸。他們的任務是製造新聞，在俱樂部、工廠等地方，召集開會或舉行座談會，取得談話和意見（這種意見是經過愼重甄選而「靠得住」人士的意見），作爲對現行問題或某一運動的「輿論」反應，藉以增加農工生產，或爲某一新的政治口號，激發大衆的情緒。

至於蘇俄編輯人員的選拔，亦有固定程序。

出版品被視爲黨的領導權的有效工具。報紙的編輯人員成了黨的代表，而爲黨所派定。黨章規定，黨出版機構的編者，在每個組織中，均由與他相當的黨部來指定。所以中央委員會直接指定全國性報紙如「眞理報」的編輯。黨的低層組織，指定工廠與農場報的編輯人員。各共和國報紙與普通報紙編輯人員的決定，亦須得中央委員會的認可。規模較小之地方報，編輯人員可由地方黨部選派。

第五項　「眞理報」與「消息報」

(一)眞理報

「眞理報」與「消息報」不僅是蘇俄最有權威的報紙，同時也是蘇俄報紙的兩個典型。「眞理報」在蘇俄是最大而最有影響力的報紙。據一九七一年「編輯人與發行人年鑑」記載，它的銷數計有七、五〇〇、〇〇〇份。「眞理報」的篇幅，通常有四至八頁，但有時到十六頁，假設每天四頁，通常第一頁爲社論、重要通告及要聞。第二、三頁爲國內新聞，包括政治、經濟、文化教育、生產等，第四頁爲國外新聞及體育消息。頁數增加，各類消息比例增加。這份全國性的日報，除莫斯科總社外，另外在四十一個都市發行。它的紙版，每日以傳眞及噴射機送往遙遠的分社。實際上，蘇俄祇有「眞理報」可以稱得起「全國性」報紙，因爲它在極東部各省，亦普遍發行。它的訂價很低，每年祇需相當三元美金。

「眞理報」的國外消息，大部份來自蘇俄官方的「塔斯社」，但該報自己尙有六十位特派員常駐外國。在蘇俄聯邦內，約有四萬名通訊記者，他們的任務，不僅負責將各地重要消息傳至莫斯科，而且還要負責檢查當地發行的各種報紙。有人稱這些記者爲「業餘檢查員」。在內部人員方面，這份俄共機關報，設有一五〇位撰述編輯，其中三十人專門負責國外新聞。「眞理報」編輯部的國外新聞部，區分四科，即亞洲、非洲科，歐洲科，美洲科，與共黨國家科。每科的新聞人員，都是有關這一地區的問題專家。在評論部門，「眞理報」設有三百位以上的主筆，專門負責各種重要問題的評述。

「眞理報」的新聞水準很高，它不供給讀者低級趣味；它的內容，總是有關重要的教育、科學與政治問題。在報導新聞方面，從不採用激情主義。但應該記住的，就是這份報紙的發行，大部份是爲了蘇俄共黨人員閱讀的。它希望黨員以奮鬪犧牲的精神支持共黨政權，自然不准許在自己報紙上出現任何「毒素」，敗壞黨員的革命精神。

表十五　眞理報組織系統表：（註四三）

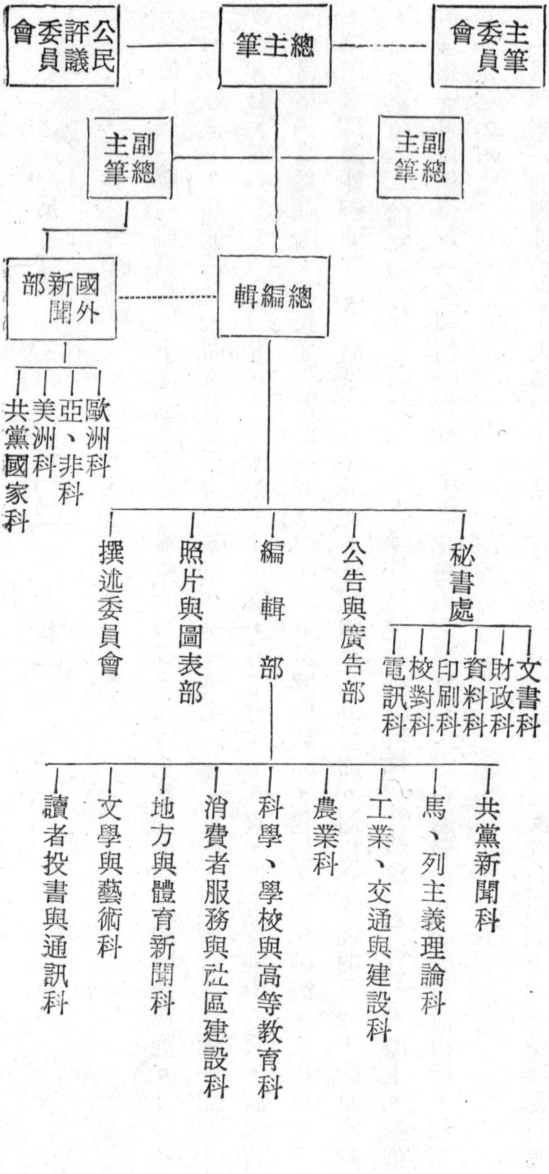

「眞理報」組織的主要特點有四：

㈠總主筆（Editor in Chief）與總編輯（Managing Editor）爲報紙之靈魂，此類似十九世紀末葉，獨立報業高級政論報紙之組織；所不同者，乃「眞理報」之總主筆，尙須接受俄共中央宣傳煽動部之嚴格控制。而當前自由世界之商業報紙，係以發行人（社長）與總經理爲報紙之骨幹。

㈡公民評議委員會，類似自由世界之報業評議會。

㈢特別重視共黨理論、工業、交通、建設、農業、科學、教育、文學、藝術新聞之報導，不報導社會犯罪新聞。

㈣重視「消費者服務」與「讀者投書」，不重視廣告業務。

「讀者投書」爲蘇俄報紙之一大特色。「眞理報」之「讀者投書」，每年約有三十六萬件，「消息報」每年超出五十萬件。刋出者雖僅佔百之一、二，但未刋出者，報社仍轉政府或有關單位負責辦理，並予回覆。這些「讀者投書」，其內容可能是提供一項意見，一項消息，發洩個人牢騷，也可能是揭發一項弊端。

「讀者投書」之功能有三：

㈠它是一般人民發洩不滿及祈求伸雪寃曲的孔道，類似上訴法庭；

㈡政治當局可藉它衡量人心；

㈢它可提醒政治當局注意某些問題，尤其地方、農場、工廠中的許多實際問題。

當然，蘇俄報紙的「讀者投書」仍受黨的嚴格限制，同時也無法消除共黨報紙的基本缺點。但無可懷疑，俄共報業的這項措施，業已收到相當效果。

㈡消息報

在蘇俄全國報紙中，重要性僅次於「眞理報」的就是消息報（Izvestia），「消息報」的全名爲蘇維埃勞動者消息報（Izvestia Deputatov Trudyashchikaya SSR），它是最高蘇維埃主席團的機關報。一星期發行六次，在四十個大都市同時發行。這份報紙，很多方面與「眞理報」相似，如通常每天發行四至八頁，有時到十六頁，形式莊重，但組版頗爲呆板。該報正像其他蘇俄報紙一樣，不論在形式或內容方面，都不够「活潑」。但這種情形，近年已有改善，尤其在赫魯雪夫女婿阿佐貝（Alexei Adzhubei）主編期間，曾採取了許多西方的編輯技術。

「消息報」在莫斯科發行者爲晚報。它的消息，大約有一半以上在「眞理報」已經刊登。但「消息報」的新聞，着重蘇俄政府與其他外國政府的關係，儘量刊登國內各級政府的選擧，以及最高蘇維埃政府的活動。

蘇俄這兩份重要報紙（眞理報與消息報），常常是西方報人嘲笑的對象。流行而最深刻的描述，可能是西班牙名報人Nicolas Gonzaiez Ruiz在他的新聞學名著中所說的兩句話，他說：「在眞理報中絕無任何消息，而在消息報中絕無任何眞理。」與這兩句話齊名的，是蘇俄流傳的諺語，即「眞理報中沒有眞理，消息報中沒有消息。」（註四四）

消息報總主筆原爲阿佐貝，赫魯雪夫於一九六四年十月十四日下臺後不久，由史特巴柯夫繼任。至一九六五年六月廿三日，再由托庫諾夫主持。

第七節　共產報業的缺失

第一項　報紙內容的呆板

共產報業是一種新極權報業，所以極權報業的缺點，亦必然就是共產報業的缺點。共產報業源於馬克斯、列寧主義；因前提謬誤，所以共產報業在基本上也是錯誤的。根據民主政治的觀念，報業應爲獨立的「第四階級」。它應是新聞與知識的媒介，意見與批評的論壇。易言之，它是民主政治與自由社會的基礎，是人民各種自由權利的監護者。但共產報業，是思想戰的武器，是黨與政府教育、組織及統治人民的工具。

由於共產報業的目的與功能不同，所以一切新聞都是經過仔細選擇的，特別加以組織的。因此共產報業的新聞觀念是反客觀性，無時間性與反人情味。而在新聞的表現上，都是說教、呆板而缺少變化。這種呆板的教條式的報業，自一九五三年史達林去世後，已有若干改變，如蘇俄報紙已增刊長篇小說，幽默小品，少許社會新聞等，不過在本質上仍無根本改變。

第二項　不能適應讀者需要

共產報業最大的缺點是它的「一致性」。在共產社會中，一個地區，通常祇有黨與政府發行的兩種報紙，或兩者共同發行的一種報紙。沒有高級報紙與大衆化報紙的區分。這種報業制度，無法適應社會各種教育文化水準不同讀者的實際需要。在自由世界，通常依教育文化水準，將讀者區分爲上、中、下三級，而理想的報業制度，在使這三種讀者，都能自由看到自己所喜愛的報紙。

第三項　沒有新聞自由

共產報業的一切弊端，都是由於缺乏新聞自由所致。但共產報業與新聞自由是不能並存的。一九二一年列寧曾經說過：「准許報業充分自由，其意義等於自殺」(Granting the press full freedom would mean committing suicide.)。（註四五）一九六三年，赫魯雪夫在蘇俄記者及作家之討論會上，亦有同樣的宣佈，他說：「在共產主義社會，不論現在或未來，報業、文學與藝術都不可能享有自由。」

共產報業的缺點，導源於共產報業制度的本身，其堅持報業須爲獨裁共黨的臣屬，將觀念與經濟的宣傳，優於眞理、新聞、意見與人情趣味故事的傳播。共黨堅持控制報人的心靈，迫使符合黨的嚴格紀律，因此共黨剝奪了人類很多方面實際影響羣衆的有效方法。

第四項　馬克斯對極權報業的批評

一八四三年，馬克斯還是一位年青的自由主義者，當時他對普魯士新聞檢查制度的攻擊，十分恰當用來說明共黨奴役人類心靈與控制報業的流弊。因爲就廣泛之意義說，共產報業是代表全部與最澈底的新聞檢查制度。玆將馬克斯的批評節錄於左，做爲本章的結語。

「新聞檢查，具有敗壞道德的影響。這種制度與罪惡、僞善是不能分開的。從這些基本缺點，進而又導致無數其他的弊端，這些弊端必然缺少任何美德的傾向。甚至從功效的觀點上，它的被動性也是令人厭惡的。因為，政府僅能聽到它自己的聲音，僅知道自己的意見。然而，政府雖在幻覺的人民意見下，執行政策，但政府仍要求人民接受這種「幻覺」就像「真實」一樣。因此，全國人民，部份陶醉於政治迷信之中，另一部份則不相信政治，或從公共事務生活中全部撤退，而變成一群自私自利的烏合之衆。

「基於此，人民必然認為自由寫作是非法的，進而習慣相信：凡非法的都是自由的，自由的都是非法的，而且合法的都是不自由的。所以新聞檢查，無異扼殺了人民的自治精神。」（註四六）

本章註解

註一：George H. Sabine, *A History of Political Theory*, 3ed.(N. Y.: Holt, Rinehart & Winston, 1961) pp. 760-763.

註二：William Ebenstein, *Political Thought In Perspective* (N. Y.: McGraw-Hill, 1957) pp.285-286.

註三：Ibid.

註四：See Note No. 1, pp. 770-771.

註五：Ibid. p. 772.

註六：Ibid. pp. 791-795.

註七：Ibid. pp. 755-776.

註八：Ibid. pp. 760-779.

註九：Ibid. pp.767-8, 771-775, 789-791.

註一〇··Ibid. p. 790 (Or See Communist Manifesto)

註一一··The Preface of Critique of Political Economy.

註一二··Willis Moore, *The Lectures On Philosophy of Journalism* (SIU, 1964).

註一三··*IPI, The First Ten Years* (Zurich: 1962) p. 18.

註一四··Antony Buzek, "How The Communist Press Works" (*The Journalist's World*, Vol. 2, No. 4, 1965. P. 2.)

註一五··Alex Inkeles, *Public Opinion In Soviet Russia* (Cambridge: Harvard University Press, 1951) p. 135.

註一六··Ibid. p. 3.

註一七··See Note No. 14, p. 2.

註一八··John Merrill, *The Foreign Press* (LSU Press, 1964) p. 111.

註一九··Ibid. p. 112.

註二〇··See Note No. 15, p. 136.

註二一··Ibid. p. 175.

註二二··Ibid.

註二三··*IPI, The Press In Authoritarian Countries* (Zurich: 1959) p. 13.

註二四··Ibid.

註二五··Fred Siebert, *Four Theories of the Press* (Urbana: University of Illinois Press, 1956) p. 129.

註二六··See Note No. 15, p. 176.

註二七··Ibid. p. 138.

註二八‥Antony Buzek. *How the Communist Press Works* (1965) p. 2.

註二九‥*IPI, The Press In Authoritarian Countries* (1959) pp. 23-24.

註三〇‥Ibid. pp. 24-25.

註三一‥Antony Buzek, *How the Communist Press Works* (1965) p. 2

註三二‥Alex Inkeles, *Public Opinion In Soviet Russia* (1951) p. 39.

註三三‥Ibid. p. 166

註三四‥*IPI, The Press In Authoritarian Countries* (Zürich: 1959) p. 27.

註三五‥Marx W. Hopkins, *Mass Media In the Soviet Union*(N.Y.: Pegasus. 1970)pp. 62-65.

註三六‥Ibid. p. 103.

註三七‥Ibid. pp. 107-08.

註三八‥Ibid. p.93.

註三九‥Ibid. pp. 93, 94, 191, 226, 227.

註四〇‥Ibid. pp. 200-01.

註四一‥Alex Inkeles, *Public Opinion In Soviet Union* (1951) p. 154.

註四二‥Marx W. Hopkins. *Mass Media In the Soviet Union* (1970) p. 228.

註四三‥Ibid. p. 213.

註四四‥John C. Merrill. *The Foreign Press*(Baton Rouge: Louisiana State University Press, 1970) pp. 149-151.

註四五‥Antony Buzek, "How The Communist Press Moks" (*The Journalist's world* Vol II, No 4, 1965. p. 8.)

註四六‥Ibid.

第五章　社會責任論的發展

第一節　社會責任的理論

第一項　自由報業理論的失效

社會責任論（Social Responsibility Theory）是報業理論的一種新觀念，其目的在補救自由報業的流弊。

在十八、十九世紀，自由報業在本質上是服務性的，它對民主政治曾有極大的貢獻。但至二十世紀後，它已成爲龐大的企業，這種企業，完全是經濟放任主義的結果。而經濟放任主義，係建立在左列兩個基礎上：

㈠自由而公平競爭的公開市場；

㈡顧客有鑑別商品的充分能力。

由於上述兩項因素，工商產品之品質必須不斷提高，而產品之價格則必須不斷下降，否則便不能生存。但由於報業所有權的集中，「一城一報」之形成，乃使自由而公平競爭的公開市場遭受破壞。同時由於多數讀者的低級趣味及鑑別能力的不足，常常使品質優異，莊重負責，維護公益的高級報紙不能生存，而那些粗製濫造，誇大渲染，不負責任，僅圖私利的黃色報紙，反而利市百倍，一支獨秀。這是自由報業，應用經濟放任原理產生流弊的主要原因。近年有些學者，應用葛勒什姆定理（Gresham's Law劣幣驅逐良幣法則），來解釋當前傳播媒介，也是基於上述理由。

第二項 政府功能與報業特性

民治政府的基本功能，在維護公益，創造幸福，及保持社會勢力的均衡發展。在商業上，競爭者發現彼此透過「君子協定」，賺錢更爲容易。所以資本家認爲最佳的投資，就是沒有競爭。不過在這種情形下，消費者要付出最大的代價。一九三三年羅斯福總統（Franklin D. Roosevelt）上台後，人民要求政府干涉商業獨佔，這就是要求政府發揮維護公益的基本功能。當時政府亦曾制定許多法案，努力打破獨佔，但美國工商業獨佔之趨勢，並未改觀。

新聞事業是商業之一種，同樣趨於獨佔，而且目前已經形成獨佔。在自由主義的經濟原理下，可說是必然的結果。

英美政府，因尊重新聞自由的原則，並未像對其他工業一樣，制定法律，干涉報業，或自己直接從事出版事業。同時不論何時，祇要政府要打破報業獨佔的趨勢，報業總認爲這就是對「新聞自由」的干涉！

自由報業認爲「新聞自由」是毫無條件的。但忽視了報業具有左列兩種特性：

(一)報業是一種專業（Profession），它必須享有自由，負責散佈及解釋社會所必需的新聞；

㈡報業是一種商業（Business），係以營利為目的，而營利事業，必須接受法律的限制。

但現在的問題是，如何有效管理報業的商業行為，而不影響它的「新聞自由」？

自由主義的理論，係以十七、十八世紀之極權社會為背景。因此傳統的自由主義，都將政府看做敵人。哈佛大學哲學教授霍根博士(Dr. William E. Hocking)說過：二十世紀的政治藝術，主要在如何運用政府權威，造福人羣，而仍能保持自由。所以將政府看做敵人，已經不是聰明的想法。目前社會複雜，資本家之勢力太大，必須要有能力的政府維護公益，造福人民，然後才是好的政府。國父主張「萬能政府」，也是基於這個道理。

目前討論新聞自由，應對左列事實予以注意：（註一）

㈠自由主義對政府限制太大，政府軟弱無能，而龐大之工商業及報業均成特權階級，致使公共利益及一般人民之個人權利失去保障。

㈡目前大企業已有力量攻擊政府，選擇法官，操縱選舉；報業不僅為大企業，而且其有批評性及攻擊性，此種特性，常為民主政府所畏懼。

㈢報業是一種專業，其有服務社會之特性，並應有教育性，但其服務及教育內容之標準如何？

㈣在民主社會中，任何社會勢力，均應予以適當限制；但目前報業主張之新聞自由，強調不受限制，這是否符合民主政治的原則？

基於以上事實，社會責任論認為：報業為民主政治之必要一環，並因其影響太大，所以它必須接受合理限制，擔負社會責任。而民主政府，在維護真正新聞自由及保持社會勢力之均衡發展中，都應擔任一個積極的角色。

第三項 社會責任論的哲學

「社會責任論」是基於自由報業的理論，但超出自由報業。它同意自由報業的理想（報業應享新聞自由）與自由報業的三大功能（提高人民文化水準，服務民主政治，保障人民權利），但不同意自由報業的哲學基礎（人爲理性動物，性善仁慈），亦不同意自由報業放任主義的方法。就實際而言，它是自由主義報業的改良，所以亦稱「新自由主義報業」。

二十世紀後，由於心理學家的科學研究，發現人類並非完全爲「理性動物」，人類本性並非完全「善良」。因這些研究結果，推翻了傳統自由主義數百年來根深蒂固的哲學基礎，所以目前在政治、經濟方面，已經無人再相信傳統的自由主義；代之而起的，是計劃政治，計劃經濟，與各種社會福利安全措施。由上可知，心理學的新發現，早已普遍應用於政治、經濟方面；而社會責任論，僅是將這種新學說應用於報業而已！所以它是心理學新學說的普遍應用，並非新聞學理論的新發明。茲將社會責任論的哲學，分述於後：

㈠人性問題

自由主義認爲人類爲理性動物（Reasonable Animal），性善仁慈，有獨立意志；根據良知良能，能分辨是非善惡；其生活目的，乃在不斷追求及實現眞理（Truth）。如盧梭深信，人類如無政府干涉，他會自然發展成爲思想公正，判斷正確的理性動物。

但社會責任論認爲，人類並非完全爲理性動物，其選擇亦非經常正確。他們認爲「人性」，乃是食、色、與各種嗜好（Food, Sex and Fun）等的綜合要求。這些基本慾望決定了「人性」。

根據近代著名心理學家弗洛伊德（Sigmund Freud 一八五六—一九三九）行爲主義的理論（Theory of Subconsciousness），發現人類並非完全合於理性，而是懵懂的、懶惰的、自私的。認爲人類行爲主要受潛意識（Subconsciousness）之支配，而生活目的，主要在滿足當前之迫切需要及其願望。所以，必須先有良好的教育，健全的社會制度，引導並鼓勵人類向善，然後社會才能逐漸臻於至善之境。人類不經過教育，很難有正確判斷。完全放任自由，人類必然變成短視、自私、僅圖目前享受，而不會爲久遠及後代子孫着想。（註二）

(二)社會本質及其與個人的關係

自由主義認「社會」僅爲個人組合，其本身沒有目的。而社會責任論，則認社會本身雖無目的，但它却代表所有個人「整體」之利益。因此，任何文明社會，均已公認「社會公益」高於「個人利益」之原則。這是現代個人主義與集體主義之調和，也是社會責任論之基本觀點。

至於個人與社會之關係，傳統自由主義係基於牛頓（Isaac Newton 一六四二—一七二七）的學說。認爲宇宙是一個無時間性及永久不變的空間（Timeless and Unchanging Order）。在自然社會中，每人都有一些天賦而絕對不可剝奪的自然權利（Natural Rights），即生命權、自由權、與財產權。而且人類社會，有種不變的自然法（Natural Law），爲這個不變宇宙的永恆主宰。

但，達爾文（Charles Darwin 一八〇九—一八八二）的進化論（Theory of Evolution），否

定了牛頓的理論。認爲宇宙是隨時間而不斷進化的，社會的價值標準，亦隨社會的進化而不斷變更。因此認爲宇宙不可能有永恆不變的法律。

中，關於自由主義強調個人都有一些天賦而絕對不可剝奪的權利。這也是基於一種假設，事實是不可能存在的。自從愛因斯坦（Abert Einstein 一八七九—一九五五）的相對論（Theory of Relativity）問世後，都明白宇宙任何事物都是相對的。尤其各種自由權利的享有，都有責任的前提存在。自由主義認爲自由權利絕對不受干涉，實在沒有可信的理論基礎。

現代政治學者已否定「自然法」的觀念。並認「自然權利說」祇是當時的一種政治口號而已。

當前經濟學家與社會學家，亦認人性是頗爲自私的，而且對他人之福利往往具有偏見（Bias）。因此，他們反對激烈的個人主義，並懷疑產品與意見自由市場的可能性。因自由放任競爭的結果，是必然的獨佔，自由市場不可能長期存在。他們也不相信自由主義所稱的宇宙有隻「無形的神手」，或稱「自我正確的原理」（Self-righting Process）。因爲最近五十年的歷史，已否定這種神話。他們相信，個人之過份放任，勢必危害社會的公共利益。（註三）

㈢眞理的意義及其出現

眞理（Truth）乃眞實（True）、事實（Fact）、實在（Reality）、誠實（Honesty）與信實（Sincerity）的綜合意義，而且尙帶有公正（Justice）的意味。在西洋社會中，篤信、追求及實現眞理，乃象徵人類之最高品質。

自由主義相信政府採取放任主義，讓所有意見，包括虛僞與謬論，完全自由發表，眞理就會自然出現。但社會責任論，認人類並非完全合於理性，判斷亦非經常正確。所以認爲必須先有好的教育，好的報人，然後「眞理」才有出現的可能。例如，有關公共事務的問題，必須人民先有良好的教育水準，而報人對公共事務須做客觀、公正而充分的報導分析，然後「眞理」才能愈辯愈明。假設這兩項前提缺少一項，眞理都難出現。

總之，自由主義的哲學，係產生於十七、十八世紀的極權社會，其主要功能，在推翻極權統治。但十九世紀後，先後發生三大革命，即政治之民主化，經濟工業化，與社會之都市化。此三大革命，使社會變質，個人日趨社會化，報業亦全部商業化，因之社會價值與道德標準，亦隨之變更。所以兩百多年前的自由主義理論，實無法再適用於當前自由已生流弊之自由世界。

第二節 社會責任論的萌芽

第一項 紐約時報與基督教科學箴言報

社會責任論認爲，報業欲享受新聞自由，必須擔負社會責任。但就實際而言，自有報紙以來，任何高級報紙，都會自動擔負社會責任。不過此種報紙，祇是爲數太少而已！

十九世紀末葉，當美國黃色新聞氾濫之時，「紐約時報」發行人奧克斯（Adolph S. Ochs），充分表現了典型報人的良知。他以高尙的新聞政策，獨立公正的評論，與正確詳盡的新聞資料三大政策與黃色新聞對抗；並自一八九六年十月五日起，每天於「時報」報頭上刋出一句話，即「本報新聞都是值得刊登的」(All The News That's Fit to Print)，這有兩層意義，第一、「時報」的消息，沒有誨淫誨盜的黃色新聞；第二、「時報」的消息，都是確實可靠有益讀者的。

與「時報」同時對抗黃色新聞而聞名的，是一九〇八年馬利•愛廸夫人(Mrs. Mary B. Eddy)於波士頓創辦的基督教科學箴言報(Christian Science Monitor)，該報與黃色新聞完全相反，禁止刊登犯罪及災禍新聞。一九一〇年，基督教科學會爲了「淨化新聞」曾擧行了一連串會議，堅決反對黃色新聞，而支持「箴言報」的新聞政策。

第二項　普立兹的格言

自美西戰爭後，普立玆對於黃色新聞感到厭倦，退出與赫斯特的競爭。一九〇三年，他捐助哥倫比亞大學二百五十萬元，建議成立一所新聞學院，培養報業人才，藉以提高報業水準。

一九〇四年，普立玆在北美評論(North American Review)發表的「新聞學院」一文中說：「商業主義在報業經營中具有合法的地位，但它僅限於經理部。如果商業主義侵犯了編輯權，它便成爲必然的墮落與危險。一旦發行人僅僅注意商業利益，那將是報紙道德力量的結束。」他又說：「祇有最高尙的理想，最嚴謹追求眞理的熱望，最正確的豐富知識，以及最忠誠的道德責任感，才能將新聞事業從商業利益的臣屬，自私目的的追求，以及社會利益的敵對中拯救出來。」(註四)

以後，在哥倫比亞大學新聞學院前面普立兹銅像的台座上，也刻着普立玆一項格言，正可以說明美國在黃色新聞氾濫的時代中，有見識的報人，已經體會到新聞自由的眞諦。他說：

「我們的國家與報業休戚相關，升沉與共。必須報業具有能力，大公無私，訓練有素，深知公理並有維護公理的勇氣，才能保障社會道德。否則，民選政府徒具虛文，而且是一種贋品。報業的謾罵、煽動、虛僞、專橫，將使國家與報業一同墮落。塑造國家前途之權，係掌握在未來新聞記者的手中。」

普立茲是世界最偉大的報人之一，在六十五年前，他即要求報紙發行人在追求商業利益時，不可侵犯編輯政策的獨立。同時認爲，報業在民主社會中，具有龐大的影響力，報業必須大公無私，維護公理，保障社會道德，然後才能造福人民，促進國家發展。否則如濫用權力，必爲社會所唾棄。

第三項　報人守則

一九〇八年，著名新聞學者華特•威廉姆斯博士（Dr. Walter Williams），成立美國第一所新聞學院—密蘇里大學新聞學院。該學院與哥大新聞學院宗旨相同，主要在提高新聞道德，培養報業專業人才。一九一一年威廉姆斯手訂「報人守則」（The Journalist's Creed）八條，無疑是對抗黃色新聞，珍惜新聞自由與提倡報業社會責任的指針。全文如左：

㈠我們相信，新聞事業為神聖的專業。

㈡我們相信，報章為公衆信託之所寄，凡與報章有關之人，就其全部職責而言，均為公衆所信賴者，因此，不為公衆服務而僅為小我驅策者，均為背信之蟊賊。

㈢我們相信，思想清晰，說理明白，正確而公允，為優良新聞事業之基礎。

㈣我們相信，新聞記者，祇須寫出心目中認為真實者。

(五)我們相信，壓制新聞實屬錯誤，除非為國家社會幸福而設想者。

(六)我們相信，出言不遜者，不適宜從事新聞之寫作。受本身偏見所左右及受他人偏見之籠絡，均宜避免，絕不因威逼利誘而逃避本身之責任。

(七)我們相信，廣告、新聞與評論，均應為讀者之最高利益而服務。因此，一種有益處的至真與至純實優於一切，為唯一的標準。新聞事業之良窳，視其對社會服務之多寡而決定。

(八)我們相信，新聞事業之獲最大成功者，亦即最應該獲得成功者，必使上蒼與人間有所敬畏。它獨立不撓，故與情傲慢、權勢之包攬，均不足以移之。重視建設性、寬容性，而不取粗率性。自制而忍耐，經常尊重讀者，而始終無所恐懼。勇於打抱不平，但不為特權者的要求或群衆的吵鬧所惑。在法律、忠誠及互相的認識下，儘量給予人人平等的機會。

深愛我們的國家，但誠心促進國際善意，加強世界友誼。此一全人類的新聞事業，為今日世界所共有，亦為今日世界所共享。

第四項 報業信條

前言

一九二三年，「美國報紙編輯人協會」制訂「報業信條」（Canon of Journalism），這是美國報人集體具有社會責任意識的開始。全文如左：

人類一切活動、感覺、與思想，均賴新聞紙之報導，而互相了解，此為報紙之最基本任務，故負擔此項任務之人，必須具有淵博之學識，廣泛之見聞與經驗，以及天賦與專業訓練之深刻觀察力，與最明確之理解力。新聞記者有立言記事之機會，必盡其爲教導者與解釋者之天責。美國新聞界有優良之傳統與正大之理想，爲提綱挈領便於信守起見，特彙爲守則七條如次：

㈠責　任

報紙有爭取讀者吸引讀者之權利，然此種權利，必以公衆利益之考慮爲範圍。報紙所吸引之讀者愈衆，則其對讀者所負之責任愈大。報社中工作之每一同業，均分擔此嚴肅之責任。蓋讀者既信託報紙，若報紙利用讀者之愛戴，作自私自利之企圖，謀達不正當之目的，實有負於此崇高之信託。

㈡新聞自由

新聞自由，爲人類基本之權利，應受保障。凡是法律上未經明文禁止之事項，報紙都有權評論。此種權利，不容置疑，卽限制自由之各種法律，是否必要，亦可討論之。

㈢獨　立

報紙對於公共利益必須盡責外，對於任何方面都不可接受委託與義務。此種不受約束之自由極爲重要。

⑴報紙若爲任何私人的利益作宣傳，違反公益，則不問其藉口如何，均有違誠信之旨。私人方面交登之稿件如予發表，必須確實能證明該稿件之內容與形式，均有新聞之價值。不然，亦應使讀者明瞭此項稿件係何方面所送刊者。

⑵社論不可稍有偏頗，若有意顛倒是非，實有違美國報業之高尚傳統精神。新聞之記載，亦不可稍

含偏見，以致破壞報業之基本原則。

㈣誠　信

凡一切新聞事業，當以對讀者之誠信爲其基礎，故必須誠摯、忠實、與正確。

⑴報紙爲爭取讀者之信任，在任何條件下，都要力求正確。凡爲報紙力所能及，而未能作完全與正確之報導者，此種報紙，實無可恕。

⑵報紙之標題，應與所代表之新聞內容相一致，不可稍有誇大失眞。

㈤公　平

新聞之記載與意見之發揮，兩者各有分際，不可混淆。意見與事實分開，乃美國報界之優良習慣，每一新聞不可雜有任何私見，或帶有任何偏見。惟特寫之類，顯係爲鼓吹某事而寫，或某種新聞稿，用記者個人簽字發表，其中結論與釋義，記者本身可負責者，則不在此限。

㈥正　直

報紙發表文字，涉及他人之名譽及人格者，除有官方文件可資依據者外，均應使受害者有申訴辯駁之機會，除司法訴訟已有裁判者外，凡報紙對於他人有嚴重指責，均應予此種機會，此爲良好之習慣。

⑴報紙不可侵犯私人之權利與傷害私人之感情，以滿足大衆之好奇心。公衆之好奇心與公衆之權益，二者判然不同。

⑵報紙之言論與記載，如發覺有錯誤之處，不問其原因何在，均應作迅速與澈底之更正。更正一事爲報紙之權利，亦爲報紙之義務。

㈦莊重

凡報紙假借道德之理由，對於社會傷風敗俗，如奸淫擄掠之犯罪事實，着意描寫，迎合低級之趣味，煽動低級之情感，此類報紙，顯然不符公共利益之要求，實無逃於不誠實之罪名。吾人雖無制裁此種不良報紙之規定，然吾人於此不得不嚴重宣佈，凡誨淫誨盜之報紙，必因讀者之反對與同業之譴責，而日趨於失敗也。

第五項　新聞記者道德律

一九三四年，美國記者工會，制訂新聞記者道德律（Code of Ethics），全文如左：

壹、第一決議

㈠新聞記者之第一責任，爲報導正確的無偏見的事實於公衆之前，其與公衆之接觸，應遵守尊重團體與個人權利之原則。

㈡新聞記者應知法律之前，人人平等。其所報導，均應遵守正確與公允二原則，而不爲政治的、經濟的、社會的、種族的及宗教的偏見所左右。

㈢新聞記者報導犯罪新聞時，對於有犯罪嫌疑的人，在法庭判決其有罪之前，只能當他無罪者看待。犯罪新聞之寫法，不可使讀者大衆引起誤解或發生偏見。

㈣有些特殊關係的個人及團體，如廣告之戶主，如商業上之權勢，如新聞記者之親友，凡是與他們有關之消息，應該刋出的不許加以扣壓不發。本會會員應共同努力，或與發行人及編輯人取得協議，以限制此種扣壓新聞之舉動。

(五)新聞記者應保守秘密，亦不許在法庭或其他司法機關與調查機關之前，說出秘密消息之來源。

(六)一切新聞只能在編輯部內處理，不許在業務部內編好了新聞，拿來給編輯部使用。

(七)在採訪部之內與採訪部之外，新聞記者均宜舉止大方，表示其獨立之地位與自尊心，不許有任何舉動，使人發生向人諂媚以謀利之印象。

貳、第二決議：下列情事，本會認為失當者：

(一)把一切宣傳材料，拿到新聞版上來，冒充新聞刊出。

(二)有些事情，新聞記者明知其為虛偽欺騙，且對於個人或團體，有壓迫與損害之影響，一定要記者去採訪去描寫，這種流行的習慣，我們亦認為失當。

第六項　報業信條的執行問題

在以上三項報業信條中，以一九二三年美國報紙編輯人協會制訂之報業信條(Canon of Journalism)最為重要。因編輯人協會，不僅為美國報業之精華，而且亦為實踐報業社會責任之主體。

「報業信條」的七項內容，可說規定的相當詳盡。如能澈底執行，自可達成報業負責之目的。否則，徒具形式，亦必於事無補。所以編輯人協會有無具體執行辦法，成為報業信條成敗之關鍵。

關於編輯人協會，對於違反「報業信條」的會員，是否應予具體制裁，通常有兩種意見：大約高級報紙均主張應有制裁權力，而大衆化報紙則持相反的意見。

自一九二五年，「基督教科學箴言報」的編輯阿伯特（Willis J. Abbot），每年都在編輯人協會的年會中，提出修改會章的議案，要求加强常委會的權力，對違反「報業信條」的會員，應予有效制裁或予開除會籍的處分。

一九三二年，路易士威爾時報（Louisville Times）的編輯華萊士（Tom Wallace），在編輯人協會年會中宣稱：「假設我們證明本會確有存在的理由，我們必須對違反報業信條的會員採取行動，否則本會勢必癱瘓而至瓦解。如果我們來此三天，僅僅是爲了聽講、吃飯，而不準備試驗解決任何重要問題，那末，我想我們最好儘早退出這個團體，而且我認爲應該解散這個組織。」（註五）

但美國高級報紙的數目，是屈指可數的。所以這些報人的遠見，眞可說是「曲高和寡」，很難引起大衆化報紙的共鳴。

在反對意見中，以甘乃特報團（Gannett Newspapers）副總編輯奧特伍德（M. A. Atwood）當代表。他反對修改會章，反對編輯人協會享有任何具體制裁會員的權力。理由如左：（註六）

㈠任何制裁辦法，均將極易用於侵犯新聞自由。

㈡「道德行爲」（Ethical Conduct）彈性太大，沒有絕對標準。就是美國最偉大的報紙，亦難做到「報業信條」第五項「公正新聞報導」之原則。

㈢現代報紙範圍太廣，內容過於複雜，編輯人員無法完全負起道德的責任。

㈣嚴格制裁辦法，與當前反對宗教信條及管理個人行爲的原則不相調和。

㈤現行醫生及律師協會實行之法規辦法，並不能使我們相信目前所提之制裁辦法一定有效。

關於美國「報業信條」的執行及其制裁辦法，經過八年的長期辯論，結果在一九三二年編輯人協會之年會中，終被否決。

第七項 其他新聞事業的自律

自報業實行自律後，其他傳播媒介，相繼制定自律守則。如一九三〇年的電影守則（Movie Code），一九三七年的廣播守則（Radio Code），與一九五二年的電視守則（Television Code）等。不過這些守則之制定，其主要目的是防禦性的，並非爲積極的實踐社會責任而制訂。

第三節 社會責任論的誕生

第一項 新聞自由委員會的成立

「社會責任論」，是一九四七年由美國新聞自由委員會首先提出的。

美國新聞自由委員會（Commission On Freedom of the Press）係一私人團體，於一九四二年十二月，由「時代」（Time）雜誌創辦人魯斯（Henry R. Ruce）捐款二十一萬五千元，在芝加哥大學成立，以芝加哥大學校長霍金斯（Dr. Robert M. Hutchins）爲主席，委員多爲哈佛大學、耶魯大學、費城大學、芝加哥大學、哥倫比亞大學之院長、系主任及政治學、法學、社會學、人類學之第一流教授。此外並有外籍著名學者，我國有胡適博士參加。該會於一九四六、一九四七年，接連出版七種（

八本）叢書，其中一本爲「自由而負責的新聞事業」（Free and Responsible Press），首倡「社會責任論」的口號。該書爲委員會之總報告，本節卽爲該書之摘要。（註七）

第二項　新聞自由委員會的目標

「社會責任論」認爲：新聞自由以「社會責任」爲規範，報導新聞必須正確而有意義。爲實現這種理想，委員會在報告中建議政府，在某些方面可以制定法規，藉以保證報紙實踐它的責任與功能。該委員會甚至建議：「假設私人新聞事業對社會未能善盡責任，則政府即可直接經營新聞事業，藉以保障人民知的權利，及保持消息的充分流通。」

社會責任論，暗示新聞事業須先承認一個前提，卽它們必須服務社會，才能保障它們的存在。同時，暗示政府對於現行報業制度應予干涉。

委員會認爲新聞事業爲提供自由社會的實際需要，它必須完成左列基本目標：（註八）

㈠**眞實綜合而明智的報導**。社會要求新聞事業對當前的事件，作眞實、綜合而明智的報導，並賦以意義。這是說，傳播媒介應做到正確而不說謊，不但要忠實的報導事實，還要報導事實的眞理。

㈡**意見與批評的論壇**。社會需要新聞事業成爲交換意見與批評的論壇。這是說，大衆傳播機構應視自身爲公共討論的工具。新聞事業不可能、也不應發表每一個人的意見。但是，較大的新聞單位，能够並且應該負責發表與自己看法相反的重要意見。

㈢**反映社會團體實況**。社會需要新聞事業反映社會中各成員團體的實況，以及彼此間的意見與態度。這是說，新聞機構對任何社會團體的優點和缺點，應作正反兩面的平衡報導。該會深信，如果人們能夠接觸到一個特定團體的內部生活實況，他們對這個團體，將逐漸產生敬意和諒解。

㈣澄清社會目標與價值。社會需要新聞事業陳述並澄清社會的目標，與價值標準。我們必須認定，大衆傳播機構是一種教育工具，它必須負起像教育家一樣的責任，說明並澄清社會所奮鬥的理想目標。也就是說，不但要揭發社會的黑暗，更應該表揚人類的光明。

㈤充分接觸當前的新聞。社會大衆需要對當前的新聞，獲得充分的接觸，因此新聞事業應當完整的報導當前的事實。在一個現代化的社會中，人民對最新消息的需要，遠甚於舊社會時代的程度。假定傳播機構供應的新聞愈多、愈完整，人民便愈能對公共事務作明智的抉擇。

第三項　當前新聞事業的缺點

自二十世紀後，新聞事業不論在技術及組織方面，都產生了革命性的變化，由於這些變化，不僅擴大了它的範圍，加強了它的速度及影響，同時亦加強了它的商業性。由於濃厚的商業性，進而又產生了左列缺點：（註九）

㈠獨家報導與激情主義。為了吸引更多的讀者，新聞人員傳統的新聞觀念是迅速、接近、衝突、刺激、人情趣味與傳奇。這種標準難免會損害了新聞的正確性與重要性。因此，層出不窮的獨家報導，動搖了人民對這些新聞來源可靠性的信心。同時，由於強調特殊事件，而輕視代表性而具有重大意義的新聞，以致許多影響深遠的新聞，而被犯罪、謀殺、罷工及災禍新聞所取代。

(二)**讀者的壓力**。新聞事業爲了迎合讀者，所以經常陷入報導眞實與迎合讀者之進退維谷中，任何新聞事業都會遭受這種壓力，其中以電影事業最爲嚴重。

(三)**發行人的偏見**。由於新聞事業的商業性，發行人往往以追求商業利潤爲首要目標，而忽略了他應擔負的社會責任。

(四)**廣告的生意經**。廣告客戶影響新聞內容，素爲世人所批評。尤其廣播電視的「廣告節目化」，完全是魚目混珠。這種手法，往往使聽衆以爲「生意經」就是公共意見的討論，因而嚴重危害羣衆及社會公益。所以廣播電視的節目與廣告內容，應予嚴格劃分。

(五)**相互批評的欠缺**。新聞事業透過相互批評，是克服缺點，求取進步的最佳方法。但新聞界鄉愿氣太濃，所以彼此的錯誤、謊言與醜行，都是彼此掩飾，不予揭發。

(六)**從數量上看社會需要與實際表現**。美國絕大多數的人民都有新聞事業的服務，不過高級知識份子，並無適當的服務。同時，由於國際新聞太少，美國人民無法與外界充分的交換消息與意見。因此，如果充分應用新的傳播媒介建立大同世界，必需要有明確的國家政策，並須有政府與私人機構的通力合作，然後才有實現的希望。

(七)**從品質上看社會需要與實際表現**。社會需要有關國內外正確的新聞報導，需要有交換公共意見與批評的市場，更需要澄淸自己社會與其他社會的理想與目標。但這些需要，由於强調迅速、新奇與刺激，所有人的偏見，以及壓力集團的影響，因而都未得到滿足。在新聞事業的產品中，充滿了各種虛構與幻想，結果使傳播內容，單調無聊，毫無意義，並不斷引起社會團體間之誤解與衝突。

綜上所述，可知美國新聞事業，並未滿足社會需要。新聞自由委員會深信，新聞事業在這方面的失敗，是其本身自由的最大危機。

第四項　新聞自由委員會的建議

新聞自由委員會堅認，挽救當前美國新聞自由所面臨的危機，沒有簡單輕易的解決辦法。因此，提出下列十三項建議，包括政府、新聞界、和社會大衆三方面各自應盡的努力。該會深信，新聞界本身和公衆做得越多，而需要政府插手的地方就會越少。我們無意建議政府擴張其干涉新聞事業的行動，而是要澄清政府在大衆傳播活動中應當擔任的角色。(註一〇)

(一)政府應該如何做

1憲法上對新聞自由的保障，應惠及廣播(電視)與電影。

2政府應協助傳播中新的創業活動，鼓勵採用新的技術；透過反獨佔法案，維持大單位之間的競爭；但不宜使用法律解散這些單位，當傳播事業必需趨向集中時，政府應竭力使公衆享受這種集中的好處。

3為補救誹謗事件，政府應制訂法律，賦予受害者提出答辯的權利，或由誹謗者撤銷原來的陳述，並發表更正聲明。

4對主張在社會中從事革命性的變更，但不致引起「明白而立即危險」的言論，應取消法律上的限制。

5政府應透過大衆傳播媒介，向公衆發佈與其政策有關的事實，以及採行這些政策的目的。假定私營傳播機構，不能或不願以這種媒介供給政府使用時，政府應擁有自己的媒介，以宣達政令。

㈡新聞界應該如何做

1.大衆傳播機構應擔負溝通公共消息與意見的責任。

2大衆傳播機構應負責資助其範圍內新的試驗性活動。

3各個新聞事業單位之間，應有積極的相互批評。

4新聞事業應以一切方法，提高其從業人員的工作能力、效率與獨立性。

5廣播事業自行控制節目，對廣告的處理，應以處理廣告最佳的報紙為榜樣。

㈢公衆應該如何做

1非營利性的機構，應在種類上、數量上、與品質上，協助新聞事業提供人民所需要的服務。

2設立學術性兼專業性的中心，對傳播活動從事高深研究，並出版刊物。新聞院系，應利用大學中的一切資源，協助學生獲得最廣泛、最豐富的訓練。

3設立一個新的獨立機構，每年評議並公佈新聞事業的工作表現。這個機構的活動將包括：

(1)不斷努力協助新聞事業釐訂可行的工作標準。

(2)指陳新聞界服務欠週之處，及其集中的趨勢，俾使社會與新聞界共謀補救之道。

(3)調查少數團體無法合理接觸傳播媒介的情形。

(4)在國外調查美國新聞事業所描繪的美國生活概況，並與外國機構合作從事國際傳播的研究。

(5)調查新聞事業說謊的情形——特別重視對判斷公共問題所需資料的錯誤陳述。

(6)對各種傳播機構的發展趨勢與特徵，從事定期性的評議。

(7)不斷評議政府涉及傳播活動的行動。

(8)在大專學院中，獎勵設立研究及批評傳播活動的學術中心。

(9)獎勵為滿足特別讀者的需要，而擬訂的計劃。

(10)對上述九項活動，竭力廣泛宣揚，並行公開討論。

新聞自由委員會認爲，整個而言，上述建議可爲新聞界提供既可負責，又能保持自由的方法。該會相信，如果這些建議得以實現，新聞事業將可更爲接近社會對新聞與意見的傳播，所寄望的理想要求。委員同仁們最感焦慮的是，許多傑出的記者與編輯，認爲他們被迫無法從事他們的專業理想所要求的工作，他們無法爲社會提供其寄望於新聞事業的需要。這種現象繼續發展下去，將阻礙新聞事業履行對社會的責任。

在補救的方法中，該會已建議新聞界以一切方法，培養工作同仁的能力、效率、與獨立性；並且主張新聞院系訓練現有及未來的報人，成爲公共事務的判斷者；從各種不同的方向，使新聞事業得以發展成爲一種眞正的專業。

外來的法律與輿論力量，固然可以防止新聞工作的不良發展；但是良好的工作表現，只能從那些運用傳播工具的人身上產生。

鑒於今天面臨着緊急而棘手的世界問題，以及這個自由社會四周所環繞的危機，足見民主制度與文明系統，現在勢必仰賴自由而負責的新聞事業來維護。如果希望進步與和平，我們必須要有這樣的新聞事業。

第四節　社會責任論的成長

第一項　英國皇家委員會的成立及其建議

「新聞自由委員會」提出社會責任論的觀念後，在美國曾引起報業的激烈反對；但出人意外，這種理論在英國却得到熱烈的反應。

二次大戰後，英國工黨執政，報業大部爲四大報團（羅特梅、凱姆斯萊、比弗布魯克與西敏斯特）所控制，而保守黨控制之報紙高達總銷數百分之八十。同時一般報紙多採激情主義，內容庸俗，均以賺錢爲目的。此乃促使工黨採取管制報業之措施。（註一）

一九四六年，國會工黨議員認爲報業獨佔之情形，應予澈底調查，藉以明瞭獨佔對新聞自由的影響。同年十月廿九日，下院以二〇七票對一五七票，決議設立皇家委員會（Royal Commission On the Press）。該案決議全文如左：

「報業獨佔的趨勢，業已引起社會普遍的關切。為了加強意見之表示自由及促進消息之正確報導，下院認為應立即設立一個皇家委員會，負責調查目前英國報業之資本、經營、獨佔、控制及其所有權的情形。」（註二）

這個議案係由工黨議員戴維斯（Mr. Haydn Davies）所提出。他說：「報人需要新聞自由，但目前眞正新聞自由，僅屬幾位報業老闆，而他們都與工商業有密切關係。」

一九四五年，美國新聞自由委員會主席霍金斯博士，曾率領全體委員赴倫敦考察報業，並與英國政治、社會及報業領袖交換意見。此次訪問，實爲促成英國皇家委員會成立的主要原因之一。

皇家委員會共有十七位委員，以牛津大學羅斯院長（David Ross）爲主席。一九四七年六月，開始搜集證據。在聽取證詞中，共提出一三、二三九個問題。結論於一九四九年六月二十九日發表。主要建議爲成立報業總評會（General Council of the Press），設委員二十五人，該會由發行人、編輯、記者代表二十人及非報業人員五人組成之。

英國下院於一九四九年七月在討論皇家委員會的報告書中，通過以下決議。

「本院對皇家委員會之報告書予以商討後，歡迎報業採取一切可能行動，使該報告結論及建議，得以付諸實施。」

第二項　英國報業的態度

下院決議雖然並不具有法律效力，但使英國報業負有實現下院願望的道義責任。而反對英國報業者，始終沒有放棄對報業的攻擊。

此時報界雖然仍反對成立自律性的組織，但他們如果公然不理下院的願望，無異是給反對報業者更大的口實。

英國報界對下院的決議，顯然陷於意見分歧。一派認爲英國新聞自由，是經無數新聞鬬士，經數百年奮鬭的成果，目前既然政府沒有公然出面管制，自身又何必要自律性的評議機構來約束自己。

尤其是一些報業機構的主持者，對設立任何機構來限制新聞事業，都表示反對。他們認爲報業在任何現代國家，都是屬於最高度個人主義的自由事業。而報人所要求的是自由工作、自由報紙和自由發表意見。

同時對皇家委員會所建議的廿五名評議委員中，應包括非新聞界人士，也不贊同。他們認爲評議會既爲自律性組織，就不應該有報界以外人員加入，正如醫師公會和律師公會一樣，沒有讓非醫師和非律師的人員參加。

但一些老成持重，深具遠見的人士認爲，既然公衆對報業懷有敵意，勢將有人基於政治利益以圖控制報業。爲了贏得這場鬭爭，就必須得到公衆的支持。政府既然已經對報業開始注意，如果報業不能自律，政府可能就以法律來迫使報業屈服。

第三項　報業總評會的成立及其目的

報業總評議會（The General Council of the Press），在政府之强大壓力下，於一九五三年七月一日成立，是英國報業本身的組織。它完全摒棄了皇家委員會邀請報界以外五人入會的建議。英國報界一向認爲外界人士的參加，就是外界對報業的干涉。

評議會的二十五名委員中，包括英國七個報業團體的編輯代表十五人，經理代表十人，分配名額如下：（註一三）

(一)編輯代表包括全國性報紙編輯三人，地方性報紙四人，蘇格蘭報業公會一名，全國記者公會四人，和新聞學會三人。(二)經理代表十人，包括報紙發行人協會四人，日報公會四人，蘇格蘭日報公會一人，和蘇格蘭報紙發行人協會一人。

根據報業總評會的章程，該會成立目的如左：

(一)保持英國已有之新聞自由；

(二)依據最高的職業和商業標準，保持英國報業品格；

(三)批評報業之限制；

(四)鼓勵及促進報業人員之補充、教育及訓練；

(五)增進報業各部門間之協調；

(六)提倡技術及其他方面之研究；

(七)研究報業集中或獨佔之趨勢；

(八)定期出版報告，說明工作情形，並隨時檢討報業發展情況及其影響因素。

第四項 第二次皇家委員會的成立及其建議

總評會在最初十年雖有不少貢獻，但它對一九四九年皇家委員會報告中，所強調的揭露英國報業獨佔的眞相，和容納非報業人員參加的建議，完全沒有採納，因而給予反對總評會者一個有力的藉口。

總評會未採納皇家委員會的建議，容納非報界人士，早已爲反對者所不滿。下院議員在一九五七年五月即對總評會多方責難。

工黨議員阿勞（Frank Allaun），在一項動議修正案中主張加强總評會的功能，並包括非報界人士爲評議委員。柯梭（Anthony Kersaw）議員認爲總評議會的報告書中頗多自滿之處。主張總評會即使備而不用，亦應有使不良報業從業人員永不錄用之權。工黨議員湯姆遜（G. M. Thomson）也主張由非報界人員參加。他主張成立小組，調查報紙的成本。另一工黨議員普拉姆（Leslie Plummer）對當時總評會的組織，能否達成它的任務表示懷疑。他主張總評會應依法設立，並對國會負責。並主張允許大量非新聞人員參加，以阻止報界的腐化。（註一四）下院辯論由內政次長西蒙（J. E. Simon）作一總結：西蒙認爲總評會成立後，表現尚可，而且在裁決申訴案件時，亦能守正不阿。所以總評會成立後，對新聞報導的眞實性與客觀性已經提高，但未能有效阻止報業所有權集中的趨勢。

一九六〇年十二月，下院工黨議員魯濱遜（Kenneth Robinson）對「新聞記事報」和「明星晚報」之被合併表示遺憾，並對報業所有權之集中表示關切，因而提議政府對報業進行調査，並注意獨佔對社會的影響。（註一五）另一工黨議員威金斯（W. A. Wilkins）表示此一趨勢將導致報業獨裁。此外尚有不少議員對兩報的被合併紛紛發言。雖然保守黨政府聲明不擬採取調査行動，並主張此事應由總評會調査，但魯濱遜之動議在下院終獲通過。同時工黨及自由黨對政府不積極採取行動表示抗議。

當鏡報團收購與丹斯報團（Odhams）股權傳出後，給下院帶來了更大藉口，要求政府立即採取行動。

動。麥米倫首相說報業之集中，是因爲生產成本增高所致，這一問題最好由報界本身檢討。後來麥氏又表示他願與工黨及自由黨的領袖，共同討論這個問題。麥氏雖不願意由政府組織調查委員會，但經不起自由黨和工黨的聯合攻擊。最後於一九六一年二月，麥氏終於在下院正式宣佈成立第二次皇家委員會。

第二次皇家委員會（Royal Commission），於一九六一年二月以首相命令成立，以邵克羅斯勛爵（Lord Shawcross）爲主席，其性質、目的可說與一九四六年成立之皇家委員會大致相同。其工作是對英國報紙、雜誌、期刊的經濟、財政因素做一全盤調查，藉以瞭解對英國報業生產與發行的影響。報告應包括：㈠產品、印刷、發行以及其他成本；㈡生產效率；與㈢、廣告與其他收入，包括電視臺的一切收入。根據這些調查結果，以便考慮，是否這些因素，迫使報刊失去控制，使報刊數目日趨合併減少，以致影響到新聞的正確報導與意見的表示自由。（註一六）

皇家委員會於一九六一年四月開始工作，於一九六二年九月中旬向國會提出報告，建議對新聞自由及不同意見應予保持，要點如左：（註一七）

㈠建議設立一個特別法庭，對重要報紙的合併或出售具有許可及保留的權力；

㈡任何報社不得參與電視事業的經營；

㈢要求報業總評會要以更大的權力管理報業集中，報業權力的濫用，廣告商的不良影響及一切非專業性的不良行爲；

㈣要求報紙發行人舉行聯合研討會，藉以增進報紙的生產效率。經理專家發現，倫敦幾家大報，技術工人至可減少三分之一以上，對報紙生產絕無影響；

㈤建議幾家經營不良的報紙，應徵求優良編輯及經理人員，以期增加報紙新的生命。

㈥要求總評會接受第一次皇家委員會的建議，容納非報界人員參加，建議總評會修改會章，應具有必要的制裁權力。要求總評會在每年報告書中，說明報紙所有權和控制權之變更。

第五項　報業總評會的改組

一九六三年七月，報業總評會改組爲報業評議會（The Press Council）在廿五名委員中，五名爲非報界人員。主席一職由前司法大臣及著名律師戴夫林勛爵（Lord Devlin）擔任。新評議會設申訴和常務兩委員會。五位外界委員，經一九六四年一月十四日修改會章後正式認可。非報業人員包括院長、教授、及社會、婦女界領袖。（註一八）

首任非新聞界主席戴夫林認爲非報界人員的入會，對評議會是有益的。一方面非報界人員入會，使公衆知道現在已不是報界審查報界本身的問題。同時非報界人士爲委員，也使評議會知道一般人對一件申訴案件的看法。

自報業評議會成立後，申請案件有顯著增加，茲將歷年案件統計如左。（註一九）

表十六、英國報業評議會歷年接受申訴案件數量一覽表

年　度	申訴案件	年　度	申訴案件
一九六四年	二八三	一九六六年	四三六
一九六五年	三〇四	一九六七年	四一二

一九六八年	四〇三	一九七〇年	四九七
一九六九年	三八五	共計	二、七四〇

由於申訴案件逐年之增加，足證報業評議會，已逐漸取得英國報業、人民之信任與支持，同時證明，社會責任論之觀念，在英國已有顯著之成長。

第五節　社會責任論的確立

第一項　「報業四種理論」一書的貢獻

一九四七年，美國新聞自由委員會提出社會責任論的口號後，立即遭受美國報人的猛烈抨擊（包括報紙發行人協會與編輯人協會）。他們認為委員會的委員，沒有一位有報業經驗，所以該委員會的報告，不僅沒有任何價值，而且可能具有極大危險。在編輯人協會的正式聲明中，並一再強調新聞自由委員會的委員為「左派份子」！（註二〇）

在一九五〇年前後，美國多數報人認為社會責任論是一種危險思想。但各國的政治家、教育家、社會學者，以及一些高級報紙的報人，卻逐漸接受這種新的理論。至一九五五年，甚至美國編輯人協會也改變觀念，並於是年四月廿一日，邀請自由委員會主席霍金斯博士，出席華府編輯人年會為主要演講人。霍氏對他的主人（編輯人協會）很不客氣，他說：「你們太狂妄了！……我不知你們過去何以有那種可笑的想法？」（註二一）

實際而言，新聞自由委員會僅提出兩項概念：一、自由報業已生流弊；二、自由報業應擔負責任。換言之，它祇說明了客觀的事實，並沒有給它完整的理論基礎。因此，有許多人懷疑它的正確性及其可行性。

一九五六年，三位最孚聲望的大衆傳播學學者希伯特（Fred S. Siebert）(註二二)、皮特遜（Theodore B. Peterson）(註二三)與施蘭姆（Wilbur Schramm），(註二四)出版「報業的四種理論」（Four Theories of the Press）一書，以哲學、政治學與歷史學的眼光，研究報業理論。將「會責任論」列爲四大報業理論之一，而且強調接受社會責任論，將爲現代報業的必然趨勢。一九五七年，施蘭姆再著「大衆傳播的責任」（Responsibility In Mass Communication）一書。自此以後，社會責任論乃成爲理想自由報業的燈塔。

第二項　皮特遜院長的理論

美國伊利諾大學傳播學院（College of Communications）院長皮特遜博士，是「報業四種理論」一書社會責任論一章的作者。所以我們可以說，美國「新聞自由委員會」提出了社會責任論的觀念，而由皮特遜確定了它的學術地位。

皮特遜認爲，社會責任論是根據對當前社會環境的客觀分析，與集合很多人的創見而揉合而成的。這正像自由主義不是由一個人發明的一樣。

在社會責任論一章中，皮特遜用大量篇幅闡釋美國「新聞自由委員會」的理論，並解釋英國報業「

皇家委員會」與「報業總評會」的意義。他說「報業總評會」的成立，證明報業巳經接受社會責任論的觀念及服務社會大衆的意識。

皮特遜認爲自十九世紀後，政治逐漸民主化，經濟工業化，與社會都市化。這三大革命，迫使人民需要更多更有意義的新聞，以及富有智慧的解釋。但由於新聞事業商業化，及科學技術的革命，致使新聞事業的單位越來越少，其勢力却愈來愈大，因之新聞事業脫離羣衆，而形成新聞自由的嚴重危機。皮特遜指出當前自由報業的弊端如左：（註二五）

㈠報業本身常為本身目的而運用其巨大權力。發行人祇宣傳自己的意見，特別有關政治、經濟問題，常以自己意見壓倒反對意見；

㈡報業已屈服於龐大工商業，有時廣告客戶控制編輯政策及言論內容；

㈢報業常抗拒社會改革；

㈣報業在新聞報導中，常過份注意淺薄和刺激性的描述，它的娛樂性文字常缺乏實質；

㈤報業的新聞報導，常危害公共道德；

㈥報業的新聞報導，常常並無正當理由，而侵害個人的隱私權；

㈦報業已被工商階級所控制，使從事此項事業的人很難揷足。因此，「觀念與意見的自由市場」遭受威脅。

在自由報業的理論中，報業爲人民權利的監護者。在理論上，它應與任何行業任何勢力分離，包括商業在內。然而事實上，它與商業是無法分離的。因爲它必須靠廣告生存，必須與同業從事商業競爭，它與其他商業有密切關係，同時它自己就是龐大的商業。

在經濟開發的國家，很多知識份子已不再喜歡自由主義。因自由主義的理想已經實現，所以它的主義不僅失去社會背景，而且當前很多問題，都是由於過度「自由放任」的結果。自世界一次大戰後，各國自由黨普遍沒落，就是最好的事實證明。

皮特遜在指出自由報業的缺點後，並進而說明社會責任論報業經營的前提及其基本功能：(註二六)

(一)自由與義務相伴而生，報業在享有特權的情形下，必須對整個社會負責，以履行當代社會中大眾傳播的基本功能。

(二)報業要了解其應擔負的社會責任，並以此為營運政策的根本。

(三)如果報業沒有負起社會責任，則其他機構須負責使大眾傳播媒介的基本功能得以實現。

在社會責任論下的報業，與自由主義理論一致，有六大基本功能：

(一)供給有關公共事務的消息、討論、辯論，以利民主政治制度之實施；

(二)啓迪民智，使民衆有自治能力；

(三)保護個人權益，免受政府干擾；

(四)透過廣告媒介，促進經濟制度之發展；

(五)供給消遣娛樂；

(六)維持經濟上的自給自足，以免受特殊利益之壓力。

社會責任論以為，報業的前三項功能，自由報業做得不够。啓廸民智以促進民主政治的功能，比其他各項功能重要。報業固然有供給消遣娛樂之功能，但須以「良善的」消遣爲條件。報業雖然有必要在經濟上自給自足。但必要時應由政府保障某種傳播媒介，專心服務社會，不必在市場上鑽營求利。

近代個人主義已有集體主義的傾向。社會責任論，正是象徵個人主義與集體主義原則的調和。現代英美資本主義，已深信除了追求個人利益外，企業家應自動服務社會公益。報業在這種現代思潮的激盪下，自動服務公益，擔負社會責任應屬義不容辭。

第三項　華倫委員會的報告

一九六三年十一月二十二日，甘迺廸總統（John F. Kennedy）於達拉斯（Dallas）被刺去世後，由繼任總統詹森（Lyndon Johnson）指定聯邦最高法院院長華倫（Earl Warren）組成七人委員會（Warren Commision），詳細調查這件謀殺案的原因經過。該委員會一九六四年九月提出報告（Warren Report），認爲兇手奧斯華係個人單獨行爲，沒有任何政治關聯，但認奧斯華的被殺，係由於達拉斯警察當局未盡職責與新聞記者要求過份自由以致造成混亂的結果。(註一七)

在華倫報告中，對新聞記者的表現，予以嚴詞譴責。並要求報業應制訂報業行爲信條（Press Code of Conduct），實行自律。

該報告指出：一九六三年十一月廿二日下午二時，自奧斯華被捕後，約有三百位記者衝入達拉斯警察局，並佔據三樓的全部辦公室，以致人潮洶湧，使警察人員的公務無法進行。自奧斯華進入警局後，記者卽蜂湧而上，自電梯、走廊至看守所，一路前擁後呼緊追不捨。尤其攝影記者，可說搶盡鏡頭。當後這些記者不停的樓上樓下，有如穿梭。其中有的佔用打字機，有的搶用電話，甚至有位記者竟藏匿一部電話，以備專供自己向外報告新聞。這時秩序已經失去控制，有些記者坐在辦公桌上討論新聞的可能發展，有的到處大聲喊叫，更有的因門口阻塞而從窗口自由出入。

電視公司動員人數最多，他們的技術人員忙着到處敷設電纜。並在警察局的「戰略要地」，兩具大型的電視攝影機早已架好。它們電光閃閃，交互掃射，不斷攝取鏡頭。至於那些攝影記者廣播記者，比較機動，他們到處拍照及錄音訪問，絕不放過任何機會。以後警察局長克瑞（Jesse E. Curry）在華倫委員會作證，他描述當時警局已經成為一座「魔宮」！

在這種混亂的情形下，警局無法檢查記者的身份，事實上任何人都可進入警局。

在二十二日（星期五）當時，記者藉口為證實奧斯華是否曾受警局虐待，要求兇手奧斯華舉行記者招待會。警局為保持新聞界的「良好關係」及經不起龐大記者團的壓力，竟答應記者的無理要求，而於當晚十二時後將奧斯華帶出，舉行記者會。這時約有一百位記者再度蜂湧而上，競相攝影訪問。大聲喊叫混成一團。奧斯華以犯人身份，根本不願回答任何問題，即有簡單回答，亦為記者之喊叫聲所淹沒。所以這次記者會，大約十分鐘後在混亂中被迫結束。以後證明，刺殺奧斯華之魯比（Jack Ruby），在當日下午及晚間之記者會，均曾在場旁觀。（註二八）

十一月廿三日，警察決定將疑犯轉移至郡看守所。但記者團要求奧斯華之轉移，必須在攝影下公開進行。警局亦答應這項請求，並宣佈約在二十四日上午十時後開始。

至二十四日（星期日）上午九時，警局看守所地下室之門裏門外，業已擠滿新聞記者。照相機、電視攝影機亦均依次排好，嚴陣以待。約十時十分，奧斯華由兩位警察挾持步出拘留所。此時人聲嘈雜，鎂光燈閃閃，而警察努力打開一條通路。但奧斯華前行約十公尺，將接近電視攝影機約四公尺處，魯比突然在左前方人羣中搶前一步，手持「三八」左輪手槍，直接觸及奧斯華腹部，其隨即應聲倒地。因之現場秩序大亂，魯比亦當場被捕。但由於奧斯華已死，致使甘迺廸被刺案件之調查，陷入極端困難。

華倫報告說：「在總統被刺去世後，不幸混亂情勢的形成，新聞事業要負極大責任。」

它又說：「本委員會認為，奧斯華被人槍殺，應由新聞事業與未能有效控制法律秩序之警察當局擔負全責。因此委員會認為，應儘速制訂報業行為信條，有效管理所有新聞事業的記者，顯然為當前最受歡迎之事，而新聞事業本身，亦可因達拉斯事件獲取寶貴的教訓。」

華倫報告最後強調：「為了保證有效管理記者，必須立即採取適當行動，建立新聞事業行為的道德標準。但無論如何，這項責任應由各州及地方政府，律師協會以及社會大眾共同擔任。由於在達拉斯十一月二十二日至二十四日的經驗，是一項具體而深刻的事實，證明需要應採取一切可能措施，以期在大眾保持靈通新聞與個人接受公平審判兩種權利之間保持適當平衡。」（註二九）

華倫委員會對新聞事業的批評，立刻得到美國自由人權聯盟(American Civil Liberties Union)的强烈支持，它說：「我們認為，奧斯華的被殺，是直接導源於警察向報業投降的結果。」達拉斯前鋒時報（Dallas Times Herald）同意這種看法，認為「魯比之所以槍殺奧斯華，主要係由於警局應記者要求發表了轉移疑犯的確定時間。」

「紐約時報」在提到奧斯華為「甘迺廸總統刺客」時，曾正式表示歉意（因法院並未正式判決奧斯華爲兇手）。該報在社論中說：「達拉斯當局在報紙、電視、廣播的教唆鼓動下，在他們處理奧斯華事件的過程中，可說將正義的原則澈底破壞。」當時美國報紙編輯人協會主席布魯克（Herbert Bruker）曾做結論說：「要說明在達拉斯所發生的整個事件，勢將需要一段長的時間。但毫無疑問，電視與報紙必須承擔部份的譴責。」（註三〇）

華倫報告發表後，美國全國十七位報業代表，於一九六四年十月於華府集會，商討該報告有關報業的建議。這些報業代表對制訂「報業道德信條」的必要性表示懷疑，他們認爲如此可能導致報紙扣壓大衆有權獲知的新聞。（註三一）

第四項　司法與律師公會的措施

但華倫報告發表後，無論如何，報業已發現它抗拒社會要求改變犯罪新聞報導的努力，業已完全失去大衆的支持。

一九六四年，司法當局曾給報業最嚴重的打擊。當時聯邦最高法院大法官高德柏（Arthur J. Goldberg 以後曾任美國駐聯合國大使）曾對犯罪新聞的報導予以批評。他說：『美國報紙，在被告正式審判一週以前甚至審判前夕，將被告直接稱爲「兇手」、「强盜」、「無賴」、「不良少年」……，業已成爲慣例。』美國華府上訴法院法官賴特（J. Skelly Wright），亦於此時警告美國報紙編輯人協會說：「在被告接受審判以前，有些新聞是不能發佈的。至少報紙不能影響陪審團的公平判決，這點極爲重要。」他並强調說：「假設報業能够實行自律，確實做到這項要求，那麼目前正在計劃管制報業的一

切措施，勢將自然而且必然消失。」（註三二）

由於報業的保守態度，一九六四年十一月十六日，紐澤西最高法院乃向檢察官、警察、及律師公會發出正式命令。規定在犯罪案件審判以前或審判之中，不得向新聞記者透露任何不利被告的新聞。要點如左：（註三三）

㈠不得透露被告在警局的以前紀錄；

㈡不得透露本案為公開抑秘密審判；

㈢不得透露被告之自白書或供詞。

紐澤西最高法院的此項命令，顯然係基於它的權限決定。因為在一項案件的審判中，它有權力對檢察官、警察及被告辯護律師予以適當之管理。但對新聞事業的制裁，除了引用「蔑視法庭罪」外，法院沒有具體可行的辦法。但這項規定，美國法院是很不願意引用的。

由於紐澤西最高法院的行動，乃揭起社會管理報業的高潮，全國律師協會，為響應華倫報告，乃撥七十五萬美金，從事為期三年的計劃，專門研究律師、警察、報業在保證「公平審判」的前提下應擔負的責任。同時費城律師協會轄有三、七〇〇會員，不久亦正式通過類似紐澤西最高法院命令的業務工作綱領，並積極從事嚴格管制報業的運動。

當麻薩諸塞州，報業與律師協會正式通過報業律師工作綱領（Press-Bar Guide）後，美國大部份報業仍表反對。但不久新英格蘭各州，肯塔基以及西部各州，報業與律師公會，差不多都開始坦誠討論如何限制犯罪報導的問題。最後，聯邦政府司法部，根據紐澤西最高法院及各州律師公會報業公會討論之結果，頒佈統一的工作規程，以資全國司法、律師與報業共同遵守。

此時對管制報業主張最力者，爲奧勒岡參議員摩爾斯（Wayne Morse）。他曾提出一項法案，規定「聯邦各級法院任何人員、警察、被告、辯護律師，如透露任何非法院檔案紀錄或顯而易見的事實，均爲違法行爲。」

第五項　雷爾頓委員會的建議

自華倫報告發表後，最具建設性的運動，是麻薩諸塞州最高法院所組成的「公平審判與新聞自由顧問委員會」（Advisory Committee On Fair Trial and Free Press）。由法官雷爾頓（Paul C. Reardon）擔任主席，所以亦稱雷爾頓委員會。該會建議，對未授權發表新聞的警察及法院官員，應予有效的刑事制裁。並建議各地律師公會與報業應坦誠合作，共同商討確實保證公平審判與新聞自由的具體辦法。

近年美國各地報業與律師協會的合作努力，業已獲得穩定的進展。在一九六七年美國律師協會（American Bar Association）正式通過雷爾頓委員會的計劃之前，美國計有二十一個州已經自動組成「報業律師委員會」（Press-Bar Committee），並擬訂共同計劃，制訂報業自律指導綱領。其中有九州，業已成功的達成協議，並已開始工作；另有八州，正在討論報業自律之細節問題；其餘四州，尚在初步的討論階段。（註三四）

美國律師協會，對於雷爾頓建議限制報業的辦法，寄於極大信心。該會要求對美國律師協會職業道德信條（Canon of Professional Ethics），各種法律執行機關的組織規程，以及法院的各種法規，要有適當的修正，並應賦予足够而必要的執行權力。對違抗命令的警察、法官，應予法律制裁；對違法之律師亦應予以紀律處分，甚至可以註銷律師的資格。雷爾頓委員會建議，在處理犯罪案件時，自疑犯被捕至審判終結，警察、檢察官、法官、律師及其他有關人員，對左列新聞，不得做任何透露：(註三五)

㈠被告以前之犯罪紀錄；
㈡被告之供詞或自白書；
㈢有關證人之身份；
㈣偵察被告之結果（如測謊器等）或被告拒絕偵察之情形；
㈤討論被告顯然的是非問題，包括可能構成犯罪的口實。

在上述規定下，警察在疑犯被捕後，僅能發佈左列新聞：(註三六)

㈠被告之姓名、年齡、籍貫及家庭狀況；
㈡被捕原因及被控告之事實；
㈢逮捕官員之身份；與
㈣調查之經過。

至於檢察官與被告律師，僅許可引用法院有關本案的公開紀錄，而不得加以評論；除此以外，亦可宣佈審詢日程以及司法程序任何階段的結果。

雷爾頓委員會的建議，有些律師及報人，亦認爲實行頗有困難。因在此種規定下，律師爲被告之辯護將受很大限制。在報業方面，雖然法律禁止警察、檢察官與律師發佈新聞，但記者仍可從其他方面獲得犯罪案件之背景資料。所以限制犯罪新聞報導的具體辦法，可能尙需做進一步的研究。最好還是由報業與律師協會主動制訂一套報業自律信條，較爲切實可行。

第六項　報業自律的典範

在當前美國報業自律中，俄亥俄塔利多（Toledo）之時報(The Times)與前鋒晚報（The Blade），可能是一個顯著的典範。兩報均爲小布拉克（Paul Block, Jr.）所有，並自動制訂限制犯罪新聞報導的守則，藉以保障被告接受公平審判的權利。美國律師協會對塔利多報業這種自律信條，曾予極大讚賞。信條要點是：（註三七）

㈠在被告審判前，犯罪新聞報導之範圍：

⑴被告之姓名、年齡、籍貫與住址；

⑵被告之家庭狀況；

⑶被控告之事實；

⑷原告或被害人之身份。

㈡在被告審判時，犯罪新聞報導之範圍：

⑴當大陪審團將起訴書退回法院時，起訴書內容及審訊日期可以報導；

(2)除非在特殊情形下，此項報導不得包括被告以前之犯罪紀錄，任何供詞或自白書，以及可能不利於被告權利的律師陳述。

(三)陪審團人員名單，未得陪審團認可的爭論與證據，均不得發表。

因爲塔利多之報紙，除廣播電視臺外，沒有報紙競爭，所以實行上述報業自律，是不會遭遇困難的。但該報在不影響被告接受公平審判的權利下，保留對任何案件有充分批評的自由權利。他們並且提出，如遇重大暴力犯罪浪潮發生，爲確實保障社會安全起見，較詳盡的分析報導是十分必要的。

美國報業自律，在各州中報業與律師協會合作最有成效者，爲華盛頓、奧勒岡、密蘇里與肯塔基。在雷爾頓報告中，認爲華盛頓州報業與律師協會所達成的協議，爲報業自律最有價值的典範。其工作指導綱領如左：

(一)疑犯被捕後可以發佈的新聞：

(1)被告之歷史背景，但敘述必須遵守正確、高尚及健全判斷之原則；

(2)被控之事實或起訴書之原文，及被害人之身份；

(3)負責調查或逮捕之機關；

(4)調查經過；

(5)被捕疑犯之近況。

(二)被告審判前，發佈新聞的限制：

(1)有關被告品德之意見，有罪或無罪，被告供詞、自白書或證詞；

(2)有關本案偵察、陳述之可靠性，預期之證詞，及有關證據、爭論之意見；

(3)被告以前之犯罪紀錄。

司法、律師、新聞及一切執法人員，如洩漏任何新聞，以期影響刑事審判之結果，均被認爲不當之行爲。

在本質上，華盛頓州的計劃，主要在使新聞事業與律師協會擔負責任，共同保證公平審判與新聞自由。因兩者實爲保障新聞事業與律師協會最切身的利害問題。所以新聞事業與律師協會應該坦誠合作，不可彼此存有控制或嚴厲制裁對方的觀念。尤其在報業方面，必須要有開明的想法。因爲在十九世紀末及二十世紀初葉，報紙有激烈競爭，主要係依賴激情主義新聞報導（黃色新聞）與街頭零售獲取利潤。但現在除極少數大城外，報業已成獨佔狀態，發行幾乎完全是家庭訂戶。所以如果美國報業勇敢接受社會責任論的新觀念，實踐自由而負責報業的功能，認眞實行報業自律；果如此，它不僅不會有任何損失，相反將會增加它的聲望、利益以及提高大衆對它的尊敬與信心。

第六節　美國報業評議會的進展

第一項　報業評議會的倡導

美國報業自律，進展緩慢的主要原因有三：

(一)報人根據傳統新聞自由的理論，認爲自律，必須建立在自願的基礎上，反對任何形式或實質的干涉。

(二)多數報人不相信「報業信條」。他們認爲，爲報人制訂信條，就正像爲汽車司機、理髮師或交通警察制訂信條一樣的不合實際。

(三)美國幅員太大，建立一個全國性報業評議會，似乎是不可能的。

在「新聞自由委員會」的十三項建議中，最後一項是建議成立永久性的新聞評議會。這可能是該委員會認爲達成「自由而負責新聞事業」最重要的途徑之一。自一九五〇年後，這種觀念，在二十多個自由國家中，業已由理論付諸實行，而且頗獲成效；由此證明，「社會責任論」已在各國報業中建立基礎。(註三八) 但在美國本身，却仍停留在初步的試驗階段。

前面說過，「霍金斯報告」於一九四七年發表後，曾受到無情的嘲笑、誹謗及攻擊。約在一九五五年左右，其所含的眞理始逐漸爲人們所發現；但它的建議，直至一九六〇年以後才受到美國報業的重視。

一九六〇年，曾於「阿肯色公報」服務的艾什摩爾（Harry S. Ashmore），在「星期六晚郵報」撰文建議設立報業評議會。同時，溫斯頓．沙勒姆報團（Winston Salem）主席格雷（Gordon Gray），亦建議成立評議會，藉以紀念北卡羅林納大學新建新聞大樓的落成。

在同一時間，哈佛大學發行的尼曼季刊（Nieman Reports），則建議由公益協會（Commonweal）的柯格萊（John Cogley）及蒙他納大學新聞學院院長布魯堡（Nathan Blumbery）共同籌劃報業評議會的組織。此外，曾任參議員及於國務院任職的班頓（William Benton），亦有籌組評議會的計劃。

不過最具建設性的意見，可能是肯塔基路易士維爾郵訊時報（The Courier-Journal and Louisville Times）發行人賓漢（Barry Bingham）的建議。他於一九六三年美國新聞學兄弟會（Signa Delta Chi）全國大會中，建議設立地方報業評議會。當時受到出席人員的十分重視。（註三九）

賓漢認爲美國報紙的報導，確實時有錯誤，因而常常遭受大衆的批評。他認爲成立地方報業評議會，是減少報紙錯誤及改善報業與讀者關係的有效途徑。

目前美國報業與讀者之間的聯繫，只有「讀者投書」。這種古老的方式是不够的。因爲多數報人，通常都不喜歡外人批評。他們認爲讀者對報業外行，觀念錯誤，所以對讀者投書或讀者批評，最習慣的處理方式就是置之不理。事實上，就是報紙提出答覆，也很難使讀者滿意。因根據調查統計，報紙的回答常常有自滿、自大及傲慢的語氣。在這種情形下，編輯、讀者都是各自堅持自己的主觀立場，所以這種批評，根本不會發生作用。

要解決這個問題，賓漢建議應在美國城市中，普遍建立小型報業評議會。他相信這種方式，要比英國全國性的評議會高明。因美國報業分散，各地情形不同，全國性的評議會勢必無法適應。

賓漢建議的地方報業評議會，主張完全由當地最受尊敬的非報業人士擔任委員。每一評議會，至少應有委員三至五位。他們對政治應絕對保持中立，並應自願詳盡閱讀本地或鄰近城市至少四種以上的報紙，藉以相互比較分析利弊。同時，地方評議會是報業與讀者的組織，官方不得參與。如此可減少許多困難，對報業、讀者都有好處。

報業評議會應負責處理讀者對當地報紙的申斷案件，亦可經常主動對本地報紙的實際表現加以鑑評。並由於評議委員與當地報紙主要負責人員的密切接觸，亦可充分瞭解報業所遭遇的各種問題。

賓漢主張報業評議會應公開擧行會議，要常常邀請外界人士參加，爲了引起社會大衆的廣泛注意，主張每年至少在電視上擧行四次會議。

評議會的委員，不應由官方任命，最好由當地的新聞學院院長、大專校長及本地人民團體的領袖共同負責遴選。

爲了評議會工作的順利開展，委員對他的工作必須貢獻相當的時間。最適當的人選，是剛剛退休而對地方事務仍有濃厚興趣的男女人士。有時，具有適當條件的有爲青年亦能找到，他們自願放棄部份時間，獻身這種不尋常的公共服務。

地方評議會的計劃，費用不會太高。必要費用計有報刊訂費，秘書人員報酬及少數辦公費等。至於在電視擧行會議，將會取得免費優待。所以評議會所需之少量經費，可由報紙、新聞學院或基金會直接捐助。

第二項　報業評議會的成立

賓州州立大學新聞系主任古德文（H. Eugens Godwin），爲麥利特基金會（Mellett Foundation）九位理事之一。他說該基金會主要目的，在促進「自由而負責的報業」。

麥利特基金會，係由羅威爾．麥利特（Lowell Mellett）捐助基金四萬元，於一九六五年由美國報業工會（American Newspaper Guild）所設立。該會計有九位理事，其中八位報人，另一位爲新聞教育代表，卽古德文教授。

麥利特基金會成立後，決定進行兩項工作：

㈠與新聞教育學府合作，執行研究計劃；

㈡組織地方性報業評議會，試行報業自律。

一九六七年，基金會決定撥款一六、二五〇元給史坦福大學大衆傳播系，由瑞福斯教授（Prof. William L. Rivers）負責主持爲期一年的計劃。該計劃係在加州的紅木市（Redwood City）與奧勒岡州的本德市（Bend）分別成立兩個地方性的報業評議會，藉以觀察評議會在報業自律中的功能。

一九六七年，麥利特基金會同時資助南伊利諾大學（Southern Illinois University）新聞系，在伊利諾州南部的開羅（Cairo）與斯巴塔（Sparta）兩個市鎭，分別成立實驗性的報業評議會。由該大學新聞系教授史達克博士（Dr. Kenneth Starck）主持。（註四〇）

在組織報業評議會的時候，最棘手的問題，是應當由那些人來擔任評議委員？結果，訂出三項有關委員人選的標準：

㈠報業評議會委員完全由非報業人士擔任；

㈡報業評議會委員必須對地方事務熱心；

㈢報業評議會委員必須代表當地各階層各行業的人士。

同時，特別避免遴選在種族問題上，採取極端好戰立場的人士擔任委員。

「開羅報業評議會」的組成如左：

㈠委員共十五人。

㈡黑人委員五人。

㈢熱心公益的白人委員十人。

每次會議平均有八位以上委員出席。委員出身包括：家庭主婦、婦女團體領袖、學校董事、文化人士、教士、商界領袖，及社會專業團體代表。

「斯巴塔報業評議會」的組織成員：

㈠委員共十五人。

㈡黑人委員三人。

㈢熱心公益的白人委員十二人。

每次會議平均有十一位委員出席。委員出身包括：家庭主婦、社會運動領袖、電話公司經理、律師、退休教員、銀行家、中學校長、印刷廠經理、及農業推廣顧問。

第三項　報業評議會討論的問題

報業評議會討論的問題，可分兩方面：㈠爲直接與報紙有關的問題，例如報紙在社會中的角色，以及有關生產及政策等方面的許多問題。㈡爲和整個社會有關的問題，例如種族關係、貧窮、及失業等重大的社會問題。在討論過程中，這兩類問題經常混合在一起，無法作明確的劃分。總括委員們在會議中提出的重要問題如左：(註四一)

(一)報紙是否必須要有社論？

(二)報紙在一件死亡（Obituary）報導中，列舉死亡原因的政策為何？

(三)報紙批評一般人民的自由限度為何？

(四)報紙採訪地方新聞時，應作何種適當安排？

(五)各級學校在向報紙提供學校新聞時，是否有辦法實行更合理的有效合作？

(六)報紙為何不刊佈本報之言論或意見綱領？

(七)在通訊社的電稿中，如何插入本地角度的報導？

(八)把涉及黑人的犯罪新聞，刊登在顯著地位，是否為報紙的政策？

(九)評論究竟應該是地方公意的表現，抑應是報社或純屬作者個人的意見？

(十)報紙上為什麼不發表一篇有關金恩博士遇刺的評論？

(十一)報紙對於連續性的新聞，是否作有系統的處理？

(十二)報紙是否有義務去接觸那些被認為處於社會邊緣的市民——即長期的失業者，以及那些不關心地方公務的人。

(十三)在報導犯罪新聞時，報紙發表姓名的政策為何？

委員們認爲報紙往往過分强調少數破壞性團體的活動，此舉易使公衆產生錯覺。

關於地方上的問題，除非關係到切身的利害，大多數的人都以冷淡的態度處之。因此，市民需要知道地方的問題，雖然報紙無法單獨解決這些問題，但可減輕某些壓力，報紙應當作爲地方上各種利益團體的論壇。

開羅和斯巴塔兩市的評議會，將成爲永久性的組織，透過報紙和其讀者之間關係的加强，進而改善各自的市政建設。

第四項　報業評議會的成就

根據兩家報紙發行人的看法，評議會有兩方面的成就：

㈠報紙業已進一步瞭解到社會的需要；並且更能適應社會的需要。

㈡由於評議委員們，對報紙的功能及其所面臨的問題獲得了較佳的了解，評議會等於達成了一項公共關係的目標。

評議委員們認爲：由於評議會的活動，他們對於出版報紙有關的事情，得到了較佳的瞭解。他們看到了由於他們的努力，使報紙改觀而感到一種成功的驕傲。並且他們進一步明白了報紙在社會中應有的功能。

開羅「市民晚報」的發行人布朗指出，一位擁有新聞學識的「外人」提供協助、策劃、和指導，是評議會成功的必需條件。

該報對報業評議會的活動，曾發表一篇評論，要點如左：(註四二)

㈠在斯巴塔市成立報業評議會，這是一件空前的創擧，本報除表歡迎外，自認因此獲益良多。

㈡評議委員的人選，事前未能參與意見，但本報認為具有代表性，是斯巴塔市的一群明智之士。

㈢評議會首先確定報紙應負的責任，然後檢討報紙是否已經完成這些責任，此點對報紙的發展，極有幫助。

㈣評議委員對報紙的批評，具有建設性，對報紙內容的研判，要比報人本身客觀。委員們的貢獻令人佩服。

㈤「發動社會改革性的」社論，往往需要作者事先對問題有充分的了解，才能求得明智的結論。而評議會可提供這種了解。

㈥願意接受評議會的建議，對本地的民間團體、市議會、和校董會，進行深度採訪和報導。

㈦評議會對誠實人新聞報以及斯巴塔市，是一項無價的貢獻和服務。

「美國報業工會」在史坦福大學與南伊利諾大學所推行的這項計劃，主要目的在鼓勵全國各地地方性報業評議會的普遍成立。一九四七年，「霍金斯報告」建議成立報業評議會，最初十年曾受到報業的惡毒攻擊。但在二十年後，美國報業工會竟主動成立報業評議會，推行報業自律；儘管目前僅屬地方性之試驗性質，但由此足已證明「社會責任論」的時代價值。

第七節 社會責任論的評價

社會責任論，是報業理論的一項新觀念，其對近代報業的發展，無疑已有重大的貢獻。但無可諱言，亦有其缺點。

社會責任論的貢獻：

㈠建立了新聞事業享受「自由」必須擔負「責任」的觀念，糾正了傳統「新聞自由」不受任何限制的錯誤觀念。

㈡闡釋「言論自由」為人類之基本人權，而「新聞自由」僅為報人之權利。故對「新聞自由」之過份保護，並非一定符合個人及社會之利益。

㈢主張政府得制訂法規，藉以維護新聞與意見之自由流通。

㈣鼓勵各國報業自律之推行，使新聞報導之真實性，及意見表示之公正性大為提高。

㈤由於報業評議會的成立，使受報業傷害之個人或團體，得有申訴洗寃之機會。

社會責任論的缺點：

㈠社會責任論主張新聞事業必須擔負社會責任；否則，得制訂法規，政府與社會團體可「強迫」其履行社會責任。此項觀念不夠具體，並易生誤解。因在自由世界，國會立法直接由政府控制報業，難免產生流弊，並容易成為反對者之口實。（如由國會立法，由社會公衆團體強迫其履行責任，則較可行。）

㈡社會責任論，主張政府得直接經營報紙。此項觀念，亦易生誤解。如改為由政府協助，創辦非營利性之公營報紙（如BBC；NHK之經營方針）則可免除反對者之疑慮。

㈢社會責任論，似乎無法阻止報業商業化之趨勢，亦無法澈底消除報業商業化之流弊。

本章註解：

註一：Willis Moore, *Lectures On Philosophy of Journalism* (Carbondale: SIU, 1964)。

註二：Ibid.

註三：Ibid.

註四：Theodore B. Peterson, *Mass Media and Modern Society* (N. Y.: Holt, 1966) p. 111.

註五：Carl E. Lindstrom, *The Fading American Newspaper* (Gloucester, Mass.: Peter Smith, 1964) P. 54.

註六：Ibid. PP. 55-56.

註七：Commission On Freedom of The Press, *The Free and Responsible Press* (Chicago: University of Chicago Press, 1947)

註八：Ibid. PP. 21-49.

註九：Ibid. PP. 54-68.

註一〇：Ibid. pp. 79-106.

註一一：Royal Commission On The Press, Report Presented To Parliament by Command of Majesty (London: Stationary Office, 1949)

註一二：Herald Herd, *The March of Journalism* (London: Allen & Unwin, 1952) P. 312.

註一三：General Council of The Press, *The Press and the People*, Vol. 1. (London: 1954)

註一四：General Council of The Press, *The Press and the People*, Vol. 4. (London: 1957) p. 8.

註一五：General Council of The Press, *The Press and the People*, Vol. 8. (London: 1951) p. 15.

註一六：General Council of The Press, *The Press and the People*, Vol. 9. (London: 1962) pp. 3-10.

註一七：Ibid.

註一八：The Press Corucil, *The Press and the People*, Vol. 11, (London: 1964) pp. 1-3.

註一九：The Press Council, *The Press and the People*, Vols. 11-17 (London: 1964-1970)

註二〇：Reo M. Christenson, Ed., *Voice of the People* (N. Y.: McGraw-Hill 1962) pp. 108-9.

註二一：Ibid.

註二二：希伯特博士（Dr. Fred S. Siebert）：一九〇一年十二月三日生，一九二九年於伊利諾大學獲博士學位。畢業後留校任教，一九三七年升教授。一九四〇年服務西北大學新聞學院一年，自一九四一年至一九五七年擔任伊利諾大學新聞及傳播學院院長。一九五七年後，應聘爲密西根州立大學傳播藝術學院院長（Dean, College of Communication Arts），以迄於今。希伯特於一九三八年獲伊利諾報業協會獎章，一九六〇年擔任美國新聞教育協會主席。重要著作計有：

1 *Rights and Privileges of The Press* (1934)

2 *Freedom of the Press In England* (1952)

3 *Four Theories of The Press* (1956)（合著）

4 *Mass Media and Education* (1962)（合著）

註二三：皮特遜博士（Dr. Theodore B. Peterson）：一九一八年六月八日生，一九四一年於明尼蘇達大學畢業。一九五五年於伊利諾大學獲新聞學博士。畢業後留校服務。一九五七年升教授，並任該校新聞及傳播學院院長(Dean, College of Journalism and Communications)。曾任美國新聞教育協會主席。重要著作計有：

1 *Writing Nonfiction for Magazines* (1949)

2 *Magazines In the Twentieth Century* (1956)

3 *Four Theories of the Press* (1956)（合著）

4 *Mass Media and Education* (1962)（合著）

5 *Mass Media and Modern Society* (1964)（合著）

註二四：施蘭姆博士（Dr. Wilbur Schramm）：一九〇七年八月五日生，一九三〇年在哈佛大學獲碩士學位，一九三二年獲愛俄華大學博士學位。畢業後留校服務。一九三八年升教授，一九四三年任該校新聞學院院長，一九四七任伊利諾大學新聞及傳播學院傳播研究所主任（Dean, Institute Communication Research），一九五五年改任史坦福大學傳播研究所所長，以迄於今。一九二八年曾任美聯社特派員。二次大戰發生後，先後任國務院、國防部、新聞總署、陸軍部及空軍部心理作戰顧問等職。重要著作計有：

1 *Mass Communicatoin and Modern Society* (1949)（主編）
2 *Process and Effects of Mass Communication* (1954)（主編）
3 *Four Theories of the Press* (1956)（合著）
4 *Responsibility In Mass Communication* (1957)
5 *One Day In The World's Press* (1959)
6 *Impact of Educational Television* (1960)
7 *Mass Communication* (1960)（主編）
8 *Television In The Lives of Our Children* (1961)
9 *Mass Media and National Development* (1964)
10 *Communication and Change In the Developing Countries* (1967)（合著）
11 *Communication In the Space Age* (1968)（合著）
12 *Communication Satellites For Education, Science and Culture* (1968)

註二五：Fred S. Siebert, Theodore B. Peterson, & Wilbur Schramm, *Four Theories of The Press* (Urbana: University of Illinois Press, 1956) pp. 78-79.

註二六：Ibid. p. 74.

註二七：Warren Report, "The Lesson of Dallas" (*The Journalist's World*, Vol. 2, No. 4, 1965, pp. 9-10.)

註二八：Ibid. pp. 10-11.

註二九：Warren Report, As Published in New York Times, September 28, 1964, p. 19A.

註三〇：Herbert Bruker, *Saturday Review*, January 11, 1964, p. 75.

註三一：US Doubts on Code of Ethics (*IPI Report Monthly*, Vol. 13, November, 1964, No. 7.)

註三二：John Hohenberg, *The News Media* (N. Y.: Holt, 1968) p. 242.

註三三：Ibid. pp. 242-243.

註三四：Text of Address by J. Edward Murray, Chairman of Freedom of Information and Press-Bar Committee of the ADNE, before the 90th Meeting of the American Bar Association, Honolulu, August 4, 1967, p. 13.

註三五：John Hohenberg, *The News Media* (N. Y.: Holt, 1968) pp. 251-252.

註三六：Ibid.

註三七：Ibid. p. 253.

註二八：參閱拙著「各國報業自律比較研究」（臺北：政大新聞研究所，民國五十八年）。

註三九：Barry Bingham, "Why Not Local Press Councils" (*IPI Report Monthly*, Vol. XII, No. 11, March, 1964)

註四〇：Kenneth Starck, Community Press Councils In Southern Illinois (Grassroots Editor, Vol. 9, No. 6, Dec. 1968, pp. 3-7)

註四一：Ibid. p. 6.

註四二：Ibid. p. 7.

第六章　三民主義報業的藍圖

第一節　三民主義的報業哲學

第一項　政治制度與報業制度

通常認為：報業制度乃政治與社會制度之一環。因此，極權主義國家必為極權報業，共產主義國家必為共產報業，資本主義國家亦必為資本主義的自由報業。

任何報業制度，均係為其本國之政治、社會制度而服務，極權與共產之報業如此，資本主義之自由報業，亦莫不如此。但資本主義之自由報業，原為傳統自由主義認為是最自由的報業，過去一向認為它是民主政治的靈魂，人民自由權利的監護者。但近年由於報業所有權的集中，一城一報的形成，以及新聞自由的濫用，以致報業成為龐大的商業，它不僅不再服務民主政治，保障人民權利，而且成為目前自由社會的一個嚴重問題。所以美國「新聞自由委員會」以及許多著名的傳播學者，提出社會責任論的報業理論，主張報業必須先對社會「負責」，然後才能享受「自由」。（註一）

從上分析，可知目前世界上共有四種報業理論（極權、共產、自由、與社會責任論），而祇有三種報業制度（社會責任論尚未實行）。非常不幸，目前這三種報業制度，包括自由報業在內，都已發生嚴重弊端。（註二）

然而當前我國報業的經營，大部份是美國資本主義自由報業的翻版。所以不僅商營報紙企業化，就是黨營與省營報紙亦高唱企業化。但在報紙普遍企業化的影響下，美國自由主義報業的流弊也是無法避免的。尤其黨營與省營報紙，它們在「宣傳」與「營利」的雙重任務下，常常顧此失彼，以致不僅不能達成營利的目的，而且也常常不能達成宣傳的目的。這種現象，是很值得檢討的一個問題。

另外還有一個問題，就是我們的三民主義是否同於英美資本主義，或傳統的自由主義？這個答案很顯然是否定的。但目前我國報業的經營，爲何要學習美國報業經營的方法？而且美國報業已經積弊難返，我們何以一定要重蹈覆轍？

前面說過，報業乃社會、政治制度之一環。一個國家實行某種主義，便必然實行某種主義的報業。我國係以三民主義爲建國之最高指導原則，但目前所實行者，却爲英美資本主義的自由報業。這就是當前我國新聞政策與新聞自由觀念，常常發生矛盾的基本原因。所以我們要建立一個三民主義的新中國，便必須同時建立三民主義的新報業制度；否則在建國過程中，報業不僅不能發揮積極的功能，而且還會發生破壞的作用。

根據希伯特、皮特遜與施蘭姆合著的報業四種理論（Four Theories of The Press, 1956），與韋利斯．穆爾（Dr. Willis Moore）的報業哲學（Lectures On Philosophy of Journalism），均認爲任何報業制度的哲學，都是基於對左列問題的基本假定（Basic Assumptions）。（註三）

第二項　人性問題

極權主義認爲人性是「惡」的，所以主張政治獨裁，嚴格管理報業，沒有任何新聞自由。自由主義認爲人類是理性動物，人性是「善」的，能够自行分辨是非善惡，所以主張政治民主，新聞應有充分自由。

國父對於人性具有獨特的見解，他認爲人性有「善」、有「惡」；是進化的，不是固定的、絕對的。他在「孫文學說」第四章中說：

「人類初生之時，亦與禽獸無異；再經幾許萬年之進化，而始長成人性，而人性之進化，於是乎起源。此期之進化原則，則與物種進化之原則不同，物種以競爭為原則，人類則以互助為原則。……此原則行之於人類當已數十萬年矣。然而人類今日猶未能盡守此原則者，則以人類本從物種而來，其入於第三期之進化，為時尚淺，而一切物種遺傳之（惡）性，尚未能悉行化除也。」（註四）

「戰爭本人類之惡性。人類進化愈高，則此惡性愈減。故往昔先進之國，每多偃武修文，鄙戰爭而崇禮讓。」（註五）

民國九年，國父在致湖南省議會電文中又說：

「人類倫理上之最高善意，決不能以孤立之抽象名詞代表之，亦非與世推移所能取得，惟能努力抵抗或征服社會所公認之惡魔……乃真善耳。」（註六）

由上可知 國父認爲人性是由進化而來的。社會愈進步文明，則人類性善之程度愈高。如臻世界大同，則人性必可達至善之境。惟目前進入人類進化之時期尚短，尚不能悉除物種進化時代之惡性。所以國父說當前是「人與人爭」，也就是「善人與惡人爭，公理與强權爭」的時代。在這過渡時期， 國父一向不强調個人自由，更不同意英美放任式的自由。

第三項　國家本質及其與個人的關係

極權主義認爲國家（社會）乃眞理之化身，文化之結晶，眞實之存在，以及上帝在世界之運行（The march of God in the world that is what the State is）。（註七）尤其有些學者，不僅將國家實體化、人格化，而且將它神化。至於個人與國家之關係，極權主義認爲個人爲國家的臣屬，個人沒有意志，沒有目的，不能獨立存在，他必須在國家內才能得到充分的發展。

而自由主義則認爲國家（社會）是抽象的，沒有生命的；國家僅是個人的組合，沒有個人，便沒有社會國家。至於個人與國家之關係，自由主義堅信個人爲唯一存在的實體；有目的，有獨立意志，並有天賦而不可剝奪的權利。而國家之存在，僅是爲了維持社會的公共秩序而已。

基於上述，極權主義特別重視國家，所以主張國家應有無上的權威，充分的自由。但自由主義之理論，却恰恰相反，它認爲國家（政府）之權力來自個人，所以個人之自由權利是至高無上的，絕對不可限制的。

國父對於國家的看法，與極權主義不同。他從未將國家人格化、神化，也不主張國家應有無上的權威。但他對自由主義的見解也不完全同意。因爲國家不僅爲個人之組合，其目的亦不僅在維持社會秩序，而是還有其他更積極的目的。

國父說：「夫國者人之積也，人者心之器也。」（註八）這說明國家乃個人之組合。但他又說：「國家乃人人之國家，世界乃人人之世界。」（註九）又說：「社會國家者，互助之體也，道德仁義者，互助之用也。人類順此原則則昌，不順此原則則亡。」（註一〇）

國父認爲，國家與個人不僅不是處於對立之地位，而且民主國家，還需要一個萬能政府爲人民謀幸福。「孫文學說」第四章曾有這樣一段話：「夫中華民國者，人民之國也。……國中之百官，上而總統，下而巡查，皆人民之公僕也。」國父在演講「女子須明白三民主義」時，他說：「現在建設民國，就是要除去人民的憂愁，替人民謀幸福，要四萬萬人都可以有幸福，把中國變成一個安樂國家，和一個快活世界。在這個國家之內，我們四萬萬人不只一代可以享幸福，是代代可以享幸福的。這是什麼國家呢？就是將來的中華民國！」（註一一）

因此，國父常說：三民主義的目的在建立一個富强安樂的新中國，爲民所有，爲民所治，爲民所享。

在國父思想中，人民的幸福是目的，國家是達成人民幸福的手段。但國家不能獨立富强，則人民的幸福便沒有保障。所以在國父言論中，國家與個人居於同等的重要。尤其在落後或次殖民地的國家，人民不應强調個人自由，而應羣策羣力，加强團結，首先爭取國家的獨立自由。所以國父說：爲了爭取國家自由，軍人、官吏、黨員與學生，都應首先犧牲自由。（註一二）

第四項　知識與眞理的特質

極權主義認爲國家社會之結構，係基於天賦智慧之不平等。統治階級具有最高之智慧，並爲眞理之

主宰，故主張知識與眞理之傳播，應由統治者主持。如柏拉圖「理想國」的人民，係由左列三種人所組成：（註一三）

㈠哲人階級：爲金質人，富理性，爲統治階級；

㈡武士階級：爲銀質人，富勇敢堅毅精神，爲統治輔助階級；

㈢平民階級：爲銅鐵質人，富於慾望，爲勞動生產階級。

傳統自由主義與極權主義相反，強調人類天賦平等之權利學說。認爲知識係經學習與經驗而來，眞理則散佈在每個人之心中，故主張充分言論自由，眞理愈辯愈明。

國父認爲人類之智慧是不平等的。故有「聖、賢、才、智、平、庸、愚、劣」之分。同時他說：「就世界人類得之天賦的才能，約可分爲三種：一是先知先覺的，二是後知後覺的，三是不知不覺的。先知先覺爲發明家，後知後覺爲宣傳家，不知不覺爲實行家。」（註一四）國父在「軍人精神教育」中，並說明人類知識的來源，他說：「智何由生？……約言之，可有三種，一由於天生者，二由於力學者，三由於經驗者。中國古時學者亦有『生而知之，學而知之，與困而知之』之說，與此略同。」（註一五）

國父雖認爲人類智慧有智、愚之分，但並不像極權主義主張「智者」統治「愚者」，而主張以「服務之人生觀」，藉以彌補天生智慧之不平等。他說：

「從此以後，要調和這三種人（先知先覺，後知後覺，不知不覺），使之平等，則人人應該以服務爲目的，不以奪取爲目的。聰明才力愈大的人，當盡其能力，以服千萬人之務，造千萬人之福；聰明才力略小的人，當盡其能力，以服十百人之務，造十百人之福；『所謂巧者拙之奴』，就是這個道理。至於全無聰明才力的人，也應該盡一己之能力，以服一人之務，造一人之福。照這樣做去，雖天生人的聰明才力，有三種不平等，而人由於服務的道德心發達，必可使之平等了，這就是平等的精義。」(註一六)

國父認為以服務人生觀，來補救人類天賦智慧之不平等，這是人類道德的高度發揚。至於傳統自由主義，主張天賦人權與天賦平等之權利學說，國父認為沒有歷史與事實的根據。因為任何民權都是爭來的，不是天賦的。人類的智慧是有差別的，不是平等的。

第五項　三民主義報業哲學的基本原則

報業哲學就是從對「人性」、「國家之性質」、「國家與個人之關係」，以及「知識與眞理之特質」的基本看法，來研究「誰」應享受新聞自由並應如何運用報業，才能達成報業服務社會的理想目標。所以報業哲學的研究，係以新聞自由與報業制度為中心的一個課題。根據上面的分析，我們可將三民主義的報業哲學，歸納為左列五個要點：

㈠新聞自由並非人人享有。三民主義認為「人性」係從「獸性」演進而來，獸性為惡性。國父說：社會愈進步文明，則人類「性善」之程度愈高；否則，則反是。現人類雖逐漸進入文明，但為時尚短，故原有之惡性尚未盡除。同時在人類進化過程中，又有「人同獸爭，人同天爭，與人同人爭」三個階段。而當前就是「人同人爭」，也就是「善人與惡人爭，公理與強權爭」的時代。善人主公理，其性善；惡人主強權，其性惡。故人性「有善」、「有惡」，不可一概而論。俟人類進入大同世界，則人性必可逐漸臻於至善之境。但在當前「善人與惡人爭」之過程中，新聞自由乃「性善」者享有之權利，「性惡」者不得享有之。國父主張「革命民權」，而不主張「天賦人權」，就是這個道理。但何人爲「性惡」？其標準可由其日常行爲判斷之：凡危害人民權益、社會公益，以及國家之獨立自由者，均屬「性惡」之人。

㈡**國家在新聞活動中，應擔任一個積極的角色**。三民主義不主張國家有無上權威，也不主張國家（政府）的權力應少至最小限度。它認爲國家是互助的團體，並應有「萬能政府」才能爲人民謀幸福。同時國家如果不能獨立自由，則人民的自由幸福也一定失去保障。所以國家的基本功能，在造福及服務人民，它不論在任何公共事務中，包括新聞事業，都應擔任一個積極的角色。

㈢**新聞事業應做大衆討論與批評的論壇**。前面說過，三民主義認爲，國家的基本功能在造福及服務人民。國家爲了爲人民創造更多的幸福，還須建立一個「萬能政府」。但人民對於國家創造幸福的方法如何？成效如何？以及人民如何管理這個萬能政府？這些問題，除了行使四種直接民權外，最重要的就是讓人民經常而充分的自由發表意見。所以三民主義的報業制度，就是絕對保證報紙必須做爲大衆討論與批評公共事務的意見論壇。

㈣**新聞事業應是一種教育及公益事業，而不應是一種營利事業**。三民主義認爲人類天賦有「聖、賢、才、智、平、庸、愚、劣」，或「先知先覺，後知後覺，與不知不覺」之分；但不主張聖賢才智統治平庸愚劣，也不主張先知先覺壓迫不知不覺，而是發明以「服務」之人生觀，藉以彌補天賦之不平等。但爲了社會之繁榮進步，必須以先知覺後知，以先覺覺後覺，以聖賢才智領導平庸愚劣。這種覺後知、覺後覺，以及聖賢才智領導平庸愚劣所用的最重要工具，就是新聞傳播事業。所以新聞事業應是一種偉大的教育文化事業，也是達成社會文明和諧進步，不可缺少的公益事業（Public Utility）；而不應該是一種商業（因純生意經，無法達成教育及公益事業的目標）。

㈤**新聞事業應由智慧最高、道德最好的人士主持，而不應由市儈主持**。三民主義認爲新聞事業是教育事業，也是一種服務的公益事業。教育事業便必須由智慧最高的人士主持，服務的公益事業便一定要最富責任心與道德感的人士來負責，否則便不能達成教育與服務人民的目標。同時三民主義的報紙，主要任務在充當大衆討論與批評公共事務的論壇，如果讓商人或權勢階級主持新聞事業，便必然會阻止大衆不同意見的表示，而無法達成報業的積極功能。

第二節　國父對於報業的期望

三民主義的報業哲學，是　國父思想有關報業理論的結晶品。　國父領導國民革命，建立中華民國，四十年如一日。其對內政、外交之方針，政治、經濟制度之規劃，無不有周詳之設計。尤其他的三民主義，建國方略（孫文學說、民權初步、與實業計劃），建國大綱（軍政、訓政、與憲政時期），的確爲「致博大而盡精微，極高明而道中庸。」但對我國報業制度，可惜未有具體之指示，以做我國報業之準繩，實屬遺憾！但　國父從事革命運動，曾創辦很多報刊，以廣宣傳；同時亦常招待新聞記者，發表談話，藉以擴大其影響力。我們從這些報刊、談話以及他的著作中，亦可看出他對報業的殷切期望。

第一項　充分報導新聞

報導新聞，乃報紙之主要責任。人民藉報紙之新聞服務，得以通曉國內外時局之動態，此爲現代國民之必備條件。但滿淸政府實行愚民政策，竟將報紙懸爲厲禁，致使人民生活於黑暗之中。此種情形，國父曾有生動描述：

「（滿淸政府）堵塞人民之耳目，錮蔽人民之聰明。尤可駭者，凡政治書多不得流覽，報紙尤懸爲厲禁。是以除本國外，世界之大事若何？人民若何？均非所知。國家之法律，非人民所能與聞。……所以中國人民，無一非被困於黑暗之中。……近日本提兵調將，侵入國土，除居住戰地之人外，鮮有知中日開釁之舉者。彼內地之民，或並不知世界有日本國。即使微有風傳，但聞一二，亦必曰：是外夷之犯上國，斷不相信敵國之入侵也。」（註一七）

由上所述，可知滿淸政府之愚昧至此，而人民之無知又如此，無怪一再割地賠款，喪權辱國，幾至亡國滅種之禍！

一八九五年二月十八日，國父於香港創立「興中會總會」，發表宣言。在訂立之章程（十條）中，其第三條特別强調應開設報館。其文曰：

「本會擬辦之事，務須利國裕民者方能行之。如設報館以開風氣，立學校以育人才，興大利以厚民生，除積弊以培國脈等事，皆當惟力是視，逐漸擧行……。」（註一八）

國父將「設報館」列爲興中會擬擧辦四大事項之首，足見其對報紙之重視。設立報紙之主要目的，在充分報導國內外之重要新聞，藉使人民以聰耳目，增廣見聞，以期人人均成能爲一個現代國民。

第二項　擔負教育責任

國父從事革命，十分重視宣傳。他說：「我們從前手無寸鐵，何以會革命成功呢？就是由於宣傳……。」（註一九）

國父認爲宣傳是「以先知覺後知，以先覺覺後覺」的神聖事業。如果宣傳的觀念是利國裕民，有益社會，那麼宣傳就是教育。他說：「宣傳的奮鬬，是改變不良的社會，感化人羣。」（註二〇）他又說：

「我們用以往的事實證明，可知世界上的文明進步，多半是由於宣傳。譬如中國的文化，自何而來呢？完全是由於宣傳。大家都知道，中國最有名的人是孔子，他周遊列國是做什麼事呢？是注重當時宣傳堯舜禹湯文武周公之道；他刪詩書作春秋，是為什麼事呢？是注重後世宣傳堯舜禹湯文武周公之道；所以傳播到全國，以至於現在，便有文化。今日中國的舊文化，能夠與歐美的新文化，並駕齊驅的原因，都是由於孔子在二千多年以前，所做的宣傳工夫。」（註二一）

一八九九年，國父命陳少白在香港創辦中國日報，是第一張革命報紙，爲興中會之機關報。以後隨之創辦的革命報紙，計有檀香山的檀山新報（一九〇三），民生日報（一九〇七），舊金山的大同日報（一九〇二），新加坡的圖南日報（一九〇四），緬甸的仰光新報（一九〇三）等。一九〇五年，同盟會在東京成立，隨之發行「民報」，爲宣傳革命之總樞紐。他說：

「同盟會成立後，首在日本東京創刊『民報』，鼓吹革命，並正式揭出民族、民權、及民生三

大主義的旗幟，以為號召，於是革命思想遂傳播於全國，革命行動，亦再接再厲。」(註二二)

國父並爲「民報」親撰發刊詞，在他說明三民主義之含義及其爲世界必然之趨勢後，最後特別說明「民報」之責任。他說：

「惟夫一群之中，有少數最善良之心理，能策其群而進之，使最宜之治法，適應於吾群；吾群之進步，適應於世界，此先知先覺之天職，而吾民報所作為也。以非常革新之學說，其理想灌輸於人心，而化為常識，則去實行也近，吾於民報之出世覘之。」(註二三)

第三項　服務民主政治

國父認爲報業服務民主政治的途徑有三：一爲讓人民講話，二爲領導輿論，三爲支持民主政府。當然報紙應充分報導新聞，使人民瞭解公共事務，也是報紙服務民主政治的前提。他說：

「現在中國號稱民國，要名實相符，必須這個國家真是以民為主，要人民都能夠講話，的確是有發言權，像這個情形，才是真民國。如果不然，就是假民國。」(註二四)

但人民到底在那裡發言呢？民主國家，人民發言的機會，一是議會，一是報紙。然而議會僅是少數人民代表發言的場所，所以人民講話最重要的地方只有報紙。美國「新聞自由委員會」認爲，報紙必須做爲大衆討論與批評的意見論壇，也是基於這個道理。由於上述，可知言論自由不僅爲民主政治的靈魂，而且也是新聞自由的實質。所以報業必須爲民主政治之言論自由而服務。否則報業所享之新聞自由便毫無根據。此外，國父認爲言論自由，不僅可使民國名實相符，而且還是社會進步的動力。他說：

「以前政府做事是很寬大的，譬如公天下的時候，堯把天下讓給舜，舜把天下讓給禹，政府把天下的政權都可以讓給別人，其餘對於人民的事情，該是何等寬宏大量呢？就是家天下的時候，湯武革命，順乎天應乎人，弔民伐罪，也都是求人民的幸福，所以人民便能夠自由去發展思想，便有思想去求文明的進步。到了後來，政府一天專制一天，不是焚書坑儒，便是興文字獄，想種種方法去束縛人民的思想，人民那裏能夠自由去求文化的進步呢？」（註二五）

至於報業領導輿論，國父認爲極爲重要。他說：

「你們報界諸君，在野指導社會，也是一樣。諸君都是先覺先知，應該以先知覺後知，以先覺覺後覺，盡自己的力量爲國民的嚮導。……令民衆知道自己的地位，中國現在要和平統一的重要。……

「中國以後之能不能統一，能不能和平統一，就在這個國民會議能不能開成，所以中國前途的一線生機，就在此一舉。如果……眞是和平統一，全國人民就可享共和的幸福，……中國便可造成一個民有、民治、民享的國家，就是全國人民子子孫孫萬世的幸福！今天招待各位記者，請諸君分擔這個責任……。」（註二六）

關於報紙對於民主政府的態度，國父亦有說明，他說：

「近覩上海各報，言論不能一致，今回粤省，見各報之言論，亦紊亂而不按公理，攻擊政府。不知一般人重視報紙，每謂報紙經載，必有其事，以致人心惶惶，不能統一。……報紙在專制時代，則利用其攻擊，以政府非人民之政府；報紙在共和時代，則不利用攻擊，以政府乃人民之政府也

。」（註二七）

國父此言，仍值得民主國家之報紙深思。政府如有錯誤，自可予以合理之建議批評，但不可自認係處敵對立場，濫施攻擊。

第四項　促進國家建設

近年歐美大衆傳播學者，如施蘭姆等，特別注重研究傳播媒介在國家開發中應擔任的角色。此項觀點，國父在民國八年「建設雜誌發刊詞」中早有同樣主張。他說：

「八年以來，國際地位，猶未能與列強並駕，而國內則猶是官僚舞弊，武人專橫，政客搗亂，人民流離者，何也？以革命破壞之後而不能建設也。所以不能者，以不知其道也，吾黨同志有見及此，故發刊建設雜誌，以鼓吹建設之思潮，闡明建設之原理。冀廣傳吾黨建設之主義，成為國民之常識，使人人知建設為今日之需要，使人人知建設為易行之功。由是萬衆一心以赴之，而建設一世界最富強、最快樂之國家，為民所有，為民所治，為民所享者，此建設雜誌之目的也……。」（註二八）

第五項　報業應該公營

民國十年十月，國父完成實業計劃一書（原爲英文），該書旨在實行民生主義，並劃定公營與民營事業之界限。全書共有六大計劃，其內容是：㈠北方大港；㈡東方大港；㈢南方大港；㈣鐵路交通；㈤食、衣、住、行、及出版工業；㈥礦冶工業。由上可知國父將出版工業（新聞事業）列爲民生必需工業之一環，而與食、衣、住、行同等重要。其中有關出版工業部份，計有左列說明：

「此項工業，為以知識供給人民，是為近世社會之一種需要，人類非此無由進步。一切人類大事，皆以印刷記述之；一切人類知識，皆以印刷蓄積之；故此為文明之一大因子。世界諸民族文明之進步，每以其每年出版物之多少衡量之。……吾所定國際發展計劃，亦須兼及出版工業，若中國依予實業計劃發展，則四萬萬人所需出版物必甚多。須於一切大城鄉中設立大印刷廠，出版一切，自報紙至百科全書。各國所出新書，以中文翻譯，廉價出售，以應社會公衆之所需，一切書市，由一公設機關管理，結果乃廉。」（註二九）

國父認為，一切大城鄉設立之大印刷廠及書局應由公營。大印刷廠為報業之主要部份，故報業似屬亦應公營。但究竟全部抑部份公營，未曾詳述。然三民主義之報業，其主要目的在使人民發言，提高人民之文化水準，以及建立一個富强康樂的新中國，故其絕非純營利之工具，當屬無疑。

第三節　蔣總統的報業思想

總統領導北伐，統一全國後，即遵照　國父遺教建國之程序，結束軍政，實施訓政，由中國國民黨代替全國人民，行使政權。在報業方面，特頒佈「黨報設置辦法」，規定中央宣傳部，在中央政府所在地發行中央日報；以後其他重要城市，如北平之華北日報（十八年），漢口之武漢日報（十八年），天津之民國日報（十九年），西安之西京日報（二十二年）廣州之中山日報（二十五年），以及重慶、成都、貴陽、昆明、屯溪、福州、長沙、上海等地之中央日報，均由中宣部直接發行。在各省會所在地，則由省黨部發行民國日報，而縣黨部亦多發行油印之基層報；如此乃形成金字塔形之全國黨報系統網。總統對報業的指示，最重要者計有三大文獻：㈠「今日新聞界之責任」，民國廿九年三月廿三日，對中央政校新聞專修班一期畢業同學訓詞；㈡「怎樣做一個現代新聞記者」，民國廿九年七月廿六日，對中央政校新聞專修班二期畢業同學訓詞；㈢「中國新聞學會成立大會訓詞」，民國三十年三月十六日講。這些指示，立意深遠，條理清晰，理論與實務兼備，實可做爲三民主義報業之基本方針。茲將要義摘錄於左，藉供我國報業今後發展之參考。

第一項　報業的重要性

總統在「中國新聞學會成立大會訓詞」中，認爲新聞記者之工作，實爲教育家、歷史學家與救世者，必須羣策羣力，研究學問，砥礪道德，始可達成其使命。他說：

「新聞記者非可媲於普通之職業，以其任務相當於教育，而影響每及於國運之消長。故新聞記者之就業，決非僅視為生活之所資，而必另有其高尚之目的。如以新聞事業比之於教育，則國境以內，皆為其教室；而全國讀者，胥受其薰陶。抑且四方覘國之行人，藉是而察國情，調查後代修史之學者，藉是而稽國故焉。以空間言，則溝通內外，以時間言，則貫串古今，是以新聞記者必自待甚厚，而自修甚篤，不以艱辛而改其業，不以困難而輟其功，新聞記者所進以維持其恒久之群力者，唯救世之抱負，與日新又新之興趣。然而獨弦之鳴不成樂，故必群策群力，而後其抱負斯宏，獨學無友則寡聞，故必相觀相摩，而後其興趣斯永！……貴會由新聞研究者與從業者之聯合，願在三民主義之最高指導方針下，研究報學，改進報業，肅斯旨趣，砥礪報業之道德，維持報界之榮譽。固諸君之志，亦國家之幸。」（註三〇）

第二項　報業的責任

總統在「今日新聞界之責任」中，具體說明報業應擔負之責任有四：㈠普及宣傳（宣傳卽教育）；㈡宣揚國策；㈢促進建設；與㈣發揚民氣。他說：

「總理有言：宣傳卽教育。故新聞記者應爲國家意志所由表現之喉舌，亦卽爲社會民衆賴以啓廸之導師。我國五十年來國民革命之事業，其由萌芽而發展而成熟，皆與新聞界有極深之關係，其消長進退之機，亦視新聞界之認識與努力以爲斷，凡新聞界之努力與建國方針相適合者則革命之進展必迅速，反是則必遲滯而多阻。今當全國努力抗戰之時，我新聞界爲國奮鬬責任之重大，實不亞於前線衝鋒陷陣之戰士，如何宣揚國策，統一國論，提振人心，一致邁進，以達驅除敵寇，復興民族之目的，而完成三民主義國家之建設，實唯新聞界之積極奮起是賴。

「余以爲下列諸點，應爲今日新聞界共同黽勉之目標：一曰善盡普及宣傳之責任。我國報紙銷行數量，較之幷世各國，顯爲落後，銷行區域，更有偏重都市交通線之缺點。抗戰軍興，此弊漸見改進，今後趨勢，必爲地方報紙之日見推廣。內地辦報夙稱困難，然正惟困難，更有待於努力，新進之新聞記者，宜以篳路藍褸之精神，向困難最多而前途希望最大之內地，散播文化之種子，提高人民之智識。依吾人之理想，宜使平均，每五縣或三縣有一規模完善之地方報紙，印刷不求其精美，內容必期其充實，補社會教育之不足，爲地方進步之動源。

「**二曰善盡宣揚國策之責任**。一切言論記載，悉以促進我國民獨立自尊心，養成我國民奮鬬向上心爲旨歸。處處遵守抗戰建國綱領，時時不忘國家至上，民族至上。其剖析國際局勢，不惟求其詳實，求其精要，尤當以中國利害觀點爲中心，而後讀者始感眞切而有益。其介紹國家重要政令也，不唯揭載法規之全文，尤當爲之提示要點，解釋主旨，使國民輾轉告語，由明法而進於守法。

「**三曰善盡推進建設之責任**。余以爲我國今日，實已進入眞正開始建國之一新時期，故報紙之使命，亦隨之而入一新時代。昔日報紙之所重者爲政治，今後應重在經濟與生產，昔日報紙採取新聞之主要對象爲官署機關，今後應爲農村，爲工場，爲合作社，爲一切生產之組織。報紙之篇幅，與其以人民不感關切之普通新聞充數，無寧盡量介紹經濟建設之實例，與討論生產改進之方法。吾人理想中之國家，爲生產進步，國力充實，民生均足之國家，則我全國之報紙卽應於此方向多多致力以爲之先導。

「**四曰善盡發揚民氣之責任**。吾人今當努力抗戰，同時又努力建國，必當善導國民，共履忠義奮發之正道，奸邪在所必斥，正氣在所必揚。故積極方面應充分表彰戰區軍民英勇節烈之事蹟；消極方面，宜鄙棄輕薄浮靡之文字，盡掃頹廢無聊之氣氛。吾人須知謹嚴非卽爲枯燥之別名，而趣味之養成，亦自有其辦法，新聞界人士悉心研究，自能得之，此於教育國民，實有甚大之關係。

「綜上所述，皆就新聞界今日應負之使命而略示吾人努力之方向。……我新聞界能日新又新，導國民以前進，則國民必相率而前進，我新聞界能同德同心，扶持我國運於共同之正鵠，則國民亦

自集中意志力量以趨於一鵠，此則全賴新聞界在人才有新的補充，在技術精神有新的修養，以共負此千載一時之任務。」（註三一）

第三項　新聞報導的要領

總統認為新聞報導的要領，第一是迅速，第二是確實。而報業最大的缺點是報導錯誤與發行遲緩。他說：

「新聞報導，第一是迅速。要知道新聞之所以成新聞，就在於其內容的新穎，所以新聞特別注重「時間」的因素。因為現代國家機構日趨緊密，國際關係錯綜複雜，一切國內外的政治、外交、經濟、軍事之演變，眞是瞬息萬端，一樁事情發生之後，報導稍一遲延，卽成陳跡，時效一失，卽無價值可言！所以新聞的時間，就是要用分秒來計算。……

「第二是確實，本來迅速確實，是任何人——無論士農工商——辦事的基本原則，而從事新聞事業尤要特別注意。如果新聞傳播失實，或竟完全虛僞，結果必致失掉讀者的信譽。讀者對我們的記載既有懷疑，那你無論化多少經費，都毫無用處——所以我們無論寫一條新聞，或是作一篇評論，都要根據客觀的事實，經過確切的調查，運用個人的理智，總要力求翔實，力求正確，以樹立本身的信譽。……

「現在我們中國新聞事業的缺點：第一是新聞不確實，甚或故意歪曲事實而作虛僞的報導，因之讀者對報紙不發生信仰。……第二就是遲緩。本校長從前無論在南京、南昌、漢口，以及現在到

了重慶，都規定當地報館，每天在早晨八點以前一定要出報。……」（註三二）

第四項　報業經營的原則

總統認爲現代新聞事業，絕非純粹商業，所以其經營原則應力求普及，不應以營利爲目的。他說：「……無論辦報紙，辦刊物，一定要求其銷行之普及，而不可以營利為目的。本來現代新聞事業的經營，決不是純粹商業的性質，而是要求達到宣達民意，指導輿論，貫澈國家宣傳政策的目的。因此一般從業人員，一方面必須以犧牲服務的精神，盡我最大的貢獻，一方面要盡量減輕讀者的負擔，滿足大衆的需要，以求出版物之普遍行銷。而我們現在的新聞事業，要闡揚三民主義，宣傳一貫國策，更要以服務為目的，不僅不能以營利為目的；而且要不惜成本，不惜犧牲，充實內容，提高效率。要本此精神來經營，然後新聞事業纔能普遍深入社會民衆，纔能真正發生宣傳效果。但是現在本黨所經營的新聞機關或書店，有少數不僅不能提早其刊物的出版，革新刊物的內容，甚而志在營利，毫無服務精神，且其盈餘又不用之於事業本身，作不當的分配，像這樣以黨國宣傳文化事業為營利的機構，其在社會上所發生的不良印象，與貪官汚吏有何分別？……」（註三三）

第五項　記者應有的修養

總統認爲新聞記者爲社會的導師，輿論的主宰，其地位高尙，所以一定要砥礪品德，堅定立場，禮貌周到，經驗豐富。他說：

一各位要知道，你們此次畢業之後所擔負的責任，是要改良中國的新聞事業，整頓中國的新聞機關。如果我們不能盡到這個責任，不能爲中國新聞事業樹立良好基礎，那末，社會人士對於新聞記者不良的觀念，就永遠不能改變。……要知道，現代新聞記者就是社會的導師，他們主宰社會輿論，他們發表一篇評論不僅可以領導民衆，而且還可以影響政府。各位學生到本校受新聞訓練，不僅要學習專門技術，尤其要認識新聞記者的地位和責任。

「唯其新聞記者的地位如此高尙，責任如此重大，所以我們第一件事就是要修養新聞記者的品德。我們要作一個現代的新聞記者，首先要確定立場，抱定宗旨，爲了貫澈立場達成宗旨，我們一定要有富貴不能淫，貧賤不能移，威武不能屈的精神，……要以國家民族的利益爲我們奮鬪的目標，既不可隨波逐流，喪失革命精神，更不可憑個人的恩仇好惡，感情用事。

「……其次我們要作新聞記者——尤其是外勤記者——對於上中下各級社會都要接觸，因此我們無論對那一界的人士，格外要和藹可親，禮貌周到，使人人都樂意接近我們，供給我們的消息。同時我們接觸的社會既廣，就一定要有極豐富的常識，對於各種社會環境尤必有深刻瞭解，才能與各種社會保持密切的聯繫。而且我們消息的來源既多，就不能不有判斷的能力，要能察言觀色，即可以判斷消息眞僞和價值。這種判斷的能力，固然不是一朝一夕所能養成，但必以常識爲基礎，而加以經驗的積果，就慢慢可以造成我們判斷的正確。……」（註三四）

第六項　犯罪新聞報導應予管理

總統在國民黨八屆五中全會，曾經痛切針砭當前的社會風氣。指示在新聞文化方面「要有決心肅清一切黃色、灰色、黑色、誨淫誨盜，和造謠誹謗，擾亂視聽，妨害反攻工作的報刊、歌舞、和影劇。」他又說：「各報對盜刼姦淫一類新聞，每每任意渲染，甚或記載失實，對社會風氣與青年心理，均易發生不良影響。」（註三五）所以 總統在民國五十二年四月十七日，在對「第一次新聞工作會談」訓詞中，特別要求新聞界「要站在時代的前面，不可落在時代的後面；要站在道德的前面，不要落在道德的後面；要成爲社會進步的精神標竿，不可成爲社會進步的絆脚石。」他並提醒新聞從業同志，新聞人員眞是「一言可以興邦，一言可以喪邦。」（註三六）

第四節　世界報業的趨勢

世界報業的趨勢，一是技術的，一是觀念的；在此討論者限於後者。

第一項　社會責任論的誕生

二次大戰前，世界上只有極權、共產與傳統自由報業三種制度，直至一九四七年，才有「社會責任論」的誕生。此種理論係基於左列事實：（註三七）

㈠自十九世紀末，報業由社會文化事業，逐漸演變爲純粹營利之商業；而新聞自由亦變爲報紙發行人營利之自由。

㈡商業報紙激烈競爭之結果，使報紙所有權日趨集中，形成「一城一報」之現象；因之民主政治所依賴之「意見自由市場」隨之消失，與報社不同之意見，亦逐漸失去表示之機會。

㈢商業報紙以「黃色新聞」爲營利之手段；誨淫誨盜，誇大渲染之報導，成爲社會犯罪之導師。

㈣商業報紙之色情與犯罪報導，常常危害善良風俗，破壞公共道德，誹謗他人名譽，以及無故侵犯個人之隱私權。

㈤商業報紙內容，過份偏重娛樂性，致報紙失去社會教育之意義。

㈥商業報紙過份依賴廣告，致廣告客戶常常干涉新聞及言論政策。

㈦商業報紙，爲了爭奇鬬勝，譁衆取寵，常常洩漏國家機密，影響國家安全。

社會責任論（Social Responsibility Theory）之理論，係基於傳統的自由主義，但超出自由主義。該委員會認爲，新聞自由以「社會責任」爲規範，報導新聞必須正確而有意義。爲實現這種理想，委員會在報告中建議政府，在某些方面可以制定法規，藉以保證報紙實踐它的責任與功能。該委員會甚至建議：「假設私人新聞事業對社會未能善盡責任，則政府即可直接經營新聞事業，藉以保障人民知的權利，及保持消息的充分流通。」

社會責任論，暗示新聞事業須先承認一個前提，即它們必須服務社會，才能保障它們的存在。同時，暗示政府對於現行報業制度應予干涉。（註三八）

第二項　新聞自由的新觀念

自十七世紀以來，一直認爲新聞自由是一種天賦人權，是絕對不可剝奪的。它傳統的含義是：「報紙在發行前不須接受檢查，而在發行後擔負法律責任的一種自由。」當前國際新聞學會（IPI）是世界爭取及維護新聞自由最重要的一個團體，它認爲新聞自由有四個含義：（註三九）

㈠自由接近新聞（Free Access to the News），即採訪自由；

㈡自由傳播新聞（Free Transmission of News），即新聞傳遞自由；

㈢自由發行報紙（Free Publication of Newspapers），即出版自由；

㈣自由表示意見（Free Expression of Views），即意見批評自由。

但由於近代報業的商業化，以及報業獨佔與廣告客戶的交互影響，致使這些權利與一般人民的自由權利沒有太大關聯。玆將近年有關新聞自由最新的觀念列舉於左：

㈠霍根博士的見解

霍根博士（Dr. William E. Hocking）是哈佛大學教授，曾任美國新聞自由委員會（Commission On Freedom of the Press）委員，一九四七年著新聞自由（Freedom of the Press）一書，由芝加哥大學出版。該書首次分析新聞自由與言論自由的不同。他說新聞自由不是一項基本人權，而是一種道德權利，僅爲報紙發行人所享有。而言論自由才是人類的一項基本權利，它應受憲法的保障，絕對不可剝奪。而新聞自由祗有充分反映個人的言論自由及厥盡道德責任時，才應受到憲法的保障（註四〇）。這項理論，以後成爲社會責任論的基礎。

㈡皮特遜院長的分析

皮特遜博士（Dr. Theodore Peterson）一九五六年首先完成「社會責任論」的理論體系，他說美國報紙發行人，祗宣傳自己的意見，特別有關政治、經濟問題，常以自己的意見壓倒反對的意見，因此使「意見之自由市場」遭受威脅。（註四一）

基於以上理由，皮特遜亦否認新聞自由是一項基本人權。他認爲祗有新聞事業改正以上缺點，服務公益，擔負社會責任，然後新聞自由才有價值。

(三)詹遜主筆的意見

一九五八年，前巴的摩爾太陽報主筆及新聞評論家詹遜（Gerald Johnson）發表危險與期望（Peril and Promise）一本名著，他明白指出新聞自由不是一項基本人權，而是報紙發行人的一種特權。他說：「在一個城市中，除報紙發行人外，無人享有新聞自由。這種自由，對其他任何人的價値實在太少，所以不應該由社會强烈維護。我個人深信，除非報紙發行人接受社會責任論的觀念，否則新聞自由必然將受某種形式的政治干涉。」（註四二）

(四)以色列司法部長的名言

以色列是二次大戰後新建立的一個國家，它報業的歷史雖然很短，但報導也有誇大渲染的傾向。尤其以新聞自由的美名用以誹謗個人名譽及侵犯隱私權（Privacy）的情形，特別令人寒心。因此於一九五九年，以色列的司法部長提出一個口號，就是「必須保障個人自由免於新聞自由的侵犯。」（It is necessary to safeguard individual freedoms from being infringed by the freedom of the Press.）以色列的新聞事業在這個口號的壓力下，終於自動制訂了「報業道德信條」，成立報業評議會，成爲世界報業自律最有成就的國家之一。而且這位部長的名言，以後在義大利、奧地利、南非聯邦以及其他國家，一再被人引用。由此可以明白，現在新聞自由，不僅不再是一項基本人權，而且還可能成爲人民自由權利的一種災難。這項事實，是當前新聞界領袖與政治領袖，值得深深思考的一個問題。

總之，新聞自由是項神聖的權利，它解放了人類的思想，創造了民主政治，更爲人類帶來了無上的尊嚴！但自十九世紀末葉，新聞事業商業化後，由於濫用新聞自由，以及新聞事業所有權的集中，以致新聞自由不再是人類的一項基本權利，而成爲商人追求利潤的一項手段。當前社會責任論的興起，主要目的在阻止新聞事業過份商業化的傾向；要求新聞事業將服務民主政治，保障人民權利，及促進公共利益列爲第一目標，然後新聞自由才是人類名符其實的一項基本權利。

第三項　主張積極的新聞自由

根據新聞自由的傳統觀念，完全是一種消極的自由，卽免於干涉的自由（Freedom From……），而現代新聞自由的觀念不僅是消極的，而且要有積極的觀念，卽新聞自由應做些什麼（Freedom For……）。

新聞自由的積極意義，在保障個人自由及促進社會利益。所以僅保障消極的新聞自由，不一定就是個人或社會利益受到保障。祇有新聞自由獻身於個人及社會利益時，這種新聞自由才有價值，才能成爲一種被保護的權利。

現代新聞自由的威脅，除政府外，尙有黃色新聞的氾濫，報業所有權的集中，發行人的偏見，利潤之追求，廣告客戶的壓力，工會，壓力團體，文盲，經濟落後，新聞人員之品質，社會偏見以及其他因素等。所以哈佛大學賈非教授（Zechariah Chafee, Jr.）認爲目前新聞自由的威脅，政府的原因不到十分之一。（註四三）因此，如認祇要解除政府威脅就可實現新聞自由的想法，顯然不切實際。

新聞事業應先健全自己，然後以全力排除外來的一切威脅。不過欲本身發揮强大之影響力，首先應發揮新聞自由的積極意義。卽必須發揚報業的服務觀念，維護自由社會之正常發展。換言之，新聞事業要有責任感，它必須滿足公共需要，保障人民權利，而向社會負責。新聞事業必須明瞭，它自己的錯誤與缺點，已不再是私人的狂妄行爲，實已構成社會大衆的嚴重危機。（註四四）當前的新聞自由，只有成爲一種積極而負責的自由時，才能繼續存在。一九六六年九月，奧地利報人甘兹・南寧（Günther Nenning）在國際新聞學會月報（IPI Report Monthly）發表「消極與積極的新聞自由」（Negative and Positive Press Freedom）一文，對此有詳盡的發揮。（註四五）

第四項　要求國家保障新聞自由

在極權政治下，國家（政府）爲新聞自由的主要威脅。所以新興的民主國家，在習慣上仍時時對政府提高警覺。但在目前歐美及新聞事業先進國家，新聞自由所受的威脅，政府因素不到十分之一，所以僅監視政府，仍不能實現新聞自由的眞諦。

霍根教授（William Ernest Hocking）認爲「現代生活的藝術，在如何利用權威，而仍能保持自由。」（註四六）這句話的意義與　國父「權能劃分」及「萬能政府」的原理，完全相同。如電力、水力與自然科學，都是一種强大的力量，但祇要有效控制，就可以造福人羣。所以在民主政治下，對政府的權威，亦應改變傳統的敵對觀念。

在眞正的民主政治下，政府對新聞自由的威脅，無疑可以使它減至最小。但假設能够善於利用政府的權威，我們尙可解除新聞自由其他非政府因素的威脅。如果認爲新聞與意見的交流，是一種智慧的交通，那麼法律的規範，就是剷除這種交通上粗魯的駕駛員、强盜與一切不良非法份子的方法。換言之，政府在現代大衆傳播中，應積極負起拓寬通道，維持秩序，與保持暢通的責任。（註四七）

最近，歐美許多國家，新聞事業團體紛紛要求政府制定新聞法、記者法、反獨佔法案、津貼報紙法案等，都是要求政府積極負起責任，保障新聞自由。（註四八）一九六七年二月，瑞典報人甘納·福來德瑞克森（Gunnar Frederiksson），在國際新聞學會月報（IPI Report Monthly）刋出一篇文章，題爲：「國家是傳統敵人抑爲新救星？」（The State: Old-Enemy or New Saviour?）這篇文章，充分說明新聞自由的趨勢與對國家功能的新觀念。（註四九）

第五項　保障編輯人的新聞自由

新聞從業人員，都喜歡稱新聞事業爲一種專業（Profession），但根據施蘭姆博士（Dr. Wilbur Schramm）的分析，認爲新聞事業距「專業」的標準尙屬遙遠。大家都知道，醫生、律師、神父的工作是一種專業。他們的特點是，都經過嚴格的訓練，有一定資格，有嚴密的組織及紀律，直接對社會負責，並以服務社會爲目的。

但新聞從業人員是很難符合這些標準的。他們很多沒有接受專業訓練，當記者不需任何資格，記者或編輯人協會，不僅組織不够嚴密，而且沒有紀律。尤其與專業精神不符的，是新聞事業的商業性大於服務性，而新聞從業人員都是雇用人員，他們的專業精神，不能直接對社會負責。易言之，他們的專業精神，業已受到老闆的嚴重干涉。目前英美許多有才華的第一流記者、編輯，都紛紛脫離新聞事業，主要原因，就是不能依照他們的理想服務社會。(註五〇)

英國威廉斯勛爵（Lord Francis-Williams）曾在下院說：「編輯人員是國家最忠實的信徒。」（Editors are men of great fidelity of the State）(註五一)的確，編輯人員通常重視社會利益，而發行人常將商業利潤列爲優先。

「編輯權」獨立的觀念，自世界一次大戰後卽不斷提出討論。但直至現在，僅有奧地利、荷蘭的編輯人，已取得法律保障的獨立編輯權。(註五二)不過事實上，所有各國高級報紙的編輯權都是獨立的。所以奧國名記者南寧（Günther Nenning）在國際新聞學會第十屆年會中發表演講，他說：「新聞自由的意義，除了發行人免於政府干涉外，是否也包含新聞記者免於發行人干涉的自由？並且這種自由是否像奧國一樣受到法律的保障？」(註五三)一般相信，編輯權不能獨立，發行人之權限不受限制，新聞事業成爲「專業」的可能是十分渺茫的。

第六項　限制犯罪新聞的報導

犯罪新聞的渲染，不僅侵犯個人隱私，破壞善良風俗，危害社會秩序，而最嚴重的問題是影響司法的公平審判。

接受公平審判，是人民的基本權利之一；而新聞自由的存在前提，就是保障人民的基本權利。所以新聞自由如侵犯了人民的基本權利，它不僅立卽消失了存在的理由，而且國家應該立卽干涉，以謀補救。因此世界各國，認爲限制犯罪新聞的報導，成爲刻不容緩的問題。

一九六三年甘廼廸總統被刺後，翌年華倫委員會提出調查報告（Warren Report），對美國的新聞事業嚴厲譴責，認爲疑犯奧斯華（Lee H. Oswald）之在警局被殺，至少是新聞自由造成混亂的結果。至於該案以後謠言紛起，莫衷一是，以致調查困難，亦直接導源於犯罪新聞的渲染。（註五四）因此美國律師協會（American Bar Association）於一九六四年組成公平審判與新聞自由委員會（Fair Trail and Free Press Committee），專門負責研究新聞自由對於公平審判的影響。該委員會於一九六六年九月提出報告，認爲犯罪新聞的渲染報導，嚴重影響公平審判。於是建議國會修改法律，嚴格限制犯罪案件，在調查及審判進行期間有任何報導。各級警察及司法人員亦不得透露任何消息給新聞人員。（註五五）同時美國自由民權聯盟（American Civil Liberties Union）亦提出警告，認爲公平審判的權利必須解除「新聞自由」的威脅。（註五六）

美國新聞事業爲了免於法律的嚴格管制，所以在許多州中，已與律師協會會同擬定犯罪新聞的報導守則。（註五七）

在英國，自一九六四年後，國會與律師協會，對於限制犯罪新聞的報導，亦有同樣的努力。其他歐洲國家，亦有數國採取同樣行動。可見限制犯罪報導爲大勢所趨，不可遏止。

第七項　新聞價值觀念的轉變

根據傳統新聞自由的觀念，新聞價值的判斷標準是衝突性、傳奇性、刺激性、顯著性、臨近性……。這些觀念，大部份都是「黃色新聞」激烈競爭的產品。它提高大衆化報紙的銷數，但却忘記了本身對讀者及社會所負的基本責任。

報業在國內方面，主要在協助讀者瞭解這個「正常」的社會，以便他在社會中貢獻他的才能，創造更多的幸福。國際方面，主要在促進人民與人民間的瞭解，保障世界和平。假設用這種角度衡量當前的新聞事業，無疑會令人感到無限沮喪！這就是美國「新聞自由委員會」認爲新聞自由業已面臨嚴重危機的基本原因。

由於傳統新聞價值觀念的狹窄標準，報紙僅使讀者認識了社會的「反常」現象，突出現象及其黑暗面。這些消息絕大部份都與讀者無關，不僅無益讀者，危害讀者，而且造成社會的重大災難。

印度聯合通訊社（United News of India）納雅（Kuldip Nayar）社長最近說：「飢荒是新聞，爲何印度努力克服飢荒不是新聞？」（註五八）按印度發生飢荒後，各國競相報導，但對印度政府努力克服飢荒之四項計劃，各國從無隻字報導。

哥倫比亞大學新聞研究院霍亨堡教授（Prof. John Hohenberg），是普立茲獎的著名作家。他說，新聞記者並未負起促進國際瞭解的責任，因爲他們認爲祇有戰爭、革命、凶殺、災難（War, Revolution, Murder and Disaster）是重大新聞。（註五九）

這種傳統新聞觀念的最大危險，是將社會的「正常」現象匿藏於「反常」現象的後面（The normal was hidden behind the abnormal），將人類導入一個迷惘的世界。（註六〇）一九六一年，「國際新聞學會」出版一本 Active Newsroom (Edited by Harold Evans)，要求現代記者改變新聞價值的觀念，要生動、綜合、系統而有意義的報導社會的正常現象，將人類重新導入一個和諧而幸福的世界。(註六一)

第八項　各國報業的自律運動

社會責任論認爲：報業欲享「自由」，必須先從對社會「負責」做起。如果報業不能自行負責，則政府即可予以干涉。所以推行報業自律（Press Self-regulation），是社會責任論的必然邏輯。

一九一六年，瑞典成立「報業榮譽法庭」，這是報業集體自律的開始。以後挪威、瑞士也成立類似組織。不過近代各國普遍推行報業自律，這還是社會責任論的貢獻。

根據國際新聞學會出版的報業評議會與報業信條（Press Councils and Press Codes, 1966）一書與其他資料記載，目前世界各國實行報業自律者，主要者計有廿三個國家。茲將各國報業自律組織，依成立先後列表如左。

表十七、世界各國報業自律組織名稱及成立時間一覽表：

國別	成立時間	自律組織名稱	備考
瑞典	一九一六	報業榮譽法庭	一九六九年改組
挪威	一九二七	報業評議會	
瑞士	一九三八	新聞政策委員會	

日本	一九四六	日本新聞協會	
比利時	一九四七	新聞紀律評議會	
荷蘭	一九四八	報業榮譽法庭	
英國	一九五三	報業評議會	一九六三年改組
德國	一九五六	報業評議會	
義大利	一九五九	報業榮譽法庭	
土耳其	一九六〇	報業榮譽法庭	
奧地利	一九六一	報業評議會	
韓國	一九六一	報業倫理委員會	
南非	一九六二	報業評議會	奉行報業信條
奈及利亞	一九六二	編輯人協會	奉行報業道德信條
智利	一九六三	全國報業評議會	奉行報業道德信條
以色列	一九六三	報業評議會	
巴基斯坦	一九六三	報業榮譽法庭	
中華民國	一九六三	新聞評議會	一九七一年改組
加拿大	一九六四	報業評議會	奉行報業誠實規章
丹麥	一九六四	報業評議會	

印　度　一九六五　報業評議會
菲律賓　一九六五　報業評議會
美　國　一九六七　報業評議會

從上表可以看出兩項事實：㈠大多數開發國家之報業自律，開始於一九六〇年以前；而正開發國家之報業自律，均開始於一九六〇年以後。㈡在上述廿三個國家中，其中大多數國家（十四個國家）之報業自律，係於一九六〇年以後開始。由此證明，報業自律實爲近代報業之趨勢。緬甸、印尼亦曾成立報業評議會，後因政變而未發生作用。

至於如何推行報業自律，各國情形並不相同。但最重要者，爲健全報業自律組織，制訂報業道德信條，建立新聞專業標準，以及政府之積極輔導與協助。（註六二）

第九項　報業的公衆管理

報業是一種自由行業，而且根據傳統自由主義的理論，認爲新聞自由是絕對不可限制的。由於這種觀念作祟，所以除少數國家外，報業自律並未收到預期的效果。

根據各國史實，可說報業推行自律運動，主要目的在免於政府的干涉，所以各國報業自律的效果，通常係與政府的壓力成正比。如英國、瑞典、以色列、印度以及韓國等，都是明顯的例證。美國雖然華倫委員會與全國律師協會，一再要求報業自律，但迄今仍無太大成效。亨利•魯斯（Henry R. Luce）曾感慨的說：「我很懷疑報業道德信條，在美國編輯人的心目中，其份量會比一根鵝毛重

！」（註六三）

在民主國家，報業不願積極推行自律運動，政府又不便直接干涉，所以管理報業的責任，便自然會想到社會大衆。不過大衆是沒有組織的；沒有政府的輔導，大衆便很難結成有效的團體。如英國第一次皇家委員會，一九四九年建議成立報業評議會，並建議應推選百分之二十的社會代表參加。這項建議係由國會通過，但英國報業評議會，直至一九五三年始在政府之强大壓力下勉强組成，而且還拒絕社會代表參加。一九六三年七月，依照二次皇家委員會之建議實行改組，並容納了五分之一的社會代表，然而它仍沒有實際制裁的權力。

一般認爲，目前報業自律的最大弱點，是自律組織的權限太小，而社會大衆沒有足够的發言權。瑞典針對這個問題，最近已經採取新的措施。一九六九年六月，瑞典爲加强報業榮譽法庭（Press Court of Honor）之職權，特由國會通過議案，於榮譽法庭增設報業監察員（Press Ombudsman），並經報業聯合會之認可。按該會包括報紙發行人協會、編輯人協會、與記者工會。

依照規定，報業監察人，類似報業榮譽法庭之檢察官，可主動提出檢舉。如判決違反報業道德信條，第一次罰瑞幣五〇〇元，第二次一、〇〇〇元，第三次一、五〇〇元，第四次二、〇〇〇元。（註六四）

報業監察員，係由國會司法委員會代表，全國律師協會主席，與報業聯合會主席所組成之三人委員會遴選任命。該委員會並任命四位社會代表，參加報業榮譽法庭，其他三人，仍由發行人、編輯人、與記者協會各自推選。此辦法已於一九六九年十月一日開始實行。

瑞典以前之報業榮譽法庭，無社會代表參加，無主動檢舉權，亦無實際制裁權。此次改組，業已完全改正這些缺點。尤其社會大衆代表，已超出二分之一以上。此種情形，實際並非「自律」，而係「他律」，故稱爲「報業之公衆管理」。

第五節　我國新報業制度的藍圖

第一項　制訂新報業制度的根據

現在各國的報業制度，都有嚴重缺失，所以要設計一種新報業制度，並非一件易事。施蘭姆曾說：「沒有現代化的新聞事業，便不可能有現代化的國家。」所以我們要建立一個三民主義的新中國，便必須要有新的報業制度。作者認爲：未來新報業制度的制訂，必須要有左列合理而充分的根據：

㈠民主政治的原理；
㈡三民主義的報業哲學；
㈢國父與　總統對報業的指示；
㈣世界報業的趨勢。

前面說過，目前世界上僅有三種報業制度，即「極權報業」、「自由報業」與「共產報業」。這三種報業制度，分別由「政府」、「資本家」與「共黨」所控制。

根據近代心理學家的科學研究，發現人類是頗爲自私的；所以政府控制的報業，通常首先考慮政府的利益，資本家控制的自由報業，首先考慮資本家的利益，而共黨控制的報業，自然也是首先考慮共黨的利益。

這項發現，是從政治學有關政府的演進中得來的。經過數千年的經驗，人們已不再相信極權政府的獨裁者，亦不再相信貴族政府的寡頭，更不相信共產政權的獨裁領袖。所以最後終於接受了林肯總統的意見，即「一個政府應爲民所有，爲民所治，爲民所享。」因爲一個政府，祇有在爲全民所管理時，然後這個政府才眞正爲全民所共有；同時它所創造的利益，才能眞正爲全民所共享。

報業是最有勢力的「第四階級」，是政府行政、立法、司法以外的「第四部門」（Fourth Branho fc Government），也是民主政治、經濟發展與推廣教育的重要工具。這種龐大而極具影響力的社會勢力，在一個民主社會中，勢必應與政府一樣，「爲民所有、爲民所治、爲民所享」才對。否則，如落在任何不負責任的個人或私人團體手中，都將產生不利的影響。

至於三民主義的報業哲學，我們曾得到左列五項基本原則：

㈠新聞自由不是天賦人權，並非人人皆可享有；
㈡政府在新聞活動中，應擔任一個積極的角色；
㈢新聞事業應做大衆討論與批評的論壇；
㈣新聞事業應是一種教育及公益事業，不應純是一種營利事業；
㈤新聞事業應由道德最好、智慧最高的人士主持，而不應由資本家主持。

一個國家，應依據政治哲學決定報業哲學；而報業哲學決定報業政策、報業制度、與報業技術。所以三民主義的報業哲學，應為新報業制度的重要根據。

關於　國父與　總統對報業的指示，可說是三民主義報業制度的具體方針。當前世界報業的趨勢，如社會責任論的誕生，新聞自由的新觀念，要求國家保障新聞自由，保障編輯人的新聞自由，限制犯罪新聞的報導，新聞價值觀念的變更，各國推行報業自律運動，以及報業的公衆管理等，這些新觀念，均足以證明三民主義報業哲學的時代價值。

由上所述，我們可以得到一個結論，即三民主義的報業制度，應以公營為主。但為保持新聞、意見之多元性，民營報紙亦可同時發行。

第二項　公營報業系統的建立

(一)公營報紙的含義

國父認為，報業是「以先知覺後知，以先覺覺後覺」的聖賢事業；同時他在「實業計劃」中，將出版(新聞)事業，與食衣住行四大民生必需工業並列，就是確認報紙為國民絕對不可缺少的「精神食糧」。

總統認為新聞記者的工作，實際為教育家、歷史家與救世者；並且報業之表現，係與國家之前途及民族之興衰，均有密切之關係。所以　國父與　總統均認為報業應予公營，不應當做純粹營利之商業工具。

在此須予說明者，「公營」（Public Control）這個名詞，常常與國營（State Control）、黨營（Party Control）與政府經營（Government Control）的含義混淆不清。就新聞事業言，如英國BBC與日本NHK是「公營」，因爲這兩家廣播公司的最高管理機關，是全國地區人民代表與全國專業團體代表所組成的管理委員會，政府首相與任何政黨都不能干涉廣播公司的政策。其他如蘇俄的眞理報是「黨營」，消息報與廣播電視網是「政府經營」。但有時蘇俄的廣播電視網亦稱「國營」或國有(State Ownership)。我國的中央日報與中廣公司，實際是「黨營」，然而也有些人稱它爲「公營」。

至於「公營」這個名詞，究竟在我國是什麼含義呢？我想最好還是用國家的權力主體來做解釋。國父將建國程序分爲三個時期：軍政時期，政府的權力最高，這個時代的「公營」，實際是「政府經營」。訓政時期，黨的權力最高，這個時代的「公營」，實際是「黨營」。在憲政時期，人民的權力最高，所以這個時代的「公營」，實際應由全國社會大衆代表與國會共同經營。這項解釋，與政治理論，各國情形，以及我國的事實，是完全符合的。茲根據這個前提，將「公營報紙」的含義說明於左：

公營報紙不是由政府經營報紙，也不是國營企業，而是由國會、政府代表，地區人民代表，與全國人民的專業團體（如教育、律師、醫師、工商、婦女協會等）代表，共同經營的公益事業（Public Utility）；其目的在使報紙完全服務社會公益，免於政治控制與商業威脅，進而使報紙眞正達成爲民所有、爲民所治、及爲民所享的理想目標。

(二)公營報業觀念的發展

公營報紙，並非一個新觀念，只是權力主體的解釋不同罷了！不過近年民主國家公營報紙的觀念，還是二次大戰以後興起的。

一九四七年，美國新聞自由委員會認爲，目前自由報業係受葛勒什姆定理（Gresham's Law）劣幣驅逐良幣法則的支配；所以爲了維護社會利益，必須設法保障高級報紙，使其專心服務社會，免於商業報紙的惡性競爭。

一九五九年十月廿七日，著名政論家李普曼（Walter Lippmann）於紐約前鋒論壇報（Herald Tribune）發表電視問題（Problems of Television）專文，他說：

「提高我們生活水準及促進現代文明的動力，主要係依賴那些受人尊敬及被社會支持的非商業性機構；如果不承認這項事實，便不是我們私人資本主義的聰明朋友。誠然，藉私人企業爲私人賺錢的原則，爲美國增加財富的最佳方法。但一個國家，除了生產財富與推銷貨品以外，還有很多重要事情需要去做。其中之一就是透過大衆傳播媒介，適時使人民得到足夠的新聞、智慧與高尚的娛樂。同時，在這些媒介中，必須有些媒介，其目的不在普及大衆與私人賺錢，而是服務優秀的公民，及協助達成良善生活的目標。

「由於我們經營學校、大學、醫院與各種研究機構的成功，事實證明我們經營一個非商業性的公營電視網是絕對可能的。哈佛、耶魯、普林斯頓、哥倫比亞以及其他著名學府，其經營並非爲了賺錢；這些大學的董事們也沒有從事政治活動。他們所考慮的是最優秀的公民與整個國家甚至整個人類的前途，而非商業的目的。我們爲何不想個辦法，讓這類人士主持一個公營電視網呢？」

他這篇文章，最後終於促成了美國一九六七年十一月七日的公營電視法案(Public Television Act)，以及現在「公共電視公司」的誕生。當時通過這個法案後。美國新聞與世界報導（U.S.News & World Report）雜誌發行人戴維•勞倫斯（David Lawrence）發表評論，題爲「目前公營電視已經建立，以後會有公營報紙嗎？」(Public Television Now–Public Newspaper Later?)（註六五）他的結論是，商業報紙不負責任，濫用權力，則公營報紙是必然出現的。

美國名作家塞爾茲（George Seldes），認爲政府管理報業行不通，報業自律不可能；所以他建議創辦美國TVA型的公營報紙。這種報紙對報業的作用，以及對社會的服務，就正像田納西公共水利管理局一樣，它可依照自由報業的理想，證明一個十全十美，或接近十全十美的公營報紙是可以存在的。（註六六）

一九六六年九月三十日，英國泰晤士報爲報業大王湯姆森（Roy Thomson）所收買，此事引起英國報業之恐懼。故倫敦報紙發行人協會，委託經濟學人行情調查所（Economist Intelligence Unit）對英國報業發生危險之原因，做一澈底之調查研究。該所於一九六七年提出報告。在其解除報業危機之方案中，第一項建議就是主張將報紙收歸國家公營，藉以對當前商業報紙之矛盾，做一澈底之解決。主此說最力者，爲國會議員兼衞報專欄作家詹格爾夫人（Mrs. Lena Jegor）。第二項建議爲成立公營之國家印刷廠（National Printing Corporation），負責全國所有報紙之印刷，藉以減輕各報固定資本之負擔，以及消除工會之控制。（註六七）

同時，在湯姆森宣佈收買泰晤士報後，依照法律規定，須經報業合併法庭之認可。此時國會亦舉行辯論，其中不少議員主張將泰晤士報收歸國家公營。因爲他們認爲：BBC係因公營而聞名世界，將泰晤士報實行公營，也沒有任何不成功的理由。（註六八）

(三)公營報紙的理想內容

關於公營報紙的內容，至少應做到左列各點：

㈠綜合充分而有意義的報導新聞，使讀者充分瞭解他們所生存的世界；
㈡讓讀者儘量發言，建立意見自由市場，服務民主政治；
㈢儘量刊登科學新知，擔負教育責任，提高人民之文化水準；
㈣透過廣告與農、工業之知識報導，促進經濟生產，提高人民生活水準；
㈤供給高尚娛樂，維護人民之身心健康；
㈥正確、平衡而有系統的報導各國之正常發展，促進彼此瞭解，保障世界和平。

㈣建立公營報紙的原則

至於如何建立公營報紙系統？茲僅提出原則如左：

㈠政府首都、各省會及重要城市，應各發行公營報紙一家（但無隸屬關係），其管理委員會由同級議會、政府代表，地區人民代表與人民專業代表組成之。
㈡公營報紙之主要實際負責人，應由管理委員會遴選，其應對管理委員會及同級之議會負責。
㈢公營報紙為非營利之社會公益事業，其經營與一般報紙相同，但不從事任何商業競爭。如發行、廣告之收入不敷支出，其差額得由同級議會每年列入預算彌補，視同社會教育事業。
㈣公營報紙之組織為財團法人，其地位類似英國之ＢＢＣ與日本之ＮＨＫ。
㈤公營報紙與其他報紙均受報業評議會之監督，評議會之組織另定之。如遇爭執，得由評議會與公營報紙管理委員會會商決定之。

第三項　民營報紙的並存

三民主義新報業制度之最高目標，主要在充分保障人民之言論自由及編輯人與記者之新聞自由，藉以建立民主政治所依賴之意見自由市場。在前項「公營報業系統之建立」中，僅主張在重要城市，各設一家公營報紙。這一家公營報紙，無論如何難以代表所有的重要意見。同時，如果一個城市祇准發行公營報紙，結果又與極權主義報業及資本主義自由報業之「一城一報」相同。三民主義主張充分的「言論自由」與「新聞自由」，所以准許民營報紙的並存，乃爲新報業制度之必然結論。

民營報紙發行之原則如左：

㈠政黨、宗教、工商以及其他人民團體，均可自由發行民營報紙，不受任何限制。

㈡民營報紙之性質爲財團法人，不得純爲個人營利之工具。

㈢民營報紙之實際負責人（如社長、總編輯、總主筆、總經理等）由董事會遴選，並對董事會負責。

㈣民營報紙，得依報紙發行之目的，自行制訂新聞與言論之政策，並由報紙之實際負責人執行之。

㈤民營報紙之經營，與一般報紙相同，經費由董事會籌劃。民營報紙類似十九世紀之政論報紙，非以營利爲目的。

㈥民營報紙可相互批評，亦可批評公營報紙；同時公營報紙亦可批評民營報紙。

㈦民營報紙之表現，與公營報紙同受報業評議會之監督。

第四項　人民言論自由的保障

人民「言論自由」，爲民主政治與新聞自由之靈魂，所以新報業制度對人民之「言論自由」，必須予以充分之保障。

㈠公營與民營報紙，每天至少應以二十分之一至十分之一的報紙篇幅刊登「讀者投書」，讓人民對公共事務儘量發表意見。

㈡報紙拒絕刊登之「讀者投書」，而投書人認爲必須刊登時，則投書人可訴請報業評議會評議。如裁決報紙應予刊登時，報紙不得拒絕。

㈢政府之意見與政策性之說明，以及人民團體之重要意見，公營、民營報紙，均有刊登之義務。如有異議，可依讀者投書之方式處理之。

㈣人民或人民團體，如遇報紙之批評攻擊，得於該報紙有申述答辯之權利。

第五項　編輯人新聞自由的保障

前面說過，運用國家力量，保障編輯人（包括記者）的新聞自由，爲當前世界報業的趨勢之一。正像英國維廉斯勳爵（Lord Francis-Williams）所說：「編輯人是國家最忠實的信徒。」因爲他們是知識份子，具有報業的專業知識，並有强烈的道德責任感。所以如何保障編輯人的新聞自由及其獨立性，成爲新報業制度成敗的重要關鍵。茲將保障措施列舉於左：

㈠公營、民營報紙之主要負責人、編輯人及新聞記者，均應有一定之資格。

㈡編輯人與新聞記者，須經國家考試及格後，發給資格證書。國家考試委員會，由考試院、全國編輯人協會、記者工會、與新聞教育學會推選代表組成之。

㈢具有合法資格之編輯人、新聞記者，其一切職權、待遇、福利、退休等，均受法律之保障。

㈣編輯人除依報紙之新聞、言論政策處理新聞、意見，及受報業評議會之監督外，不受任何干涉。

㈤現任之編輯人與新聞記者，得由國家考試委員會甄別發給合法之資格證書。

㈥編輯人、新聞記者之職權、待遇、福利、退休等問題，遇有爭議，除依法律規定外，並可訴請報業評議會裁決之。

㈦報業評議會之裁決，應具有公法機關之效力。

第六項　報業專業化的途徑

我們常說報業是一種專業（Profession），不是一種職業（Occupation），但事實上報業尚未達到專業的標準。如果我們希望報業眞正成爲一種專業，第一應先建立報業的專業標準，第二是訓練專業新聞記者，並用法律保障編輯、記者的獨立地位。

顯然，報業爲了享有及維護新聞自由，它必須保持社會大衆對它的尊敬。換言之，新聞事業應首先建立專業標準，從健全本身做起。要解決這個問題，應從左列三方面着手：

㈠統一訓練人員，提高報人素質，嚴密組織，建立紀律，藉以健全報業本身。

㈢報導批評應客觀、公正，保持與政府的適當關係，並防止政府侵犯新聞自由。

㈣保障社會與大衆利益，維護報業本身的令譽。

在許多國家，新聞專業團體，已經制訂一種記者行爲或道德信條。同時國際新聞記者聯盟亦有它的守則。在聯合國內，對於制訂一項「國際記者信條」的議案，已經有很多次的討論。這些信條，爲記者工作的南針。

在嚴格的專業標準下，各國報人信條，通常均有左列基本要點：

㈠報導要確實，不能故意歪曲新聞，不能壓制新聞。新聞與評論分開，評論或批評應有建設性，並以增進公共利益爲目的，而且批評必須免於誹謗。

㈡維護專業秘密，保護新聞來源；一位新聞記者，必須遵守秘密。

㈢對公衆保持「眞實」的責任。當新聞刊出後，如發現有害或不正確時，應立卽更正。同樣，假如個人名譽或人格品德受到指責，必須給予適當的答辯機會。

㈣反對剽竊，並反對接受企圖影響新聞報導的任何報酬。

㈤優良而負責新聞事業的要件，必須在新聞記者的基本訓練中予以灌輸。這些基本訓練，爲維護新聞事業令譽的基礎。

㈥新聞專業團體，應編訂正確的專業手册。如政治報導、國防機密、犯罪新聞、少年犯罪，以及圖片之處理等，均應有明確規定。

關於新聞記者的地位及其保障問題，通常有兩種不同的看法。

過去堅信傳統自由主義的報人，認爲報業與記者都是應該絕對放任自由的，不應受任何限制；所以他們反對任何形式的「出版法」與「記者法」。因爲法律必然要有限制。

但這種想法，與當前報業自律與社會責任論的觀念顯然是十分矛盾的。自二十世紀初報人强調報業正像律師、醫生與牧師一樣，爲一項專業（Profession），但他們拒絕接受專業所必需的訓練，必要的紀律，以及執行紀律的嚴密組織。試問沒有專業知識，沒有專業紀律，怎能算是一項「專業」呢？況且，律師、醫生、會計師、建築師等，都有特訂的法律，事實上，他們並沒有認爲這些法律限制了他們的自由。

前面說過，報業不能成爲專業的主要原因之一，是編輯、記者處於被雇用地位，沒有「獨立性」。他不能像醫生一樣，可以依照自己的知識、經驗及判斷，直接向顧客負責。所以假設希望報業眞正專業化，必須使編輯、記者的工作、報酬、權利，以及社會福利保險等，受到國家法律的保障。否則便無法保證其新聞報導與評論的客觀性及公正性。

在一個民主的法治國家，任何重要行業都有法律的規定。而新聞記者在當前社會的重要性，已爲不爭的事實，但他們的資格以及他們的權利義務，竟毫無法律規定，這種情形，必然會造成社會的災難。在極權國家，法律主要是用來保護統治階級的利益。但在民主國家，法律則是用來保護人民的權益。所以要明白，我們所說的記者法，主要目的在保護合法及正當的大多數記者。而限制那些不够資格、敗德惡行，以及破壞報業令譽的少數記者。

總之，實行報業專業化，政府必須先制訂記者法。這種法律應明確規定新聞記者的訓練、任用資格、工作報酬、權利義務、工作保障、休假進修、社會福利以及退休養老等具體辦法。如此才能提高新聞記者之素質，保障其工作之獨立性，進而才能眞正達成報業專業化之目標。這種記者法，一般記者，不僅不應當反對，而且應該舉雙手贊成才對。

第七項　報業團體的責任

在報業專業化之過程中，報業團體的地位最爲重要。沒有健全而强有力的報業團體，報業專業化便沒有成功的希望。

報業團體計有報紙發行人協會、報紙編輯人協會與記者工會。報紙發行人協會之主要任務，在增進報業之共同利益，維護報業之健全發展，與協助報業自律，藉以免除政治之干涉。

報紙編輯人協會與記者工會之主要責任如左：

㈠建立專業標準，制訂道德信條，編印記者手册；
㈡嚴密組織，建立紀律，確實維護專業尊嚴；
㈢建立自律組織，積極推行自律，提高報業品質；
㈣維護新聞及言論政策之獨立，防止任何商業及政治勢力之干涉；
㈤保障會員之工作、地位及其權益，並積極增進其福利；
㈥加强新聞學術研究，出版學術期刊。

我國目前之「記者公會」，應改組爲「記者工會」會員以現任記者爲限，發行人及其他非現任記者不得參加。

第八項　報業評議會的功能

在三民主義的報業制度下，政府首都、各省會與重要城市，均各設一家公營報紙。這種報紙，完全依照自由報業的理想功能，專心服務社會，不從事任何商業競爭。此外政黨、人民團體，均可自由發行報紙，可以自由競爭，但不得成爲純粹營利之工具，亦不得成爲任何私人之產業。它的性質，就正像私立學校一樣，它的財產應爲財團法人所有。

公營報紙，由於有代表社會利益管理委員會的監督，問題自然較少，但亦非絕無問題。而一般民營報紙，因仍屬自由競爭，其違反專業標準與新聞道德之情形，則可能較多。

基於上述，報業評議會的主要功能有四：

㈠維護報業的專業標準，確保新聞自由；

㈡保障公營與民營報業之健全發展；

㈢協調報業、社會、個人以及報業成員之相互利益；

㈣達成社會大衆管理報業之功能。

如遇重大問題，得與公營報紙管理委員會會商決定之。

我國報業評議會，於民國五十二年九月二日成立，迄今將近九年，祗處理兩個案件，而且均無結果，所以其目前之職權無法達成上述之功能。

茲將其原因簡述如左：

㈠評議會組織不健全：評議委員均由報紙發行人協會聘請，無社會代表參加；編輯人協會與記者公會，亦無權過問；

㈡評議會無主動審查權：民國六十年雖然改組，但由於無專任人員，所以仍不會有何效果可言。

㈢評議會無實際制裁權：改組後仍如往昔；

㈣經費太少。

基於以上檢討，參考各國報業自律的成例，以及斟酌當前的客觀環境，謹提出左列十一項建議，以期加强我國報業評議會之應有功能：

㈠評議會應有高度之自主性，獨立裁決案件，有效監督報業自律，在實質及精神上不受外力干涉。

㈡評議會委員，應包括報業及非報業代表；主席應由資深法官擔任。

㈢報業代表由報業公會、編輯人協會，及記者工會選舉產生。非報業代表由律師協會、醫師協會、教育學會、新聞教育團體、婦女團體，及立、監兩院分別選舉產生。非報業代表人數不得少於百分之五十。

㈣評議會秘書處應設審查室，依照「中國新聞記者信條」及施行細則，主動審查報紙之新聞、評論及廣告內容，並提評議會審議。

㈤評議會應有精神及實質之制裁權，其裁決應具有公法上之效力。

㈥評議會主席以專任爲原則，秘書長及辦事人員均應專任，負責自律工作之開展。

(七)評議會之經費，應由報業團體或國庫負擔，報業自律應視為推行社會教育工作之重要一環。

(八)根據「中國新聞記者信條」之精神，儘速擬訂有關新聞、評論、及廣告自律之實施細則，以為報人行為及裁決申訴案件之標準。

(九)政府應協助報業建立一個公平、合理而有效的報業評議會，並應仿照瑞典、印度，使其具有公法上的效力。

(十)評議會應定期出版刊物，報告工作概況，調查評定並公佈報業之實際表現。

(十一)評議會應與政府及立法院研商具體辦法，在國家安全範圍內，放寬新聞、言論自由之尺度，鼓勵健全輿論之形成；阻止報業不當競爭，預防報業獨佔；並協調維護全國新聞事業均衡之發展。

本章註解：

註一：Commission On Freedom of The Press, *Free and Responsible Press*, 3rd. Printing (Chicago: University of Chicago Press, 1970)。

註二：Fred S. Siebert, Theodore T. Peterson, Wilbur Schramm, *Four Theories of the Press* (Urbana: University of Illinois Press, 1956) pp. 78-79.

註三：Ibid. P. 2.

註四：孫文：孫文學說第四章（國父全書，民國五十二年三版，陽明山國防研究院印行，第十七頁）。

註五：孫文：周應時著「戰學入門序」（崔載陽：國父哲學研究，臺北：正中書局，民國四十九年，第二六一頁）。

註六：孫文：致湖南省議會電文（同上，第二六〇頁）。

註七：George W. Hegel, *Outlines of Philosophy of Rights*, 1821, Section 258.

註八：孫文：孫文學說序（同註四，第一頁）。

註九：孫文：革命在最後一定成功，民國十三年一月十四日對廣州商團及警察演講（同註四第九九八頁）。

註一〇：同註四。

註一一：孫文：女子須明白三民主義，民國十三年四月四日對廣東女子師範學校演講（同註四，第九八五頁）。

註一二：崔書琴：三民主義新論，四版（臺北：商務，民國四十八年）第一四〇——三頁。

註一三：Plato, *The Republic* (The Home Library Edition, Vol. 3)。

註一四：孫文：民權主義第三講（同註四，第二二八——二三二頁）。

註一五：孫文：軍人精神教育，民國十一年一月在桂林對滇贛粵軍演講（同註四，第九〇九頁）。

註一六：孫文：民權主義第三講，（同註四，第二三二——三頁）。

註一七：傅啓學：國父孫中山先生傳（臺北：中央文物供應社，民國五十四年）第四十一頁。

註一八：孫文：香港興中會宣言，一八九五年二月十八日（同註四，第三五二頁）。

註一九：孫文：黨員不可存心做大官，民國十二年十月十五日，在廣州中國國民黨懇親大會訓詞（同註四，第九二九——三一頁）。

註二〇：同上。

註二一：孫文：黨的進行當以宣傳爲重。民國十二年一月二日在上海中國國民黨改進大會演講（同註四，第九一九——二〇）。

註二二：孫文：本黨歷史沿革。

註二三：孫文：民報發刊詞，一九〇五年（同註四，第三九二頁）。

註二四：孫文：國民會議爲解決中國內亂之法，民國十三年十一月十九日，在上海招待新聞記者演講（同註四，第一〇一二頁）。

註二五：孫文：知難行易，民國十年十二月九日在桂林學界歡迎會演講（同註四，第九〇一頁）。

註二六：同註二四，第一〇一二與一〇一六頁。

註二七：孫文：各報言論須求一致，民國元年四月廿七日，在廣州對記者演講（同註四，第四八八－九頁）。

註二八：孫文：建設雜誌發刊詞，民國八年八月一日（同註四，第七四八頁）。

註二九：孫文：實業計劃第五計劃，民國十年十月（同註四，第一〇八頁）。

註三〇：蔣中正：中國新聞學會成立大會訓詞，民國三十年三月十六日講。

註三一：蔣中正：今日新聞界之責任，民國廿九年三月廿三日講。

註三二：蔣中正：怎樣做一個現代新聞記者，民國廿九年七月二十六日講。

註三三：同上。

註三四：同上。

註三五：谷鳳翔：新聞界今後努力的方向（中央月刊，第三七三期，第五頁，民國五十七年七月一日）。

註三六：蔣中正：第一次新聞工作會談訓詞，民國五十二年四月十七日。

註三七：請參閱註二，「報業四種理論」一書第七八－七九頁。

註三八：請參閱本書第五章第三節。

註三九：*IPI, The First Ten Years* (Zurich: 1962) p. 18.

註四〇：William E. Hocking, *Freedom of the Press* (Chicago: University of Chicago Press, 1947) pp. 53-54.

註四一：Wilbur Schramm, *Responsibilty in Mass Communication* (N. Y.: Harper & Row, 1957) pp. 88.

註四二：Charles C. Clayton, *Enforceable Code of Ethics*, Grassroots, July-August. 1969, pp. 16-17.

註四三：Zechariah Chafee, *Government and Mass Communications*, 2 Vols. (Chicago: University of Chicago Press, 1947) Preface.

註四四：Commission On Freedom of the Press, *A Free and Responsible Press* (Chicago: of Chicago Press, 1947) pp. 12-19.

註四五：Günther Nenning, "Negative and Positive Press Freedom" (*IPI Report Monthly*, p. 8.

註四六：William Ernest Hocking, *Freedom of the Press* (Chicago: University of 1947) p. 96.

註四七：See Note No. 43, Introdution.

註四八：Reference to *IPI Report Monthly*, June 1966-Feb. 1967.

註四九：*IPI Report Monthly*, Feb. 1967. p. 8.

註五〇：Comm. On Freedom of the Press, *A Free and Responsible Press*, (1947) p. 105.

註五一：The Press Council, *The Press and the People*, Vol. 13. (London: 1966) p. 23.

註五二：*IPI Report Monthly*, Feb. 1967. p. 10.

註五三：Ibid.

註五四：IFJ, *The Journalist's World*, Vol. 2, No. 4, 1965, pp. 9-17.

註五五：IPI, "Right To Know But How Much," *IPI Report Monthly*, Jan. 1967. p. 14.

註五六：Ibid.

註五七：請參閱本書第五章第五節第四、五、六各項。

註五八：IPI, "Needed: A New Concept of What Make News", *IPI Report Monthly*, Feb. 1967, p. 12.

註五九：Ibid. p. 13.

註六〇：Ibid. p. 14.

註六一：Harold Evans, Ed., *The Active Newsroom* (Zurich: IPI, 1961)。

註六二：李瞻：各國報業自律比較研究（臺北：政大新聞研究所，民國五十八）第二七四——五頁。

註六三：George Seldes, *Never Tire of Protesting* (N. Y.: Lyle Stuart Inc. 1968)。

註六四：*IPI Report Monthly*, Vol. 18, No. 3, 4. p. 2. August, 1969.

註六五：David Lawrence, "Public Television Now-Public Newspaper Later?"(*U. S. News & World Report*, Nov. 27, 1967. p. 116.)

註六六：同註六三。

註六七：Reference To:

1. Harford Thomas, *Newspaper Crisis* (Zurich: IPI, 1968)。
2. Harford Thomas, Crisis Comment (*IPI Report Monthly*, March 1967, p. 6.)。
3. Antony Brock, EIU Report, Crisis in E. C. 4 (*IPI Report Monthly*, March, 1967, p. 4.)。

註六八：同上。

第七章　結論：新聞哲學與報業制度的比較

一個國家的政治哲學（主義），決定它的新聞哲學；新聞哲學決定報業制度，而報業制度又直接決定報業的技術與方法。

三民主義的新聞哲學，應爲我國未來新報業制度的南針。但這種理論，是否是一種進步的觀念呢？要回答這個問題，最好還是將它與各種新聞理論的哲學及其重要主張分別做一比較。

表十八、各種新聞理論哲學根據比較表：

報業種類	人性本質	社會本質	人與社會之關係	真理與知識之特質
極權主義報業	人性邪惡殘忍，自私自利。	社會國家為有機體，為實體之存在，有特定之目的。	人為社會之成份，不能獨立存在，人生之目的，在達成國家社會之目標。	人類天賦智慧不同，真理乃統治者之命令。
自由主義報業	人性善良仁慈，為理性動物，並有天賦不可剝奪的權利。	社會國家僅為個人之組合，其本身無任何目的。	個人為獨立之實體，有獨立意志及其目的。國家社會之存在，僅為增進個人之福利。	人類天賦之智慧平等，真理乃散佈在每個人之心中，故真理愈辯愈明。

共產主義報業	社會責任論	三民主義報業
人類是懵懂的，無知的；人性無所謂善惡之分。	人類並非完全為理性動物，其本性有善有惡，並頗為自私。	人性係由進化而來，有善有惡；社會愈文明進步，人類性善成份愈高，否則則反是。
社會是永恒的，實體的，並有其特定的獨立目標，國家乃一個階級壓迫另一個階級的機構，俟社會階級消滅，國家就會衰萎。	社會、國家乃個人之組合，其目的在增進個人之利益。	社會、國家乃個人之組合，其目的在保障及增進個人之幸福。
個人僅為組成社會的一種成份而已。個人本身沒有目的，其目的僅在促成社會之永恒發展。	個人為獨立之實體，有獨立意志及其目的。但社會公益與國家利益代表「整體個人」之利益，故高於個人利益。	個人為獨立之實體，有獨立意志及其目的。但社會、國家為個人互助之體，並且個人之自由幸福，須依賴國家社會之保障。
人類天賦之智慧不同。真理乃共黨領袖之命令及其解釋。	人類天賦之智慧不同，知識為學習努力之結果，真理需要教育及優秀而負責的報人，然後才能出現。	人類智慧有聖賢才智平庸愚劣之分，知識係由學習及經驗而來。真理之出現，須依賴教育及優良而負責之報人。

表十九、各種新聞理論重要主張比較表：

報業種類	享有新聞自由之主體	報業所有權	報業目標	報業功能	實行方法
極權主義報業	1獨裁者 2政府特許之個人	1政府 2政府特許之個人	1統一思想，消滅反對意見； 2保持現狀，鞏固政權。	1傳播統治者之「真理」； 2宣達政令。	1特許出版制； 2政府發行官報； 3新聞檢查； 4煽動誹謗罪； 5「知識稅」及津貼報紙； 6賄賂記者控制輿論。
自由主義報業	資本家	資本家	1建立「意見自由市場」； 2成為「第四階級」。	1提高人民文化水準； 2服務民主政治； 3保障人民之自由權利。	1極端個人主義； 2完全放任自由競爭； 3反對任何干涉。

共產主義報業	社會責任論
共黨領袖	富有責任感之報人
共產黨	1.資本家 2.政府
1.統一思想，消滅反對意見； 2.鞏固政權，促進社會之永恒發展。	1.建立意見自由市場； 2.保障個人言論自由。
1.充當宣傳者； 2.充當煽動者； 3.充當組織者； 4.公衆管制與自我批評。	1.提高人民文化水準； 2.服務民主政治； 3.保障人民自由權利； 4.促進經濟發展； 5.提供高尚娛樂。
1.報業完全由共黨及政府發行； 2.黨對報紙嚴密監督； 3.新聞檢查； 4.上級報對下級報的批評監督。	1.實行報業專業化； 2.成立報業評議會； 3.政府發行報紙； 4.政府制訂法規，保障新聞意見之自由流通。

三民主義報業
1全民代表 2富有責任感之報人
1全國人民 2人民團體
1建立意見自由市場； 2保障個人言論自由； 3保障編輯人之新聞自由； 4協助建立民有、民治、民享之新中國。
1提高人民文化水準； 2服務民主政治； 3保障人民自由權利； 4促進經濟發展； 5提供高尚娛樂。
1建立公營報業系統； 2公營、民營報紙並存； 3建立具有公法效力之報業評議會； 4促進報業專業化； 5國會立法保障人民之言論自由及編輯人之新聞自由。 6國會立法保障編輯人、記者之職權、待遇及其福利。

由以上比較，可知極權報業的理論，顯然已爲文明社會所唾棄；而共產報業理論，是極權報業的一種新型式，自然亦無法爲自由世界所接受。

自由報業的理論，對近代民主政治的發展，與獨立報業的成長，曾有極大貢獻。但由於强調經濟放任與自由競爭，致使報業商業化，進而形成報團，報業獨佔，以致消滅了自由報業本身所追求的「意見自由市場」。

社會責任論是對自由報業理論的一種修正，所以也叫做新自由主義。它同意自由報業的目標、功能，但不同意自由報業的哲學基礎及其極端放任的實行方法。勿容置疑，社會責任論是報業理論的一種新觀念，尤其它科學的哲學基礎，自可獲得世人的信服。不過它的缺點是實行的方法不夠有效具體。同時，它建議政府發行報紙，政府直接干涉報業，以及報業評議會的缺乏公法效力，都容易引起誤解與非議。

三民主義的報業哲學，與社會責任論完全相同；它同意社會責任論理想報業的功能與目標，但在實行方法方面，它以社會大衆代表發行的公營報紙代替了政府直接發行報紙，以具有公法效力的報業評議會，避免了政府對報業的直接干涉，同時亦加强了報業評議會的職權與功能。尤其三民主義的報業制度，主張公營與民營報紙並存，以法律充分保障人民之言論自由，編輯人之新聞自由，以及編輯人（記者）之職權、待遇與福利。這些溫和、合理而週詳的措施，可使報業完全達成「爲民所治、與爲民所享」的理想目標；更可使我國報業眞正成爲世界上最民主、最自由而負責的新聞事業！

——全文完——

附錄

現代民主政治原理

李　瞻

林肯（Abraham Lincoln）：「因為我不願做奴隸，所以也不想做主人，這是我對民主政治的觀念。」

威爾遜（Woodrow Wilson）：「我之所以信仰民主政治，是因為它解放了每個人的智慧與活力。」

史密斯（Alfred E. Smith）：「所有民主政治的弊病，都可用更多的民主方法去治療。」（All the ills of democracy can be cured by more democracy.）

壹、前　言

國父締造中華民國，其目的在實行民主政治。實行民主政治的理由，在民權主義中曾有簡要說明。他說：我國歷史上的戰爭，都是爭皇帝的戰爭。爲了避免戰爭，祇有取消皇帝，實行民主政治。國父不僅認爲民主政治爲我國所必需，並對我國之民主政治，有匠心獨到的設計。三民主義與五權憲法，是民主政治的寶典，建國大綱與民權初步，是民主政治的指南。所以凡是　國父信徒，一定信仰民主政治。

政府於大敵當前，毅然實行民主政治，這是正確而勇敢的措施。不過民主政治是由人民做主的政治，假設多數人民對其概念模糊，那麼民主憲政必無前途。現在臺灣的民主政治，正在積極實施中，所以特將民主政治的理論，略予闡釋。

貳、民主政治的概念

曲解或誤解民主政治，都是民主政治的絆脚石，所以應將民主政治的概念首先廓清。

民主政治的概念，本是極其確定的。古代民主政治，起源於希臘雅典，希臘人以Demos與Kratiev代表民主政治，前者意爲「平民」，後者意爲「支配」，所以希臘人認爲平民支配政治，就是民主政治。

近代論民主政治，必論英美，英美人以 Democracy 表示民主政治，此字原由 Demos 與 Kratiev 合併而成。它的定義雖然沒有一定解釋，不過以林肯的解釋最爲恰當。他說：「Democracy Means Government of the People, by the People, and for the People」。國父將這個意思，譯爲「民有、民治、民享」。並且他說他的三民主義，就是這個意思。

「民有、民享」的概念，非常清晰。就是主權在民，國家、政府均爲人民所有，政府所創造之福利，均爲人民共享。但容易引起爭執的，就是「民治」問題。「民治」是一種方法，方法都是千差萬別的；尤其解決政治問題，更沒有放之四海而皆準的機械方法。不過民主政治是有其基本含義、基本精神的，我們根據這些基本含義與精神，可以具體的列學幾項重要原則，凡符合這些原則的，就是民主政治，不符合這些原則的，就不是民主政治。我們認爲重要的原則是：

(一)國家元首直接或間接由人民選舉產生，並任期一定。

(二)政府行為須對人民或其代表機關負責。

(三)人民對公共事務得自由討論，對既定權威可公開批評。

以上三項原則，是最基本的，不能任缺其一。所以這些原則，就是民主政治的基本概念。

叁、為何選擇民主政治

主張民主政治的人，不能祇說這是「潮流所趨」，因爲這種說法犯了與「宿命論」相同的錯誤。所以主張民主政治，必須說出理由安在，才能使人折服。

(一)人性上的理由：盧梭（Jean Jacques Rousseau 一七一二—一七七八）在「民約論」中，第一句便首先說明：「人類是生而自由平等的」。這雖然有點神話氣味，但從人類歷史看來，此言並非子虛。一部歷史，尤其一部近代史，可說就是一部自由奮鬪史。文藝復興以後，人類繼續不斷地爭取思想自由、宗教自由、民族自由、政治自由、經濟自由。目前已經得到自由的，正爲保持自由而奮戰；未曾得到自由的，正在勇敢地奔向自由。

祇有民主政治，才能適應人性的這種要求，承認每個人都有權利，按照自己的才能、志趣，自由而向前發展。

在人性上還有更充足的理由，就是一般人，都承認人的本性，有善有惡。善的方面，即能運用理性、智慧、互助合作，進而創造了近代文明。惡的方面，即濫用權力，追求虛榮，以致造成了無窮的戰爭。但民主政治的主要目的，即在發揚理性，抑制權力。因爲祇有發揚理性，抑制權力，個人才有幸福，世界才有和平。英國艾克頓勳爵（Lord Acton 一八三二—一九〇八）認爲「任何權力都帶有腐敗因素，並且絕對權力便絕對腐敗。」民主政治爲預防權力腐敗，所以主張以權止權。

㈡**功利上的理由**：邊沁（Jereny Bentham 一七四八—一八三二）認爲人各自利，判斷問題，均以自利爲準，故政治問題，若由多數人決定者，即對多數人有利，由少數人決定者，即對少數人有利；民主政治係由多數人做主的政治，故祇有民主政治才可以造成最大多數之最大幸福（The Greatest happiness of the Greatest Number）。

約翰密勒（John Stuart Mill 一八〇六—一八七三）認爲人類之所以終於採用民主政治，基於下列理由：

(1)個人利益，祇有個人自己知道。

(2)個人權益，祇有自己有權保護，才能眞正安全。

(3)一般繁榮幸福的程度與其分散之範圍及人民對於繁榮幸福努力的程度成正比。

(4)自由人之生產力，遠較奴隸爲高。

功利主義祇是以自利原則，說明社會現象，與主張損人利已者，並不相關。在民主政治實行以前，人民福利均由少數人代爲照管，然結果大失所望。而自民主政治實行以後，人民福利，均由人民自行做主；人民權益，亦承認人民有權自行保護，結果人民福利，大爲提高，這不能不承認功利主義是有其理由的。

(三)政治上之理由：約翰密爾、拉維雷（Laveleye一八二二—一八九二），蒲萊士（James Bryce一八三八—一九二二）均認爲人民若無參政權，他便不願意爲國犧牲。假設有了參政權，他們便不再認爲自己是國家的奴隸，而是國家的主人。同時由於選擧制度的推行，更使他們確信：政府是他們自己組織的，官員是爲他們服務的；因此大大提高了他們的愛國心。拉維雷並擧例：法國人在革命以前，並不愛法國，一直取得參政權以後，才開始愛法國。蒲萊士並認爲由於民主政治的推行，不僅使人民覺得自己人格高貴，尤其難得的在無形之中提高了人民的責任感。

我們看看目前的事實和不久以前的歷史，證明上面的論斷，完全正確。鐵幕裡面的人民，普遍都不願爲他們的主人去犧牲，更談不到什麼責任感。但自由世界的人民，却完全不是這樣，他們人人都願意爲他熱愛的祖國而犧牲，並且隨時隨地都有一種出於至誠的責任感。不過我們主張民主政治，在政治上的理由，還不僅如此而已。民主政治承認和平轉移政權，並默示當權機會人人有份，不必以暴力從事爭取。所以民主政治的實行，很可能根絕了暴力革命。同時在國外也可以大大的減少戰爭；因爲民主國家，祇能被迫防衞，很難主動攻擊。民主政治如爲各國普遍採行，戰爭自可避免。

康德（Immanuel Kant一七二四—一八〇四）在他的名著「永久和平論」(For Perpetual Peace, 1795) 中，曾指明欲使世界永久和平，必須各國實行共和政體。默察世界大勢，再思先哲名言，實覺感慨萬千。

或有言：「自一次大戰後，戰爭並未間斷」。但此種戰爭，不是專制獨裁者之稱雄爭覇，就是民主對極權之生死鬬爭，純粹民主國家間之武力衝突，確實已屬罕見。

肆、民主政治發展史

儘管愚昧、狂妄的暴君，如何摧殘民主政治，但民主政治始終是向前發展的。假設我們認識民主政治發展的歷史，或許對於民主政治的意義，也將更爲清晰。古代民主政治，起源於希臘雅典，近代民主政治發祥於大英帝國。美國革命，傳至美洲；法國革命，傳至歐洲；我國革命，傳至亞洲。世界第一次大戰後，民主政治幾已遍佈整個世界。

㈠上古雅典之民主政治：雅典之民主政治，係以奴隸社會爲基礎，並祗承認家長有參政權利。所以與現代民主政治之觀念，並不相同。以後傳至羅馬，性質亦無差異。但至公元前三三八年，希臘之民主政治，爲新興之馬其頓帝國所摧毀；羅馬之城市民主政治，至公元前二六五年，因羅馬之統一而滅亡。至於羅馬之共和政治，則直至公元前四十四年凱撒大帝（Julius Caesar 一〇〇—四四BC）被刺去世而始形消失。

㈡中古義大利之民主政治：十四世紀，義大利北部又有許多新的都市興起，他們實行一種商人式的民主政治，係以財產爲基礎。實際說來，這種政治，祗能算是寡頭政治，不能算是民主政治。不久這種制度即傳入鄰國瑞士，瑞士保持這種制度，很少間斷，並且不斷改良，遂成爲近代實行直接民主政治的先進國家。但義大利中古的民主政治，至十六世紀時却爲專制政治所摧毀。

㈢英國巴力門之貢獻：巴力門（Parliament）政治，無疑是近代民主政治的雛形。巴力門本是英王與平民中間的一座橋樑，一方面爲國王籌措金錢，一方面爲人民提出條件。以後巴力門與國王不斷鬬爭，至光榮革命時（一六八八），巴力門大獲全勝，於是巴力門對於國家大事，得自由討論，對政府官員可公開批評。於是近代民主政治之兩大柱石，至此奠定基礎。

㈣宗教革命之影響：教皇與國王的權力，一向認為是上帝賜予的。但至一五一七年，馬丁路德（Martin Luther 一四八三—一五四六）首先否認教皇權力的神授學說，立刻得到許多國王與人民的擁護，這就是宗教革命的開始。宗教革命以後，有新教舊教之分，舊教為事實所迫，不得不有若干具有民主性的重大改革：成立教徒代表會議，教徒對宗教事項，得互相討論，對各級主教亦可批評。但人民對宗教事項既可討論批評，自然對政治事項亦有聯想作用。並教皇權力神授的學說，既屬虛僞，同理推知，君權神授之說亦不眞實。

㈤契約學說之價值：契約學說，起源很早，不過以霍布斯（Thomas Hobbes 一五八八—一六七九）、洛克（John Locke 一六三二—一七〇四）、盧梭最為著名。契約說以主權在民與天賦人權為主要論據，因此為民主政治奠定理論基礎。尤其盧梭首先將國家與政府分開，認國家為「公意」之結合，政府為「公意」之工具，官吏為人民之公僕，故近代民主政治之主要概念，至此已全然具備。

㈥近代民主政治之形成：英國近代民主政治之形成，第一：由於外人君臨，不諳英國習俗，因此使內閣負責制度順利產生。第二：由於兩大政黨，素尚和平競爭，因而奠定民主基礎。美國原無特權階級，復加立國以後，開國元勳均能虛懷若谷，故革命成功之後，立即進入民主坦途。法國革命領袖因為認為革命之後，必須繼續使用武力，致使法國之民主政治，延緩竟達百年之久。

各國專制王朝，大部份隨世界一次大戰，而告結束，繼之而起者即為民主政治。民主政治經數十年之不斷改良，遠非十九世紀資本主義之民主政治所能比擬。尤其在世界二次大戰中所表現之潛在威力，更使民主主義者堅信不移。故目前極權政治雖屬囂張，但我們深信，僅是廻光反照而已。

伍、民主政治的制度

民主政治雖然不是一種呆板的制度，但却必須依賴某些制度，才能實行。

㈠政黨制度：民主政治必須政黨制度予以輔助，然後才能運用靈活。沒有政黨，選舉無法執行；沒有政黨，政府無法組織；沒有政黨，人民不但無法管理政府，而且更難改組政府。所以民主政治的政黨，是綜合民意、指導民意與反映民意的主要橋樑。獨裁政治雖然也有政黨，但它祗承認一黨存在，絕不准異黨並存。這種政黨，不是綜合、指導與反映民意，而是箝制、假托與製造民意。民主政治承認言論、信仰與結社自由，承認這些基本自由，就是承認異黨存在的必然結論。

政黨必須平等合法競爭；要以政策爭取信任，要以政績爭取支持。

英國和加拿大認爲反對黨爲民主政府的重要一環，所以反對黨領袖的薪金，全由國庫支付。

㈡選擧制度：選擧是民主政治的重要特色，它不僅可以訓練人民，並且爲和平移轉政權的一種手段。有人說選擧制度就是以選票代替大炮的一種制度。就效用而言，這是完全正確的。民主國家的選擧，一般都遵守四個原則，卽普通、平等、直接、秘密選擧，尤其重要的，就是要忠實執行這些原則。共產黨雖然亦宣稱遵守這些原則，但由於言行不符，所以無人相信。

有些人非難選擧制度，認爲選擧過於浪費，徒具形式。當然我們不否認，無論何國選擧，多少都有虛僞形式，不過這種遺憾，不在選舉本身，而是與人民的才智有關。如國民教育，日漸提高，則這種遺憾，自可日漸減少。至於選舉是否浪費？此係比較問題，如就選舉本身而言，固屬浪費，但與戰爭費用相比，實屬微乎其微。因爲選舉本是代替戰爭浪費的一種制度。

㈢負責制度：「教皇神聖」，「國王永遠無錯」的觀念，現在顯然已經過去了。相信民主政治的人，祇承認品有高下，才有智愚，絕不承認「凡人」永無錯誤。並且民主政府的官吏，都是人民的公僕，所以建立負責制度，是民主政治的必要措施。政府負何責任？如何負責？苟有過失，人民應如何過問其應負責任？這些原則，都應當在憲法中規定得明明白白。

陸、民主政治的基礎

獨裁政治是由上而下的控制，所以成功的後盾是強力。民主政治是由下而上的建築，所以成功的要件是基礎。民主政治必須有堅固基礎，否則就是沙灘上的大厦。

㈠政治的基礎：人權、分權、法治，爲民主政治的政治基礎，但何謂人權？如何保障？何謂分權？如何劃分？何謂法治？以何法爲準？如此問題，均須詳細規定於憲法之中，故憲法是民主政治基礎的基礎。

法國人權宣言前言中，首先說明：「忽視人權與不懂人權是形成大衆不幸與政治腐敗的唯一因素。」民主政治承認人民有許多基本而不可侵犯的人權，由於這些人權的不可侵犯，所以政府無法作惡。孟德斯鳩（Charles L.S. Montesquieu 一六八九—一七五五）發明三權分立，其主要目的，卽在保障人權。國父主張五權分立，雖有分工合作之意，但仍爲避免專制與保障人權而設。否則 國父爲何不主張直接由總統率五院對國民大會負責？而主張五權分立分別對國民大會負責。哲弗遜（Thomas

Jfferson 一七四三—一八二六）總統曾說：「無分權者，無憲法；無憲法者，無人權。」由此可知分權原則對於民主政治是何等重要。

民主政治就是法治政治，這是十分明顯的。國家元首依法律程序產生；政府依法律組成，其權力以法律賦予者爲限，人民義務以法律規定者爲準，人民權利亦非依法律不得侵犯剝奪。

獨裁政治也有法律，不過它們的法律，是政府自己制定的，不是由人民的代表機關制定的，所以他們的法律，只限制人民，不限制政府。康德以立法權與行政權是否由同一機關行使爲標準，將政體分爲兩類：一爲專制政體，一爲共和政體。前者行政權與立法權合一，而後者行政權與立法權分離。康德這種分類，是與目前的事實，非常吻合的。

㈡經濟的基礎：民主政治係以個人的獨立意志爲基礎。然欲意志獨立，必先經濟獨立。馬克思（Karl Marx 一八一八—一八八三）曾指出當經濟權仍爲少數人所有，祇以政治不能解決平權問題。所以他的結論是：「經濟權應爲政府所有，而政府必須民主化。」但現在那些自命爲馬克思信徒的人，祇將他的主義實行一半，而把「政府必須民主化」的重要一半丟掉了。這樣一來，經濟權與政治權均在政府幾個人的手中，於是這種寡頭政治，便形成了史無前例的殘暴局面。

民主政治的原則，必須向經濟組織擴展；使勞動大衆人人都做生產工具的主人，不再做生產工具的奴隸。這樣的政治，才有基礎；這樣的經濟，才有價值。

㈢心理的基礎：民主政治是由人民控制的政治，人民在心理上若無準備，便決難望其成功。從民主政治發展的歷史看來，可知民主政治的心理基礎最爲脆弱。民主政治自希臘雅典誕生以來，迂迴曲折，經過兩千多年，迄今仍不能順利成功，就是這個原因。法國民主政治，得而復失，失而復得，接連數次之多，費時竟近百年之久。我國之民主政治，局面亦够驚險，過程亦够悲慘。

民主政治的心理基礎，何以如此脆弱？其主要原因，卽在人民之心理上毫無準備。一般說來：哲學家反對民主；文學家、藝術家都喜歡歌頌英雄、武士的故事。一般人雖然愛好民主，但實際上很少人知道如何爲民主政治開拓坦途。在這種空氣中，希望民主政治萌芽茁壯，實在難乎其難。相反的，由於連年的戰亂頻繁，社會的貧困不安，致使獨裁政治的養料，到處皆是；所以個人的野心，種族的偏見，階級的衝突，均可使民主政治功敗垂成。

民主政治的心理基礎，應以自主性、批評性、合作性與責任感爲首要前提。一位民主國家的人民，他的意志必須是自主的，對於任何意見都必須具有客觀的批評態度。他必須獨立的判斷是非，自由的表示願違；甚至對自己的見解，也可在某種限度內予以堅持，但絕對不能超過這種限度，這就是合作性的具體表現。不過除了這些美德以外，還有更重要的，就是責任感；沒有責任感的人民，是絕對不配實行民主政治的。

輕信教條，崇拜偶像，隨聲附和，奴顏婢膝，固執成見，自命不凡，都不是民主政治的心理基礎，而是獨裁政治的最好養料。

㈣教育的基礎：健全的民主政治，必須以民主教育與生產勞動教育予以支持。民主教育的價值，在追求眞理，阻止輕信以及爲民主政治的心理基礎，預先鋪路。換言之：民主政治在培養人民的美德，及使人民養成一種瞭解社會，批評社會與服務社會的能力，所以它絕不像共產黨一樣，祇灌輸某種呆板教條，僵化人民思想。

理想的民主政治，絕不能再有什麼「上流階級」與「下流階級」的區別，也不能再有什麼「有閒階級」與「勞動階級」的稱號。民主政治不應再有職業性的政務官，但必須要有職業性的事務官。不過這種官員的地位，與獨裁政治或貴族政治下的官員，迥乎不同。他們與人民的關係，應像目前店夥與老闆的關係，完全一樣；所以「學而優則仕」的傳統教育，必須以生產勞動教育予以更替。

生產勞動教育的目的，不僅在改變卑視勞動羣衆的錯誤觀念，同時要使人人學會一種實際的生產技能。因爲在民主政治中，人人都是自食其力，不再存有剝削階級。生產勞動的責任，是人人有份，福利閒暇的享受，也是人人有權；所以人人都是勞動階級，也都是有閒階級；沒有「上流」，也沒有「下流」。

獨裁政治的教育，與此完全不同，他們只准學習教條，不准追求眞理。並且要求一般沒有思考能力的純潔靑年，反覆演唱這些教條，直到認爲眞理爲止。但是到了這種時機，獨裁者便可利用這些富有狂熱的活動工具，開始「替天行道」，爲所欲爲。

共產黨的教育，雖然也高唱勞動生產，但由於分配權力不歸勞動者所有，所以完全是一種欺騙。同時由於他們又都是「世襲的」無產階級代表，因之他們早已成爲新興的特權階級。所以共產黨主張勞動生產，祇是叫別人勞動生產，而自己坐享其成。

柒、民主政治的精神

民主政治的艱難，在其藝術的綜合性，但它與一般藝術不同。一般藝術，祇要藝術家具有藝術的才能就够了。然而政治藝術却不能如此簡單，它不僅需要一流政治家的卓越才能，同時還要有客觀環境的密切配合才行。實行民主政治，好像培養一株美麗的鮮花，不僅要有好的土壤，和經常耐心的修剪、灌溉、施肥，並且還要有適當的溫度，然後才能開出鮮艷的花朵。所以民主政治，不但要有民主的基礎和制度，同時要有民主的精神經常予以薰陶，然後才能開花結果。

㈠討論批評的精神：政治上的是非問題，往往不能先知，多半經過一番冷靜的討論之後，才能明白；尤其與反對意見的反覆討論，確實更能發現眞理。

民主政治的問題，本來都是大家自己的切身問題，將這些問題，准許大家討論批評，可說是合情合理。不過討論批評不是問題本身，而係一種手段，所以政府必須承認這種討論批評，對於政策的決定具有幾分影響力，然後這種討論批評才有意義。

民主政治的討論批評，都是因事及人，不是因人及事。前面說過：相信民主政治的人，認爲凡人並無絕對「先知」，更難永無錯誤。所以自由討論之後，繼以客觀批評，自然可使容易觸犯的過失，減至最低限度。

選舉、表決，往往是討論批評的暫時裁決；這樣一來，平時的討論批評，便顯得特別重要。

㈡寬容尙理的精神：不管是爲了實現個人的快樂幸福，或是希望人類的共存共榮，寬容尙理的精神，都是絕對不可缺少的。人類之所以由野蠻進入文明，主要原因就是由於寬容尙理的精神，被人發現。但最不幸的是：這種美德，並沒有經常被人應用，而是時現時隱。人類歷史的進化，總是曲曲折折，就是由於這個原因。耶穌基督的言論，不能爲人寬容，所以被人釘於十字架上；但以後他的信徒，並不瞭解這種意義，所以又用耶穌基督敵人的方法，對付異己，因此造成歐洲一千餘年的黑暗時代。今天的共產黨徒，原是由於自己的主張不為統治階級所寬容，才主張暴力革命，但等他們奪取政權以後，仍舊不能寬容異己，所以又造成了今日的悲慘世界。

民主政治主張寬容異己，不是理論問題，也不是試驗性質，而是從人類的慘痛歷史中所得到的寶貴教訓；也可以說是經驗、理性與道理的一個結晶品。人類祇有接受經驗，崇尚理性，服從道理，然後才能產生寬容。有的人對於自己決定的問題，拒絕別人討論，禁止別人批評；假設有人膽敢違犯，不是立予懲處，就是陰謀報復。這種精神，完全不是民主精神；因為既不寬容，也不尚理。

㈢和平漸進的精神：信仰民主政治的人，認為武力永遠不能解決問題，除非武力與「公道」合一。克佛(Robert M. MacIver)教授在他的大著「政府新論」(The Web of Government)中，曾指明武力絕對不可依恃，他說：「近代人類有兩大革命：一為民族革命，一為政治革命。但這兩種革命都是由原來沒有武力的一方得到勝利。」這種見解，完全與歷史相合。假設我們相信武力是可靠的一件法寶，那麼歷史上的專制帝國便不會滅亡。

革命在民主政治的理論上，是人人都有的一種權利。不過它並不是社會進化的正常現象，而是迫不得已的一種方法。假設改革社會，在憲法上有正當途徑可尋，則革命根本就不應該發生。

暴力革命與民主政治的原則不合，其理至為明顯，列寧曾說過：「革命就是用你的刺刀，來福槍或者更有威力的武器，強迫敵人照着你的意思去做。」所以暴力革命絕不是什麼永久神聖的事業，而是被迫的，用武力摧毀暴政的一種臨時手段。所以把革命的敵人消滅以後，應立即以民主方式解決政爭，這是避免循環革命的唯一方法。

暴力革命不是社會進化的必要因素，也非常明顯。美國、英國自實行民主政治以來，社會大有進步，但是暴力革命一說，並無所聞。國父認爲互助是社會進化的法則，但互助絕不能與暴力革命同日而語。相信民主政治的人，絕不相信暴力革命產生奇蹟，而相信社會進化是一步步的進展。美國近代哲學家杜威（John Dewey 一八五九—一九五二）對於社會進化，曾有精闢見解，他說：「社會進化是零售的生意，不是批發的買賣，應當一樁樁的訂貨，一件件的成交。」這種思想，充分代表民主政治對於社會進化的基本精神。同時歷史也已證明，這種看法，完全正確。否則，假設在暴力萬能與急進的狀態下，社會都是混亂不堪，絕無進步可言。

捌、民主政治的成就

英諺云：「布丁之證，在於食時。」此卽「空論不如實證」之意。故欲知民主政治之功過利弊，最好以事實說明。

㈠暴力革命的避免：民主先進國家，暴力革命確實已經絕跡。美國獨立以後，迄今一百九十餘年，始終沒有革命發生。英國自「光榮革命」以後，迄今二百八十餘年革命亦無所聞。其他凡民主政治業已奠定基礎的國家，如瑞士、比利時、法國，亦有同樣成就。這種成就，爲國民經濟，帶來繁榮，爲人類前途，帶來曙光。

㈡聯合國的誕生：羅素（Bertrand Russell 一八七二—一九六八）在他的大著「自由與組織」（

Freedom and Organization）中會指出目前人類的不幸，係由於國內組織太過，自由太少；而國際間却是自由太過而毫無組織。所以他的結論是：國內必須放寬自由，而國際必須加强組織。第二次世界大戰後，聯合國正式誕生，這是加强國際組織的重要措施，也是民主政治發展的必然趨勢。民主政治在國內實行，旣可避免武力爭奪，在國際間普遍實行，自然也可以避免國際戰爭。目前沒有根絕戰爭，不是由於聯合國採用民主政治原則，而是由於民主政治的原則，沒有在聯合國澈底實行。但不管目前如何，聯合國總是民主政治的產物，也是終將成爲人類的一個最有希望的和平組織。但這種希望，仍是民主政治的偉大貢獻。

㈢國民教育的普及：在專制政治中，受教育是一種特權，一般人是沒有份的。在新興的獨裁國家中，獨裁者也希望人民接受某種有限度的教育，不過這種教育，絕不能與民主國家的教育同日而語。因爲獨裁者教育人民，僅希望人民做一個更有用的生產工具而已，並不希望他的人民探求眞理。民主教育與此完全不同；其主要目的，一方面在培養美德提高人民政治水準，以便眞正做爲國家的主人；另一方面，在使人人具有專長，以便人人都可以獨立生活，自食其力。

㈣公共衞生的改良：自實行民主政治以來，人民健康與公共衞生，普遍爲各級政府所注意。尤其由於健康保險與各種公共衞生的重要措施，致使國民的平均壽命，竟自四十歲升至七十五歲之高。英國工黨政府於一九四七年制定社會安全法案，主張英國人民，自搖籃至墳墓，均由國家負責。這種成就，在獨裁政治下，絕無實現可能。

㈤勞資關係的改進：初期民主政治，最受人責難的就是勞資的地位過於懸殊。但民主政治經過不斷改進之後，不但勞資關係免於對立，而且已經達到「利潤共享」的地步。假設原子動力大量應用，很可能實現「閒暇共享」的理想。

㈥個人價值的提高：凡是實行民主政治的國家，不但人民的生活普遍良好，尤其可貴的是將個人的價值大為提高。在獨裁政治下，人人為芻狗，祇有獨裁者一人為「造物主」。民主政治，否認這種神話，認為個人就是一個完整的個人；有人格、有尊嚴、有價值、有目的，更有許多基本而不可侵犯的權利。他不比任何人多一分，也不比任何人少一分。他可以自由的為公善努力，他可以平等的與他人合作。

民主政治的這些成就，有人認為僅是客廳的花瓶而已，沒有什麼用處。這種批評，完全抹煞事實。當然我們對於這些初步成就，絕不心滿意足，不過無論如何，不應埋沒這些成就，而且應該以這些初步成就，做為今後繼續向前努力的基礎。

（原刊「政治導論」月刊第一卷第十一期，民國四十八年十月一日）

Bibliography

Alsop, S., The Center, *People and Power In Washington.* N. Y.: Harper & Row, 1968.

Barghoorn, Frederick C., *The Soviet Image of the United States.* New York: Harcourt, Brace and Co., 1950.

Becker, Carl L., *Freedom and Responsibility in the American Way of Life.* New York: Alfred A. Knopf, 1945.

———, *New Liberties for Old.* New Haven: Yale University Press, 1941.

———, *Progress and Power.* New York: Alfred A. Knopf, 1949.

Bentham, Jeremy, *An Introduction To the Principles of Morals and Legistration.* London: 1789.

Berelson, Bernard, And Morris Janowitz, eds., *Reader in Public Opinion and Communication.* 2nd. New York: The Free Press, 1966.

Bettinghaus, Erwin P., *Persuasive Communication.* N. Y.: Holt, Rinehart & Winston, 1968.

Bingham, Barry, "Why Not Local Press Councils." *IPI Report Monthly*, Vol. 12, No. 11, March 1964.

Bond, F. Fraser, *An Introduction To Journalism.* N. Y.: Macmillan, 1958.

Boulding, Kenneth, *The Image*. Ann Arbor, Mich.: University of Michigan Press, 1956.

Brock, Antony, "EIU Report, Crisis In E. C. 4." *IPI Report Monthly*, March 1967.

Brucker, Herbert, *Freedom of Information*. New York: Macmillan, 1949.

Buchanan, William, and Hadley Cantril, *How Nations See Each Others*. Urbana: University of Illinois Press, 1953.

Camrose Lord, *British Newspapers and Their Controllers*. London: Cassell, 1959.

Canham, Erwin D., *Commitment to Freedom*. Boston: Houghton-Mifflin, 1958.

Cater, Douglas, *The Fourth Branch of Government*. Boston: Houghton-Mifflin, 1959.

Chafee, Zechariah Jr., *Freedom of Speech in the United States*. Cambridge: Harvard University Press, 1941.

——, *Government and Mass Communications*. Chicago: University of Chicago Press, 1947.

Chenery, William L., *Freedom of the Press*. New York: Harcourt, Brace and Co., 1955.

Childs, Marquis, and James Reston, eds., *Walter Lippmann and His Times*. New York: Harcourt, 1959.

Christenson, Reo M. ed., *Voice of the People*. N.Y.: McGraw-Hill, 1962.

Clayton, Charles C., "Enforceable Code of Ethics." *Grassroots*, July-August 1969.

Cohen, Bernard, *The Press and Foreign Policy*. Princeton, N. J.: Princeton University

Press, 1963.

Commission on Freedom of the Press. *A Free and Responsible Press*. Chicago: University of Chicago Press, 1947.

Coons, John E., *Freedom and Responsibility of Broadcasting*. Evanston: NW Univ. Press, 1966.

Cross, Harold L., *The People's Right to Know*. New York: Columbia University Press, 1953.

Davis, Elmer H., *But We Were Born Free*. Indianapolis: Bobbs-Merrill, 1954.

Desmond, Robert W., *The Press and World Affairs*. N. Y.: Appleton & Century, 1937.

Dexter, Lewis Anthony, And David Manninc White, eds., *People, Society, and Mass Communication*. New York: The Free Press, 1964.

Drummond, Edward J., ed., *Social Responsibility of the Newspaper*. Milwaukee: Marquett Univ. Press, 1962.

Dunn, Delmer D., *Public Officals and the Press*. Reading, Mass.: Addison-Wesley, 1969.

Ebenstein, William, *Political Thought In Perspective*. N. Y.: McGraw-Hill, 1957.

———, *Man and the State*. New York: Rinehart, 1947.

Edwards, Verne E. Jr., *Journalism In A Democracy*. N. Y.: Brown, 1969.

Ernst, Morris L., *The First Freedom*. New York: Macmillan, 1945.

Fainsod, Merle, *How Russia Is Ruled*. Cambridge: Harvard University Press, 1953.

Ford, James L., *Magazines for Millions*. Carbondale: SIU Press, 1969.

Friendly, Fred, *Due to Circumstances Beyond Our Control*. New York: Random, 1967.

Fuller, A. B. G., *A History of Philosophy*. Revised edition; New York: Holt 1945.

Gerald, Edward, *Social Responsibility of the Press*. Minneapolis: Univ. of Minn. Press, 1963.

——, *The British Press Under Government Economic Controls*. Minneapolis: University of Minnesota Press, 1956.

Gillmor, Donald M., *Free Press and Fair Trial*. Washington: Public Affairs Press, 1966.

——, And Jerome A. Barron, *Mass Communication Law*. St. Paul, Minn.: West Publishing Co., 1969.

Graham, Hugh Davis, *Crisis in Print*. Nashville: Vanderbilt Univ. Press, 1967.

Grey, D. L., *The Supreme Court and the News Media*. Evanston: NWU Press, 1968.

Hale Oron J., *The Captive Press In the Third Reich*. Princeton: Princeton University Press, 1964.

Harris, R & Arthur Seldon, *Advertising In A Free Society*. London: IEA 1959.

Hegel, George W., *Outlines of the Philosophy of Right*. 1821.

Henry, Nelson B. ed., *Mass Media and Education*. Chicago: University of Chicago

Press, 1954.

Herd, Harold, *The March of Journalism.* London: Allen & Unwin, 1952.

Hitler, Adolph, *Mein Kampf.* Boston: Houghton Mifflin, 1937.

Hobbes, Thomas, *Leviathan.* New York: Dutton, 1950.

Hocking, William Ernest, *Freedom of the Press: A Framework of Principle*, Chicago: University of Chicago Press, 1946.

Hohenberg, John, *The News Media: A Journalist Looks at His Profession.* N. Y.: Holt, Rinehart & Winston, 1968.

——, *Between Two Worlds: Policy, Press and Public Opinion in Asian- American Relations.* N. Y.: Praeger, 1967.

Hopkins, Mark W., *Mass Media In the Soviet Union.* N. Y.: Pegasus, 1970.

Inglis, Ruth A., *Freedom of the Movies.* Chicago: University of Chicago Press, 1947.

Inkeles, Alex, *Public Opinion in Soviet Russia.* Cambridge: Harvard University Press, 1950.

.P .I., *As Others See Us.* Zurich: 1954.

. P.I., *Government Pressures on the Press.* Zurich: 1955.

I.P.I., *Improvement of Information.* Zurich: 1952.

I.P.I., *The Flow of the News.* Zurich: 1953.

I.P.I., *The News From the Middle East*. Zurich: 1954.

I.P.I., *The News From Russia*. Zurich: 1952.

I.P.I., *News in Asia*. Zurich: 1956.

I.P.I. *Press Councils and Press Codes*. 4th ed., Zurich: 1966.

I.P.I., *The Press in Authoritarian Countries*. Zurich: 1959.

I.P.I., *The first Ten Years*. Zurich: 1962.

I.P.I., *Professional Secrecy and the Journalist*. Zurich: 1962.

I.P.I., *The Editor and Publisher*. Zurich: 1957.

I.P.I., *The Active Newsroom*. Zurich: 1961.

Irwin, Will, *The American Newspaper*. Ames, Iowa: Iowa State University Press, 1969.

Jefferson, Thomas, *The Writings of Thomas Jefferson*. Edited by Andrew A. Lipscomb; Memorial edition: Washington, D.C.: Thomas Jefferson Mermorial Association, 1904.

Jensen, Jay W., "Toward a Solution of the Problem of Freedom of the Press." *Journalism Quarterly*, 27, Fall 1950, 399–408.

———, "Freedom of the Press: A Concept in Search of a Philosophy." in *Social Responsibility of the Newspress*. Milwaukee, Wis.: Marquette University Press, 1962.

Johson, Gerald W., *Peril and Promise: An Inquiry into Freedom of the Press*. New

York: Harper & Row, 1958.

Johsnon, Nicholas, *How to Talk Back to Yovr Television Set*. Boston: Little Brown, 1970.

———, "The Media Barons and the Public Interest." *Atlantic*, June 1968.

Johnson, Samuel, *Lives of the English Poets*. Edited by G. B. Hill; Oxford: Clarendon Press 1905. Vol. 1.

Jones, Robert V., *The Challenge of Liberty*. Chicago: Heritage Foundation, 1956.

Kahn, Frank J., *Documents of American Broadcasting*. New York: Appleton-Century-Crofts, 1969.

Katz, Elihu, And Paul Lazarsfeld, *Personal Influence: The Part Played by the people in the Flow of Mass Communications*. New York: The Free Press, 1955.

Kelsen, Hans, *The Political Theory of Bolshevism*. Berkeley and Los Angeles: University of California Press, 1949.

Klapper, Joseph T., *The Effects of Mass Communication*. New York: The Free Press, 1960.

Lang, Kurt, and Gladys Engel Lang, *Politics and Television*. Chicago: Quadrangle, 1968.

Laski, Harold J., *The Rise of European Liberalism*. London: Allen and Unwin, 1936.

———, *Liberty In the Modern State*. London: Allen & Unwin, 1948.

Lasswell, Harold D., "The Strategy of Soviet Propaganda." Proceedings of the Academy of Political Science, 24, 214–226.

Lawrence, David, "Public Television Now–Public Newspaper Later?" *U. S. News & World Report*, Nov. 27, 1967.

Lent, John A., *Newhouse Newspapers, Nuisances*. N. Y.: Exposition Press, 1966.

Lerner, Daniel, *The Passing of Traditional Society*. Glencoe. Ill.: Free Press, 1958.

Lerner, Daniel and Wilbur Schramm, *Communications and Change In Developing Countries*. Honolulu: East–West Center, 1969.

Levy, H. Phillip, *The Press Council: History, Procedure and Cases*. London: St. Martin's, 1967.

Lindstrom, Carl E., *The Fading American Newspaper*. N. Y.: Doubleday, 1960.

Lippmann, Walter, *Public Opion*. New York: Harcourt, Brace & World, 1922.

———, *A Free Press: Addressed To the Fourteenth IPI Assembly*. May 27, 1965. Copen–hagen:Berlingske Tidende, 1965.

Lipscomb, Andrew A. ed., *The Writing of Thomas Jefferson*. 20 Vols. Washington D. C.: 1904.

Locke, John, *Two Treatises of Civil Government*. 1690.

Lofton, John, *Justice and the Press*. Boston: Beacon, 1966.

Machiavelli, Niccolo, *Discourses on Livy*. 1513.

——, *The Prince*, 1513.

MacIver, Robert M., *The Web of Government*. New York: Macmillan, 1947.

Markham, James W., *Voices of the Red Giants: Communications Russia and China*. Ames, Iowa: The Iowa University Press, 1967.

Marx, Karl, *Capital*. Chicago: Kerr, 1909.

Mathews, George, "Freedom for Whom?" Eric Moonman, Ed., *The Press: A Case for Commitment*. London: Fabian Society, 1969.

Mayer, Martin, *Madison Avenue, U. S. A.* New York: Harper &Row, 1958.

Mcginnis, Joe, *The Selling of the President*, 1968. New York: Trident Press, 1969.

Mcluhan, Marshall, *The Gutenberg Galaxy*. Toronto: University of Toronto Press, 1967.

——, *Understanding Media*. New York: McGraw-Hill, 1964.

Mehling, Harold, *The Great Time-Killer*. Cleveland: The World Publishing Co.. 1962.

Mendelsohn, Harold, *Mass Entertainment*. New Haven, Conn.: College and University Press, 1966.

Merrill, John C., A *Handbook of the Foreign Press*. Baton Rouge: LSU Press, 1959.

——, *The Foreign Press*. Baton Rouge: LSU Press, 1964,

——, *The Elite Press: The Great Newspapers of the World*. N. Y. Pitman, 1968.

Mill, John Stuart, *On Liberty*. Edited by Alburey Castell; New York: Crofts, 1947.

Milton, John, *Areopagitica: A Speech to the Parliament of England, For the Liberty of Unlicensed Printing*, ed. By T. H. White. London: 1819.

Moore, Willis M., *Lectures on Philosophy of Journalism*. 1964. (Unpublished)

Mott, Frank Luther, *American Journalism: A History 1690-1960*, 3d. ed., New York: Macmillan, 1962.

———, *Jefferson and the Press*. Baton Rouge: LSU Press, 1943.

Mussolini, Benito, *The Political and Social Doctrine of Fascism*. English translation; London: Hogarth Press, 1933.

National Commission on the Causes and Prevention of Violence, *Violent Crime: The Challenge To our Cities*. N. Y.: George Braziller, 1969.

Nelson, Harold L. ed., *Freedom of the Press from Hamilton to the Warren Court*. Indianapolis: Bobbs-Merrill, 1966.

Nenning, Günther, "Negative and Positive Press Freedom." *IPI Report Monthly*, Sept. 1966.

Nimmo, Dan, *The Political Persuaders*. Englewood Cliffs, N. J.: Prentice-Hall, 1970.

Nixon, Raymond B., "Trends In Newspaper Ownership, Since 1945." *Journalism Quarterly*.

Vol. 31, Winter 1954.

———, Concentration and Absenteeism In Daily Newspaper Ownership. *Journalism Quarterly*, Vol. 22, Summer 1945.

———, "Freedom In the World's Press", *Journalism Quarterly*, Vol. 42, Winter 1965.

The Office of the Times, *The History of the Times*, 4 Vols. London: 1935, 1939, 1947, 1952.

Olson, Kenneth E., *The History Makers*: Press of Europe, LSU Press, 1966.

Oliver, Robert T., *Culture and Communication*. Springfield, Ill.: Charles C. Thomas, 1962.

Packard, Vance, *The Hidden Persuaders*. New York: David Mckay, 1957.

Palma, Samuel De, *Freedom of the Press-An International Issue*. Washington, D. C.: 1950.

Parker, Edwin B., "Information Utilities and Mass Communication." Paper delivered at the Conference on Information Utilities and Social Choice, University of Chicago, December 2, 1969.

Peterson, Theodore, "Why the Mass Media are that Way." Antioch Review 23, Winter 1963–64, 405–24.

———, *Magazines in the Twentieth Century*. 2nd. ed. Urbana: University of Illinois Press, 1964.

P lato, *The Republic*. The Home Library Edition, Vol. 3.

Pollard, James E., *The Presidents and the Press*. New York: Mcmillan, 1947.

Porter, William E., "The Influence of Italy's Communism-bloc Dailies." *Journalism Quarterly*, Vol. 31, Autumn 1954.

Pulitzer, Joseph, "The College of Journalism." *North American Review*, 178 (May 1904) 641–80.

Pye, Lucian, ed., *Communication and Political Development*. Princeton: Princeton University Press, 1963.

Refier, Cornelius C., *The Era of the Muckrakers*. Chapel Hill, N. C.: University of North Carolina Press, 1932.

Reston, James, *The Artillery of the Press*. N. Y.: Harper, 1967.

Rivers, William L., And Wilbur Schramm, *Responsibility in Mass Communication*. New York: Harper & Row, 1969.

———, *The Opinionmakers*. Boston: Beacon, 19[illegible].

———, *The Adversaries: Politics and the Press*. Boston: Beacon 1970,

Rivers, William L., Theodore Peterson & Jay W. Jensen, *The Mass Media and Modern Society*. 2nd eds., San Francisco: Rinehart Press, 1971.

Rivers, William L., And Wilbur Schramm, *Responsibility in Mass Communication*. New York: Harper & Row, 1969.

Robbins, Jan. C., "A Paradox of Press Freedom: A Study of British Experience." *Journalism Quarterly*, Vol. 44, Autumn 1997.

Rosenberg, Bernard, And David Manning White, eds., *Mass Culture; The Popular Arts in America*. New York: The Free Press, 1957.

Rowse, Arthur, *Slanted News*. Boston: Beacon, 1957.

Royal Commission on the Press 1947–49 Report. London: HMSO, 1949.

Royal Commission of the Press 1961–62 Report. London: HMSO, 1962.

Rucker, Bryce W., *The First Freedom*, Carbondale: SIU Press, 1968.

Sabine, George H., *A History of Political Theory*. 3rd. ed., N. Y.: Holt, Rinehart & Winston, 1961.

Salmon, Lucy, *The Press and Authority*. London: Oxford, 1923.

Sandage, Charles H., And Vernon Fryburger, eds., *The Role of Advertising: A Book of Readings*. Homewood, Ill.: Richard D. Irwin, Inc., 1960.

Schramm, Wilbur, ed., *Mass Communications: A Book of Readings*, 2nd ed., Urbana: University of Illinois Press, 1960.

——, *The Process and Effects of Mass Communication*. Urbana: University of Illinois Press, 1954.

——, *The Soviet Concept of "Psychological" Warfare*. Washington, D. C.: USIA, 1955.

——, *Responsibility in Mass Communication*. New York: Harper's, 1957.

——, ed., *One Day in the World's Press*. Palo Alto: Stanford University Press, 1959.

——, Jack Lyle, And Edwin B. Parker, *Television in the Lives of Our Children*. Stanford, Calif.: Stanford University Press, 1961.

——, *Communication Satellites For Education Science Culture*. Paris: UNESCO, 1968.

——, ed., *Communicaiton In the Space Age*. Paris: UNESCO, 1968.

Seldes, George, *Freedom of the Press*. Garden City, N. Y.: Garden, 1937.

——, *Lords of the Press*. New York: Julian Messner, 1939.

——, *Never Tire of Protesting*. N. Y.: Lyle Stuart, 1968.

Seldes, Gilbert, *The Great Audience*. New York: The Viking Press, 1950.

Siebert, Fred., Theodore Peterson, and Wilbur Schramm, *Four Theories of the Press*. Urbana: University of Illinois Press, 1956.

——, *Freedom of The Press In England*. Urbana: Univ. of Ill. Press, 1952.

Sinclair, Upton, *The Brass Check: A Study of American Journalism*. Pasadena, California:

The Author, 1931.

——, *The Cry for Justice*, New York: Lyle Stuart, 1964.

Skornia, Harry J., *Television and Society*. N. Y.: McGraw-Hill, 1965.

Sommerlad, E. Lloyd, *The Press. in Developing Countries*. Sydney, Australia: Sydney Univ. Press, 1966.

Starck, Kenneth, "Community Press Councils In Southern Illinois." *Grassroots Editor*, Vol. 9, No. 6, December 1968.

Steffens, Lincoln, *The Autobiography of Lincoln Steffens*. New York: Harcourt, Brace & World, 1931.

Steigleman, Walter A., *The Newspaperman & the Law*. Dubuque, Iowa: Brown, 1956.

Stalin, Josph, *Problems of Leninism*. Moscow: Foreign Language Publishing House, 1940.

Stein, M. L., *Freedom of the Press*. N. Y.: Julian Messener, 1966.

Steiner, Gary A., *The People Look at Television*. New York: Alfred A. Knopf, 1963.

Stephen, Sir James Fitzjames, *Liberty, Equality, Fraternity*. New York: Holt, 1882.

Stewart, Milton D., *The American Press and the San Francisco Conference*. Chicago: University of Chicago Press, 1946.

Svirsky, Leon, ed., *Your Newspaper, Blueprint for a Better Press*, by Nine Nieman

Fellows 1945–1946. New York: Macmillan, 1947.

Tebbel, John, *The American Magazine: A Compact History*. N. Y.: Hawthorn, 1969.

Thayer, Lee., *Communication and Communication Systems*: In Organization Management, and Interpersonal Relations. Homewood: Irwin, 1968.

Thomas, Harford, *Newspaper Crisis*, Zurich: IPI, 1967.

Trotsky, Leon, *History of the Russian Revolution*, New York: Simon and Schuster, 1932.

Waples, Douglas, *Print, Radio and Film In a Democracy*. Chicago: U. of Chicago, 1942.

Warren Report, "The Lesson of Dallas." *The Journalist's World*, Vol. 2, No. 4, 1965.

White, Llewellyn and Robert D. Leigh, *Peoples Speaking to Peoples*. Chicago: University of Chicago Press, 1946.

White, Llewllyn, *The American Radio*. Chicago: University of Chicago Press, 1947.

Wiggins, James Russell, *Freedom or Secrecy*. New York: Oxford University Press, 1956,

Williams, J. Emlyn, "Journalism In Germany." *Journalism Quarterly*, Vol. 10, Autumn 1934.

William, Francis, *Dangerous Estate*. London: Longmans, 1957.

Zagri, Sidney, *Free Press & Fair Trial*. Chicago: Chas Hallberg, 1966.

十四劃

十五劃

十六劃

十七劃

十八劃

十九劃

二十劃

二一劃

十一劃

十二劃

十三劃

人名索引

二劃

三劃

四劃

五劃

六劃

教育部五十八年度公自費留學考試新聞學試題

㈠試述「新聞學」、「報學」與「大衆傳播學」之範疇，以及新聞學與社會科學之關係。

㈡報業有「第四階級」之稱，理由安在？並請簡述英國新聞自由演進之過程。

㈢自十九世紀末葉，新聞事業商業化後，傳統新聞自由發生何種流弊？請分析其原因。

㈣「報業自律」之理由爲何？試申述之；並請根據各國報業自律之制度，說明我國報業自律未能發生顯著效果之原因及其具體改進之途徑。

㈤解釋名詞：

(1) Depth Reporting； (2) Thomas Barnes；

(3) Wilbur Schramm； (4) Sensationalism；

(5) I. P. I.

教育部五十九年度公自費留學考試新聞學試題

㈠試述大衆傳播學研究之主要內容。

㈡報業之四種理論爲何？試述其大意。

㈢試述報業自律之理論根據，並請說明美國報業自律觀念之發展

㈣試述新聞自由之含義，並請說明新聞事業商業化後對於新聞自由之影響。

(五) 解釋名詞：

(1) CNA； (2) AFP；
(3) DPA； (4) NHK；
(5) UPI．

教育部六十年度公自費留學考試新聞學試題

(一) 試述新聞自由之含義；在自由世界中，此種權利實際係由何人（發行人、編輯記者、抑社會大衆）所享有？

(二) 哲弗遜認爲報業之基本功能爲何？並當前自由報業是否已厥盡其功能？

(三) 美國新聞自由委員會（Commission on Freedom of the Press）對於近代新聞自律之發展有何貢獻？試申述之。

(四) 試述商業電視對於報業之影響。

(五) 解釋下列名詞（每子題以三〇字爲度）

(1) Yellow Journalism； (2) Interpretative Reporting；
(3) News Gatekeeper； (4) Two-way Communications；
(5) Space Communications．

教育部六十一年度公自費留學考試新聞學試題

㈠ 新聞自由之含義爲何？試述新聞事業享有新聞自由之理論根據。

㈡ 自十九世紀中葉，英美報業已先後得到新聞自由，試述此種自由目前已產生何種流弊？

㈢ 美國新聞自由委員會（Commission on Freedom of the Press）對自由報業有何批評？有何建議？有何影響？

㈣ 報業制度爲政治制度之一環，故當前世界各國有權極主義、共產主義與自由主義報業制度之不同；而我國係以三民主義立國，試問我國應否有三民主義之報業制度？如認應有，其制度藍圖應如何？

㈤ 目前社會人士，多認我國電視節目之內容低劣，試分析致此之原因；並說明具體改進之途徑。

教育部六十二年度公自費留學考試新聞學試題

㈠ 新聞自由與言論自由兩者孰重？試說明其理由。

㈡ 美國新聞自由委員會(Commission on Freedom of the Press)對近代新聞學之研究有何貢獻？

㈢ 試述三民主義報業理論與社會責任論之異同。

㈣ 目前我國報業有何優點？有何缺點？試評論之。

㈤國人對我國電視節目多有批評，試擬一澈底改進我國電視之具體方案。

教育部六十二年度公自費留學考試新聞史試題

㈠試述英、日在華發行之主要日報及其影響。

㈡自由報業有第四階級（Fourth Estate）之稱，試述其起源及其含意。

㈢英美自由報業何以成爲「一城一報」？試說明形成之原因。

㈣試述黃色新聞之發展、特徵、及其流弊。

㈤試述蘇俄廣播電視之發展，並批評之。

考試院五十九年高等考試新聞行政人員考試試題

新聞學及新聞法規

㈠「新聞學」與「大衆傳播學」有何區別？試申論之。

㈡試述「社會責任論」之發展及其影響。

㈢「新聞自律」與「新聞法規」有何關聯？試說明兩者應如何配合，始能達成自由而負責的新聞事業？

㈣簡述我國出版法之制訂與修改的演變。

新聞編輯

(一) 何謂「新聞價值」？在傳統「新聞自由」與新興「社會責任論」的兩種觀念下，其含義有何不同？

(二) 何謂個人隱私權(Personal privacy)？編輯人員在處理新聞時，應如何避免侵犯個人之隱私權？

(三) 美英報界近年對於犯罪新聞之處理，已有許多新的觀念，試申論其要點。

(四) 我國新聞評議會成立已久，對報界有何顯著之影響？今後如發揮評議功能，請試擬具體改進之意見。

公共關係

(一) 試述近代公共關係的發展及其與民主政治之關係。

(二) 試述政府推行公共關係之目的及其基本原則。

(三) 假設你是公立大學的公共關係部門的一位負責人員，試擬一推行大學公共關係的具體計劃。

(四) 目前我國治安機關與法院，對於犯罪新聞之發佈，有何缺點？試申論之。

中外報業史

(一) 試述外人在華創辦之主要期刊與報紙，並分析其影響。

(二) 簡述英美新聞自由之演進及其流弊。

(三) 試列舉美國十大著名日報，並說明其共同之特徵。

(四) 註釋左列各名詞（以三十字爲度）

(1) John Delane; (2) Henry J. Raymond;
(3) Le Monde; (4) Theodore B. Peterson;
(5) Pravda.

考試院六十度年高等考試新聞行政人員考試試題

中外新聞史

(一)試述我國中央日報之發展及其貢獻。

(二)試述紐約時報成敗得失之因素。

(三)近年歐美國家，多為「一城一報」，試述其對新聞自由有何影響？

(四)二次大戰後，各國盛行報業自律運動，惟成效不著，試述其原因。

新聞編輯

(一)請為下列新聞依下列兩條件各寫一套標題。

(1)兩行題，每行六字。

(2)主題兩行，每行五字，另一副題，七字。

〔中央社紐約三十日專電〕天主教「雙環週刊」在八月一日的一期中發表社論說，尼克森總統的宣佈前往中共區訪問，將使亞洲人民認定，在他們有生之年確實再沒有自由的希望。社論又說，這種士氣沮喪情形，將擴及尼克森口中所說「這個休戚相關的世界」的全部。社論同時指出，尼克森此舉是「對我們的忠誠盟邦和信實的友人——中華民國的一種直接傷害」。社論說：「公開的對奴役中國人民的政權表示屈服，毫無疑問地乃是對崇高的目標的一種傷害。」

同時，雙環週刋發行人毛理斯在該報第一版的一篇具名的專文中說，尼克森在作這項宣佈時的語氣，教人聯想到張伯倫當年所謂的「我們這個時代的和平」，而他所提出的保證正如羅斯福當年通往雅爾達之路。

(二)我國一般報紙版式多年來甚少改進，請批評其缺點，並提出改進原則。

(三)圖片在報刋中功用如何？應如何與文字配合？

(四)一般報紙版面之新聞分配採「重點主義」或「平衡主義」，兩者原則各有不同，請批評其得失。

考試院六十年特種考試國防部新聞行政人員考試試題

新聞學

(一)自從新的大衆媒介一一出現以來，新聞學的研究範圍、內容、方向及方法等有何改變？並評論此項改變之得失。 三四%

(二)請根據媒介之個別不同性質，討論報紙、廣播、電視及電影最佳之共存之道。 三三%

(三)試述新聞記者應有之道德修養，及廣告、新聞、社論、副刋、應有之標準。 三三%

新聞編輯

㈠何謂文字的「可讀性」？美國報業爲增進英文「可讀性」曾發展若干公式，試爲增進中文「可讀性」，列舉若干易於遵行的準則。三四%

㈡試就目前我國公營及民營日報各一家（任擇），評論其「社會新聞」（卽犯罪、災禍及其他輕鬆性新聞）之編輯政策。三三%

㈢略述臺北報紙之國際新聞來源。三三%

中外報業史

㈠試簡述倫敦「泰唔士報」之創始、發展及其近年之演變。（百分之三〇）

㈡左列報刋請簡予說明（每題答案以三十字爲度）：（百分之四〇）

1民報　2時務報　3中外新報　4萬國公報　5民立報

㈢何謂「黃色新聞」？試述其起源、特徵及其影響。（百分之三〇）

新聞法規

㈠新聞法規與新聞自律有無衡突？兩者應如何配合，始能達成自由而負責的新聞事業？三四%

㈡我國出版法之限制記載事項爲何？其規定與新聞自由之基本精神有無矛盾？三三%

㈢何謂誹謗？試述現行刑法對于誹謗免罰之規定。三三%

考試院六十二年特種考試國防部新聞行政人員考試試題

中外報業史

㈠梁啓超曾主持那些報刊？有何政治主張？並述其對我國報業之影響。

㈡試述英國新聞自由之演進及其與民主政治之關係。

㈢試述「紐約時報」之創始，貢獻及其成功之因素。

㈣試簡述蘇俄之重要日報及其控制報業之方式。

新聞編輯

㈠某些報紙標題打破傳統限制，增加字數，減少行數。其同行字體往往不一致，型式亦力求變化。這種做法從標題的功能來看是否適宜？舉出其理由。

㈡要使新聞有系統而美觀地呈現在讀者面前，一般組版應遵守那些原則？

㈢編輯在新聞取捨方面要考慮些什麼因素？

㈣報紙上刋登的圖片大體上有幾種？其處理原則如何？若編輯決定了照片的高度，用什麼方法知道這張照片未來在版面上的大小？試繪圖說明。

新聞法規

㈠試就民、刑事訴訟法之有關規定，申述我國記者是否享有保守新聞來源秘密之權。

㈡刑法對於誹謗罪有免罰之規定，其內容如何？試詳述之。

(三)試述現行出版法行政處分之項目、對象及救濟辦法。

(四)新聞法規是否妨害新聞自由，試述所見。

國立政治大學五十七學年度新聞研究所入學考試試題

新聞學

(一)「客觀報導」的觀念是怎樣產生的？「新聞客觀性」有何局限？

(二)試論廣告在新聞事業中的地位及對新聞事業的影響。

(三)比較新聞記者與教師的社會功能。

(四)試以職業道德觀點批評本省一般報紙的犯罪新聞報導。

新聞事業史

(一)我國現代報業，源於外報，試述外人在華創辦之主要報紙，並分析其影響。

(二)十九世紀中葉後，英國「新報業」萌芽，請簡介此時期之報業領袖，並分別說明他們對報業之貢獻。

(三)何謂黃色新聞？其特徵為何？請依據現代新聞學理論，提供撲滅黃色新聞之方案。

(四)「新聞自由」與「新聞價值」在蘇俄之意義為何？並請說明蘇俄報業之功能及廣播電視事業之特點。

編輯採訪

(一) 編輯人員於審核報導內容時應注意那些事項？並說明應該注意的理由。

(二) 報紙通常採用的新聞圖片可分爲那幾種？每種圖片的特性如何？編輯人員應用新聞圖片的一般原則爲何？

(三) 「深度報導」（depth reporting）的意義如何？應如何做法？爲何值得提倡？

(四) 何謂「報紙審判」（trial by newspaper）？試擧過去一眞實事例以助說明。記者於處理此類報導事項時應如何自行約束方可避免此項弊病？

國立政治大學五十八學年度新聞研究所入學考試試題

新聞事業史

(一) 抗戰勝利後，我國報團逐漸形成，請列擧主要報團之名稱及其報紙。

(二) 倫敦「泰晤士報」與「每日電訊報」對現代報業有何重要貢獻？有何重要影響？並請簡述兩報之發展。

(三) 蘇俄報業之觀念，與自由世界不同，試申述之；並請說明蘇俄報業之功能及其控制之方式。

(四) 解釋左列名詞（每小題五分）

(1) Horace Greeley； (2) Harry J. Skornia；

(3) Joseph Pulitzer； (4) Arthur C. Clarke；

(5) Hubert Beuve Mery，

國立政治大學五十九學年度新聞研究所入學考試試題

新聞事業史

㈠試述中國國民黨黨報系統之發展及其貢獻。

㈡試述英、美「便士報」(Penny paper) 之發展、利弊及其影響。

㈢蘇俄之報業觀念、制度、與自由世界有何不同？試申述之。

㈣請解釋左列名詞：

(1) Lord Camrose； (2) Figaro；

(3) Iskra； (4) Adolph S. Ochs

(5) Lord John W. Reith.

國立政治大學六十學年度新聞研究所入學考試試題

新聞學

㈠世人對不良廣告頗多疵議；你認爲下列三方面何者應對廣告負最大責任，媒介、廣告代理者，抑或廣告客戶？請說明理由。

㈡大衆傳播對社會應有一些什麼功能？請以所述功能爲觀點，論述新聞報導「正確」的重要性。

㈢副刊爲我國報紙的特色，且甚受讀者重視，請探究其原因。

㈣試批評自由主義新聞理論。

新聞事業史

㈠試述清末「時務報」、「新民叢報」、「民報」與「民立報」之創始及其影響。
㈡試述普立玆之生平，辨報方針及其對報業之貢獻。
㈢新聞自由之含義爲何？試述英美當前「一城一報」對新聞自由有無影響？
㈣解釋名詞（每小題答案，以三十字爲度）：
(1) Daniel Defoe　(2) John Wilkes
(3) Lord Northcliffe　(4) Hutchins Commission
(5) Nihon Shinbun Kyokai

編輯採訪

㈠假如國際知名的語言學者趙元任博士回國講學，記者受命作一次訪問，並撰成特寫一篇，試問如何能使訪問的進行及特寫的撰寫圓滿完成？
㈡報導車禍事件時須注意那些重點？
㈢國內報紙時有增張之議，就編輯方面而論，你認爲有無必要？如有或沒有，理由安在？
㈣英、美、著名大報在報導國外新聞時，亦多採用各報記者之自撰稿，依賴國際性新聞通訊社之處不多。這種做法利弊如何？我國各大報是否也可以這樣做？

國立政治大學六十一年度新聞研究所入學考試試題

新聞事業史

(一) 試述米爾頓（John Milton）、哈米爾頓（Andrew Hamiltou）與威克斯（John Wilkes）對新聞自由之貢獻。

(二) 我國新聞自律組織於何時成立？有何貢獻？有何缺點？應如何改進，始能有效達成新聞自律之目的？

(三) 何謂黃色新聞？試述黃色新聞之特徵及其對自由報業之影響。

(四) 二次大戰後英國電視事業之發展先後面臨所謂「獨佔問題」及「商業電視影響公營電視之發展問題」。上述兩端產生之原因何在？政府與國會採取何種對策？是否有效？如有，效果又如何？

國立政治大學六十二年度新聞研究所入學考試試題

新聞學

(一) 有人說，大衆傳播學的研究乃由新聞學研究延伸而來，試評述之。試就新聞學與大衆傳播學發展簡史、研究對象、內容、方法加以比較。

(二) 大衆傳播學者如賴斯威爾（Harold Lasswell）、施蘭姆（Wilbur Schramm）等人認爲，傳播制度通常可以履行三大社會任務；試以這三個準則檢討當前我國報業及電視的社會功能。

㈢記者對新聞來源是否應該享有保密的絕對特權，是一個爭論紛紜的問題，爭論的焦點何在？並請申述你自己的見解。

㈣請比較下列三項傳播的性質並分別分析這三項傳播的成功條件。

(1)一則關於颱風動態的新聞。

(2)一項宣傳家庭計劃（控制人口）的傳單。

(3)一個教導成人識字的電視節目。

新聞事業史

㈠滿清末年，辦報被視爲「莠民賤業」，何以彼時高居四民之首的知識份子（如梁啓超，汪康年輩）紛紛投身斯業？試就其背景作一分析。

㈡民國創立，革命報刋宣傳之功至偉，試就其所發揮之影響作一闡述。

㈢試述北岩勛爵主持之主要報紙及其貢獻。

㈣哲弗遜總統對新聞自由有何貢獻？其理論在當前有何利弊？

編輯採訪

㈠數字本身可能枯燥無味，但在某些新聞中有時是必要的，也是有用的。試說明那些方面的新聞較爲重視數字？如何運用才會增加它的可讀性？

㈡許多公共關係人員服務於政府或企業機構，他們的工作對大衆媒介內容，有何影響？編採人員如何處理來自公共關係方面的新聞稿才算稱職？

(三)新聞結構經常會受到什麼因素的影響？基本倒寶塔式的新聞結構有人批評，也有人維護，雙方的理由何在？有沒有更好的方式？

(四)報紙的編輯政策是決定報紙特性和風格的基本準則，在開發國家辦一份社區報紙（community newspaper）要怎樣訂定這些原則？

六十四年高等考試試題

類　科：新聞行政人員

科　目：新聞學及新聞法規

一、欲使傳播收效，必須克服或減少傳播過程中之障碍。就報紙新聞言，有那些障碍，應如何克服，試舉例說明之。

二、卜仁克萊（David Brinkley）認爲新聞雖不易「客觀」卻可求「公平」，席瑞諾（Robert Cirino）譏之爲「神話」，認爲二者皆無可能。二說何者爲是？試述所見。

三、設若議員在議會內發言，涉及誹謗，記者據以報導，是否應負刑責？試申述之。

四、「新聞報導」應否獲得著作權的保障？試分就理論及著作權法的規定加以闡述。

六十四年高等考試試題

類　科：新聞行政人員
科　目：中外報業史
一、我國政論報紙起於何時？試述產生之時代背景及其貢獻。
二、試述米爾頓與哲弗遜對於新聞自由觀念之貢獻。
三、試述美國新聞自由委員會，對於新聞學與新聞事業之影響。
四、近代歐美自由報業日趨合併，並有「一城一報」之現象；但台北市，近年有十六家日報之多，始終未曾減少，試述其原因。

六十四年高等考試試題

類　科：新聞行政人員
科　目：公共關係
一、如果人類藉著語文來控制其環境；公共關係人員的工作可能即是用語文來控制他的顧客或公司的環境。你的看法如何？
二、公共關係中的親身接觸有那些方式？其優點及缺點何在？
三、政府為什麼要注重公共關係？有些什麼目的？
四、公共關係人員為什麼要研究民意？如何測驗民意？

六十七年高等考試試題

類　科：新聞行政人員
科　目：中外報業史

一、試述林樂知與王韜對我國報業之貢獻及其影響。
二、試述中國國民黨黨報系統之發展。
三、試述倫敦「新聞紀事報」與紐約「前鋒論壇報」之成長及其停刊之原因。
四、試述蘇俄報業之理論、功能及其控制報業之方式。

教育部六十五年度公費留學考試

新聞史

一、漢唐邸報爲世界最古老之報紙，而造紙與印刷術亦爲我國所發明，但我國報業至今尚不能與歐美報業並駕齊驅，原因安在？試申述之。
二、倫敦「泰晤士報」（ The Times ）何以成爲第四階級（ Fourth Estate ）？請以英國爲例，說明新聞自由之奮鬥與民主政治成長之關係。
三、自由報業之演進，通常均自政論報（ Party Press ）、獨立報（ Independent Press ）、而最後成爲商業報紙（ Commercial Press ），請說明三類報紙之特質，商業報紙之流弊，以及報業今後發展應遵循之方針。
四、試述社會責任論之發展、影響、並予客觀之評價。

五、美國爲商業電視王國，何以自一九六七年後積極發展公營電視？試述其背景及其經過。

教育部六十五年度公費留學考試

甲、問答題：

一、請從公司組織及節目內容之安排說明公營電視制度，目前歐洲（東歐除外）那些國家採行此一制度？（二〇％）

二、拉查斯裴德（Paul Lazarsfeld）是何人，對大衆傳播研究有何貢獻？（二〇％）

三、現今世界各國與大衆傳播有關之法律有那幾種，試分別列舉說明之？（一五％）

四、試列舉十本以上有關大衆傳播學學理之中英文書籍，並註明著者姓名？（一五％）

五、何謂面對面傳播，有那些優點？（一〇％）

乙、名詞解釋：（每題四分）

一、回饋

二、守門人

三、群衆

四、意見領導者

五、選樣調查

教育部六十五年度公費留學考試

新聞學試題

一、何謂新聞學、新聞哲學、與大衆傳播學？三者有何區別？試申述之。

二、傳統自由報業之基本理論爲何？試述目前英美自由報業之實際表現，是否與其理想相符？

三、近年自由國家，紛紛成立新聞評議會，原因何在？並我國新聞評議會成立已久，其有何貢獻？有何缺失？

四、三民主義之新聞理論爲何？其與「社會責任論」有何異同？試比較之。

教育部六十七年度公費留學考試

科　目：大衆傳播

一、共產國家大衆傳播的基本理論與民主國家有何不同？（一〇％）

二、請說明美國聯邦傳播委員會F．C．C之組織與職權？（一五％）

三、我國廣播電視法之精神何在？在廣告內容上有何規定（一五％）

四、英國目前電視制度有何優缺點？（一五％）

五、何謂國際傳播？美國在國際傳播上有何特殊成效？（一五％）

六、何謂廣播聽衆調查？有那幾種調查方式？（一五％）

七、大衆傳播與口頭傳播有何分別？選擧時口頭傳播對選民有何影響力？

教育部六十七年度公費留學考試

科　目：外國新聞史

一、試述倫敦泰晤士報之發展及其對民主政治與國際傳播之貢獻。

二、試述新聞自由之演進、含義、功能及其當前面臨之問題。

三、試述普立茲之辦報方針及其成就。

四、試簡述英國、西德、日本與美國電視事業之發展，並批評之。

五、歐美世界性通訊社有幾？各於何年創辦？其對國際傳播有何影響？並目前「第三世界」對此等通訊社有何反應？試申述之。

國立政治大學六十六學年度碩士班入學考試

科　目：新聞學

一、有人主張提高電視節目水準，供高級知識份子觀賞。有人却認爲這種主張會產生「曲高和寡」後果。究竟那種觀點正確？試加以分析。

二、研究新聞學的人常將「公共關係」與「廣告」兩個名詞聯在一起使用。爲什麼有這種現象？

三、「廣播電視法」有什麼特色？

四、近一、二年來，若干發行數量較大報紙，先後公開招考新聞從業員，此舉是否允當，試加以分析。

國立政治大學六十六學年度碩士班入學考試

科　目：傳播基本理論

一、「個人的傳播行爲比較類似呼吸，而不類似自來水的開和關。」請說明之。

二、請討論非語文傳播在親身接觸中的重要性。在大衆傳播中，非語文訊息的地位又如何？

三、請批評麥克魯漢所謂「媒介就是訊息」的說法。

四、請討論大衆傳播的過程所具的特色。

國立政治大學六十六學年度碩士班入學考試

科　目：新聞事業史

一、試述世界印刷術之發展及其與報業發展之關係。

二、英國獨立報業起於何時？試列擧代表性之報紙及其貢獻。

三、試述美國新聞自由委員會成立之背景及其對新聞學與新聞事業之影響。

四、試簡述我國電視事業之發展，目前面臨之問題，及其改進之途徑。

國立政治大學六十七學年度碩士班入學考試

科　目：新聞學

一、新聞事業大致可分成幾種？其發展經過爲何？各具有何種特殊之功能？試加析述。

二、何謂事實性報導？何謂解釋性報導？何謂調查性報導？何謂參與性報導？各種報導方法之相互關係爲何？試加析述。

三、報紙、廣播及電視處理新聞資料，在法律方面所受消極性限制，有何異同之處？

四、如何改進目前廣播新聞所使用之語文？試各抒自己意見。

國立政治大學六十七學年度碩士班入學考試

科　目：新聞事業史

一、試述英國獨立報業之發展，試列舉此一時期之著名報紙及其代表性之報人，並詳述其對新聞事業與民主政治之貢獻。

二、試述普立茲與赫斯特之主要報紙，競爭經過，重大影響，並對兩人之實際表現，予以客觀之評價。

三、甲午之後，知識份子投身報業，是中國報業史上的一件大事，知識份子的社會角色，由是轉變；報業精神體貌亦煥然一新。試就此兩事作評述。

四、張季鸞先生主持大公報筆政，發揮領導輿論功能，如何能獲此成就，試爲論述。

國立政治大學六十七學年度碩士班入學考試

科目：傳播基本理論

一、關於傳播過程的模式（圖解）很多，請列舉你所最感滿意的兩個，並說明你的理由。

二、請討論下列傳播理論中的一些基本觀念：

㈠回饋　㈡噪音　㈢認知不調（cognitive dissonance）　㈣意義（meaning）

㈤非語文訊息（nonverbal messages）

三、影響大衆傳播媒介內容形成之因素有幾？試從 Media Sociology 觀點分析之，并請就我國大衆媒介內容成因加以評述。

四、意見領袖因不同社會文化背景擔當不同角色，依學者研究發現，台灣地區意見領袖的角色並不顯著，試分析檢討之，本國社會欲利用傳播促進發展，則以選擇何種傳播方式較佳。

國立政治大學六十九學年度碩士班入學考試

科目：傳播基本理論

一、試分辨以下各組名稱不同含義：（每小題五分）

㈠資訊　訊息（information; message）

㈡傳播　大衆傳播（communication; mass communication）

㈢意見領袖　改變策動者（opinion leader; change agent）

㈣內向傳播　人際傳播（intra-personal communication; inter-personal communication）

二、簡述以下各說要義：

㈠議題設定（ agenda setting ）

㈡使用與滿足（ uses and gratifications ）

㈢媒介就是訊息（ the medium is the message ）

㈣創新決定過程（ innovation-decision process ）

三、傳播者（communicator ）在傳播行爲中地位如何？他本身條件及應有的努力爲何？試闡述之。

四、傳播效果的研究，通常會涉及那些變數（ variable ）？你可否先列舉一個模式，再以實例討論之。（二〇%）

五、學者認爲，閱聽人（ audience ）已由原先被動的角色轉變成傳播活動中主動角色，請先說明其主要論點，並就你個人所知，檢討批評之。

國立政治大學六十九學年度碩士班入學考試

科　目：新聞學

一、試述改革「三家電視台」新聞節目意見。（三〇%）

二、行政院新聞局，今年引用出版法第三十三條規定，警告台澎地區三家新聞紙，評論訴訟事件。此與英美法系國家「藐視法庭」規定是否有相同意義？（三〇%）

三、試從新聞道德觀點，分析「疾風雜誌」與「中華雜誌」負責人今年相互攻擊是否妥當？（二〇%）

四、依據有關規定，新聞紙與「廣播」、「電視」、處理非新聞性資料有何異同之處?（二〇%）

國立政治大學六十九學年度碩士班入學考試

科　目：新聞事業史

一、試述萬國公報與清末現代化運動之關係。

二、試述英國電視之發展、問題及其啓示。

三、試述紐約「前鋒論壇報」、「美國人報」、與「世界電訊太陽報」停刊之遠因與近因。

四、解釋左列名詞（每子題五分）：

(一)學　燈；

(二)覺　悟；

(三)Areopagitica

(四)Glavlit；

(五)Intelsat；

中華民國報業道德規範

中華民國六十三年六月二十九日
臺北市新聞評議委員會二屆十次會議通過

自由報業爲自由社會之重要支柱，其主要責任在提高國民文化水準，服務民主政治，保障人民權利，增進公共利益與維護世界和平。

新聞自由爲自由報業之靈魂，亦爲自由報業之特權；其含義計有出版自由，採訪自由，通訊自由，報導自由與批評自由。此項自由爲民主政治所必需，應予保障。惟報紙新聞和意見之傳播速度太快，影響太廣，故應愼重運用此項權利。

本會爲使我國報業善盡社會責任與確保新聞自由起見，特彙舉道德規範七項，以資共同信守遵行。

一、新聞採訪：

㈠新聞採訪應以正當手段爲之，不以恐嚇、誘騙或收買方式蒐集新聞。並拒絕任何餽贈。

㈡新聞採訪應以公正及莊重態度爲之，不得假借採訪，企圖達成個人阿諛、倖進或其他不當之目的。

㈢採訪重大犯罪案件，不得妨礙刑事偵訊工作。
㈣採訪醫院新聞，須得許可，不得妨害重病或緊急救難之治療。
㈤採訪慶典、婚喪、會議、工廠或社會團體新聞，應守秩序。

二、新聞報導：

㈠新聞報導應以確實、客觀、公正爲第一要義。在未明眞象前，暫緩報導。不誇大渲染，不歪曲、扣壓新聞。新聞中不加入個人意見。
㈡新聞報導不得違反善良風俗，危害社會秩序，誹謗個人名譽，傷害私人權益。
㈢除非與公共利益有關，不得報導個人私生活。
㈣檢舉、揭發或攻訐私人或團體之新聞應先查證屬實，且與公共利益有關始得報導；並應遵守平衡報導之原則。
㈤新聞報導錯誤，應卽更正；如誹謗名譽，則應提供同等地位及充分篇幅，給予對方申述及答辯之機會。
㈥拒絕接受賄賂或企圖影響新聞報導之任何報酬。
㈦新聞報導應守誠信、莊重之原則。不輕浮刻薄。
㈧標題必須與內容一致，不得誇大或失眞。
㈨新聞來源應守秘密，爲記者之權利。「請勿發表」或「暫緩發表」之新聞，應守協議。

㈩報導國際新聞應遵守平衡與善意之原則，藉以加强文化交流，國際瞭解與維護世界和平。

(十一)對於友邦元首，應抱尊重之態度。

三、犯罪新聞：

㈠報導犯罪新聞，不得寫出犯罪方法；報導色情新聞，不得描述細節，以免誘導犯罪。

㈡犯罪案件在法院未判決有罪前，應假定被告爲無罪。

㈢少年犯罪，不刋登姓名、住址，亦不刋佈照片。

㈣一般强暴婦女案件，不予報導；如嚴重影響社會安全或與重大刑案有關時，亦不報導被害人姓名、住址。

㈤自殺、企圖自殺與自殺之方法均不得報導，除非與重大刑案有關而必須說明者。

㈥綁架新聞應以被害人之生命安全爲首要考慮，通常在被害人未脫險前不報導。

四、新聞評論：

㈠新聞評論係基於報社或作者個人對公共事務之忠實信念與認識，並應盡量代表社會大多數人民之利益發言。

㈡新聞評論應力求公正，並具建設性，儘量避免偏見、武斷。

㈢對於審訊中之案件，不得評論。

㈣與公共利益無關之個人私生活不得評論。

五、讀者投書：

㈠報紙應儘量刋登讀者投書，藉以反映公意，健全輿論。
㈡報紙應提供篇幅，刋登與自己立場不同或相反之意見，藉使報紙眞正成爲大衆意見之論壇。

六、新聞照片：

㈠新聞照片僅代表所攝景物之實況，不得暗示或影射其他意義。
㈡報導凶殺或災禍新聞，不得刋登恐怖照片。
㈢新聞或廣告不得刋登裸體或猥褻照片。
㈣不得僞造或篡改照片。

七、廣告：

㈠廣告必須眞實、負責，以免社會受害。
㈡廣告不得以僞裝新聞方式刋出，亦不得以僞裝介紹產品、座談會紀錄、銘謝啓事或讀者來信之方式刋出。
㈢報紙應拒絕刋登僞藥、密醫、詐欺、勒索、誇大不實、妨害家庭、有傷風化與其他危害社會道德之廣告。

㈣報紙應拒絕刊登迷信、違反科學與醫治絕症之廣告。

㈤刊登醫藥與醫療廣告，應經主管官署審查合格。

㈥徵婚廣告應先查證屬實，始得刊出，以免讀者受騙。

㈦新聞編採與評論人員不得延攬或推銷廣告。

八、附　則：

本規範如有疑義，由臺北市新聞評議委員會解釋。

李著「新聞學」書後

陳立夫

李瞻同志是國立政治大學新聞系和新聞研究所教授，對於新聞的理論和制度，有深刻的研究，尤其是年來對於我們的電視問題，主張實行公營，改善節目內容，受到各方的重視。

李同志對於新聞方面的著作頗多，數年前曾著有「世界新聞史」一書，敍述世界各國新聞事業的演變，以及各種新聞制度的利弊得失，至爲詳備。因此，我相信他對於各種新聞理論和制度的比較研究，一定是有正確的見解。去年五月間，他新著的「比較新聞學」出版，就贈送我一册，我當時答應給他的書寫一篇跋，可是始終沒有着手寫，最近纔找出書來閱讀一遍，覺得眞是有見解而值得讚許的一本書。

李同志認爲：目前世界上的三種報業制度，即「極權報業」、「自由報業」和「共產報業」，都已發生嚴重的弊端，而我國當前報業的經營，大部份是美國資本主義自由報業的翻版，所以不僅商業報紙企業化，就是黨營公營報紙亦企業化，在報紙普遍企業化的影響下，黨營公營報紙對「宣傳」和「營利」的雙重任務，不免顧此失彼，結果是既不能達到營利的目的，而又不能達成宣傳的目的。李同志本來攻讀政治學，服膺三民主義，認爲三民主義既不同於資本主義、極權主義和共產主義，則一切設施，自應有所不同。因此，他根據 國父對報業的期望及 蔣總統的報業思想，並觀察世界報業的趨勢，規劃出「三民主義報業制度的藍圖」。在理論上，他建立了三民主義的報業哲學，曾得到左列五項基本原則：

㈠新聞自由不是天賦人權，並非人人皆可享有；

㈡政府在新聞活動中，應擔任一個積極的角色；

㈢新聞事業應做大衆討論與批評的論壇；

㈣新聞事業應是一種教育及公益事業，不應純是一種營利事業；

㈤新聞事業應由道德最好、智慧最高的人士主持，而不是由資本家主持。

李同志認爲：三民主義的報業制度，應以上述五項原則爲主要根據，因此，他主張三民主義的報業制度，應以公營爲主，而准許民營報紙的並存。書中對於公營報紙系統的建立，民營報紙的並存，人民言論自由及編輯人新聞自由的保障，以及報業團體的責任等等，都有詳細的說明，大都切實可行。他對於報業和電視的主張，是一致的，都不離三民主義的立場。他希望報紙和電視要有意義的報導社會上正常現象，將人類重新導入一個和諧而幸福的世界。

我於數年前曾爲大衆日報創刊二週年紀念題詞：「人類之生存賴仁義道德爲之保障，是爲本；人類之生活賴物質科學使之豐富，是爲末。二者必須兼顧，惟本末不容倒置，一經倒置，則爭奪殘殺竊盜淫慾之風必盛，其危害首先及於青年，爲必然之結果。……報紙爲大衆傳播時代智識之工具，非爲圖富，旨在教人。……故文不播惡，藝以揚善。……」這與李同志的主張，大致相同，而李同志的「比較新聞學」中，提出「三民主義報業制度」，尤爲具體。現在我國的報業和電視制度，也確已發生了嚴重的弊端，社會人士已普遍注意及之，希望改善的呼聲和言論，時時有所見聞。李同志此書，實值得大家閱讀研究，以期促成新制度之實現。

原刊民國六十三年四月十四日「中央日報」副刊

三民大學用書(七)

書名	著作人	任教學校
自然地理學	劉鴻喜	美國加州大學
非洲地理	劉鴻喜	美國加州大學
聚落地理學	胡振洲	中興大學
海事地理學	胡振洲	中興大學
經濟地理	陳伯屮	臺灣大學
地形學綱要	劉鴻喜	美國加州大學
修辭學	黄慶萱	師範大學
中國文學概論	尹雪曼	文化大學
中國哲學史	勞思光	香港中文大學
中國哲學史	周世輔	政治大學
西洋哲學史	傅偉勳	臺灣大學
西洋哲學史話	鄔昆如	臺灣大學
邏輯	林正弘	臺灣大學
邏輯	林玉體	師範大學
符號邏輯導論	何秀煌	香港中文大學
人生哲學	黎建球	輔仁大學
思想方法導論	何秀煌	香港中文大學
如何寫學術論文	宋楚瑜	臺灣大學
奇妙的聲音	鄭秀玲	師範大學
美學	田曼詩	中國文化大學

三民大學用書㈢

書名	著作人	任教學校
企業管理	蔣靜一	逢甲大學
企業管理	陳定國	台灣大學
企業組織與管理	盧宗漢	中興大學
組織行為管理	龔平邦	成功大學
管理新論	謝長宏	台灣大學
管理心理學	湯淑貞	成功大學
管理數學	謝志雄	東吳大學
人事管理	傅肅良	中國文化大學
考銓制度	傅肅良	中國文化大學
作業研究	林照雄	輔仁大學
作業研究	楊超然	臺灣大學
系統分析	陳進	前美國聖瑪麗大學
社會科學概論	薩孟武	台灣大學
社會學	龍冠海	台灣大學
社會思想史	龍冠海	臺灣大學
社會思想史	龍冠海 張承漢	臺灣大學
都市社會學理論與應用	龍冠海	臺灣大學
社會學理論	蔡文輝	美國印第安那大學
社會變遷	蔡文輝	臺灣大學
社會福利行政	白秀雄	政治大學
勞工問題	陳國鈞	中興大學
社會政策與社會立法	陳國鈞	中興大學
社會工作	白秀雄	政治大學
文化人類學	陳國鈞	中興大學
普通教學法	方炳林	師範大學
各國教育制度	雷國鼎	師範大學
教育行政學	林文達	政治大學
教育社會學	陳奎憙	師範大學
教育心理學	胡秉正	政治大學
教育心理學	溫世頌	美國傑克遜州立大學
教育經濟學	蓋浙生	師範大學
家庭教育	張振宇	中興大學
當代教育思潮	徐南號	師範大學
比較國民教育	雷國鼎	師範大學
中國教育史	胡美琦	中國文化大學
中國國民教育發展史	司琦	政治大學
中國現代教育史	鄭世興	師範大學

三民大學用書㈣

書名	著作人	任敎學校
社會教育新論	李建興	師範大學
中等教育	司琦	政治大學
中國體育發展史	吳文忠	師範大學
心理學	張春興 楊國樞	師範大學 臺灣大學
心理學	劉安彥	美國傑克遜州立大學
人事心理學	黃天中	中興大學
人事心理學	傅肅良	中興大學
新聞英文寫作	朱耀龍	中國文化大學
新聞傳播法規	張宗棟	中國文化大學
傳播研究方法總論	楊孝濚	東吳大學
廣播與電視	何貽謀	政治大學
電影原理與製作	梅長齡	中國文化大學
新聞學與大衆傳播學	鄭貞銘	文化大學
新聞採訪與編輯	鄭貞銘	文化大學
採訪寫作	歐陽醇	師範大學
廣告學	顏伯勤	輔仁大學
中國新聞傳播史	賴光臨	政治大學
媒介實務	趙俊邁	東吳大學
數理經濟分析	林大侯	臺灣大學
計量經濟學導論	林華德	臺灣大學
經濟學	陸民仁	臺灣大學
經濟政策	湯俊湘	中興大學
總體經濟學	鍾甦生	美國西雅圖銀行
個體經濟學	劉盛男	臺北商專
合作經濟概論	尹樹生	中興大學
農業經濟學	尹樹生	中興大學
西洋經濟思想史	林鐘雄	政治大學
凱因斯經濟學	趙鳳培	政治大學
工程經濟	陳寬仁	中正理工學院
國際經濟學	白俊男	東吳大學
國際經濟學	黃智輝	淡水工商
貨幣銀行學	白俊男	東吳大學
貨幣銀行學	何偉成	中正理工學院
貨幣銀行學	楊樹森	文化大學
貨幣銀行學	李穎吾	台灣大學
商業銀行實務	解宏賓	中興大學
財政學	李厚高	中國文化大學

三民大學用書㈤

書名	著作人	任教學校
財政學	林華德	臺灣大學
財政學	魏萼	臺灣大學
財政學原理	魏萼	臺灣大學
國際貿易	李穎吾	臺灣大學
國際貿易實務	嵇惠民	中國文化大學
國際貿易實務	張錦源 林茂盛	輔仁大學 淡水工商
國際貿易實務概論	張錦源	輔仁大學
國際貿易實務附圖	嵇惠民	中國文化大學
英文貿易契約實務	張錦源	輔仁大學
貿易英文實務	張錦源	輔仁大學
海關實務	張俊雄	東海大學
貿易貨物保險	周詠棠	交通大學
國際滙兌	林邦充	政治大學
信用狀理論與實務	蕭啟賢	中原大學
美國之外滙市場	于政長	
保險學	湯俊湘	中興大學
人壽保險學	宋明哲	德明商專
火災保險及海上保險	吳榮清	中國文化大學
商用英文	程振粵	臺灣大學
商用英文	張錦源	輔仁大學
國際行銷管理	許士軍	政治大學
市場學	王德馨	中興大學
線性代數	謝志雄	東吳大學
商用數學	薛昭雄	政治大學
商用微積分	何典恭	淡水工商
微積分	楊維哲	臺灣大學
銀行會計	李兆萱 金桐林	臺灣大學
會計學	幸世間	臺灣大學
會計學	謝尚經	淡水工商
會計學	蔣友文	台灣大學
成本會計	洪國賜	淡水工商
成本會計	盛禮約	政治大學
政府會計	李增榮	政治大學
中級會計學	洪國賜	淡水工商
商業銀行實務	解宏賓	中興大學
財務報告分析	李祖培	中興大學
財務報表分析	洪國賜	淡水工商

三民大學用書(六)

書名	著作人	任教學校
審計學	殷文俊	政治大學
投資學	龔平邦	逢甲大學
財務管理	張春雄	政治大學
財務管理	黃柱權	政治大學
公司理財	黃柱權	政治大學
公司理財	劉佐人	前中興大學
統計學	柴松林	政治大學
統計學	劉南溟	前臺灣大學
推理統計學	張碧波	銘傳商專
商用統計學	顏月珠	臺灣大學
商用統計學	劉一忠	政治大學
應用數理統計學	顏月珠	臺灣大學
資料處理	黃景彰 黃仁弘	交通大學
企業資訊系統設計	劉振漢	交通大學
COBOL 程式語言	許桂敏	工業技術學院
BASIC 程式語言	劉振漢 何鉦威	交通大學
FORTRAN 程式語言	劉振漢	交通大學
PRIME 計算機	劉振漢	交通大學
PDP—11 組合語言	劉振漢	交通大學
APPLE BASIC 程式語言與操作	德勝電腦公司	
RPG II 程式語言	葉民松	臺中商專
微電腦基本原理	杜德煒	美國矽技術公司
PRIME 計算機總論	林柏青 郭德惠	美國AOCI 電腦公司 高雄工專
COBOL 技巧化設計	林柏青	美國AOCI 電腦公司
微算機原理	王小川 曾憲章	清華大學 全友電腦公司
中國通史	林瑞翰	臺灣大學
中國現代史	李守孔	臺灣大學
中國近代史	李守孔	臺灣大學
黃河文明之光	姚大中	東吳大學
古代北西中國	姚大中	東吳大學
南方的奮起	姚大中	東吳大學
西洋現代史	李邁先	臺灣大學
英國史綱	許介鱗	臺灣大學
印度史	吳俊才	政治大學
美洲地理	林鈞祥	師範大學

三民大學用書(二)

書名	著作人	任教學校
商事法要論	梁宇賢	中興大學
刑法總論	蔡墩銘	臺灣大學
刑法各論	蔡墩銘	臺灣大學
刑法特論	林山田	輔仁大學
刑事訴訟法論	胡開誠	臺灣大學
刑事政策	張甘妹	臺灣大學
强制執行法實用	汪禕成	前臺灣大學
監獄學	林紀東	臺灣大學
現代國際法	丘宏達	臺灣大學
平時國際法	蘇義雄	中興大學
國際私法	劉甲一	臺灣大學
破產法論	陳計男	東吳大學
國際私法新論	梅仲協	前臺灣大學
中國政治思想史	薩孟武	臺灣大學
西洋政治思想史	薩孟武	臺灣大學
西洋政治思想史	張金鑑	前政治大學
中國政治制度史	張金鑑	前政治大學
政治學	曹伯森	陸軍官校
政治學	鄒文海	前政治大學
政治學概論	張金鑑	前政治大學
政治學方法論	呂亞力	臺灣大學
公共政策概論	朱志宏	臺灣大學
中國社會政治史	薩孟武	臺灣大學
歐洲各國政府	張金鑑	前政治大學
美國政府	張金鑑	前政治大學
各國人事制度	傅肅良	中興大學
行政學	左潞生	中興大學
行政學	張潤書	政治大學
行政學新論	張金鑑	立法委員
行政法	林紀東	臺灣大學
行政法之基礎理論	城仲模	中興大學
交通行政	劉承漢	交通大學
土地政策	王文甲	中興大學
現代管理學	龔平邦	成功大學
現代企業管理	龔平邦	成功大學
現代生產管理學	劉一忠	政治大學
生產管理	劉漢容	成功大學
企業政策	陳光華	交通大學

三民大學用書㈠

書名	著作人	任教學校
比較主義	張亞澐	政治大學
國父思想新論	周世輔	政治大學
國父思想要義	周世輔	政治大學
國父思想	周世輔	政治大學
最新六法全書	陶百川	監察委員
最新綜合六法全書	陶百川 王澤鑑	監察委員
憲法論	張知本	臺灣大學
中國憲法新論	薩孟武	臺灣大學
中華民國憲法論	管歐	東吳大學
中華民國憲法逐條釋義㈠㈡㈢㈣	林紀東	臺灣大學
比較憲法	鄒文海	前政治大學
比較憲法	曾繁康	臺灣大學
比較監察制度	陶百川	監察委員
國家賠償法	劉春堂	輔仁大學 考試院參事
中國法制史	戴炎輝	臺灣大學
法學緒論	鄭玉波	臺灣大學
法學緒論	蔡蔭恩	中興大學
民法概要	董世芳	實踐家專
民法概要	鄭玉波	政治大學
民法總則	鄭玉波	臺灣大學
民法總則	何孝元	中興大學
民法債編總論	鄭玉波	臺灣大學
民法債編總論	何孝元	中興大學
民法物權	鄭玉波	臺灣大學
判解民法物權	劉春堂	輔仁大學
判解民法總則	劉春堂	輔仁大學
判解民法債篇通則	劉春堂	輔仁大學
民法親屬	陳棋炎	臺灣大學
民法繼承	陳棋炎	臺灣大學
公司法	鄭玉波	臺灣大學
公司法論	梁宇賢	中興大學
票據法	鄭玉波	臺灣大學
海商法	鄭玉波	臺灣大學
保險法論	鄭玉波	臺灣大學
商事法論	張國鍵	臺灣大學